Tagträumer Verlag

Jessica Strang
Stapenhorststraße 15
33615 Bielefeld

www.tagträumerverlag.de
E-Mail: tagtraeumer-verlag@web.de

Buchsatz: Laura Nickel

Korrektorat: Carolin Diefenbach

Umschlaggestaltung: Anna Hein
www.fuchsiasweltenecho.blogspot.de

Bildmaterial: © Shutterstock.com
Illustrationen: Jana Lasarzik

Druck: Booksfactory
ISBN: 978-3-946843-17-7

Aurelia L. Night

Wolfsmal

Der Wolf in deinem Blut

Tagträumer Verlag

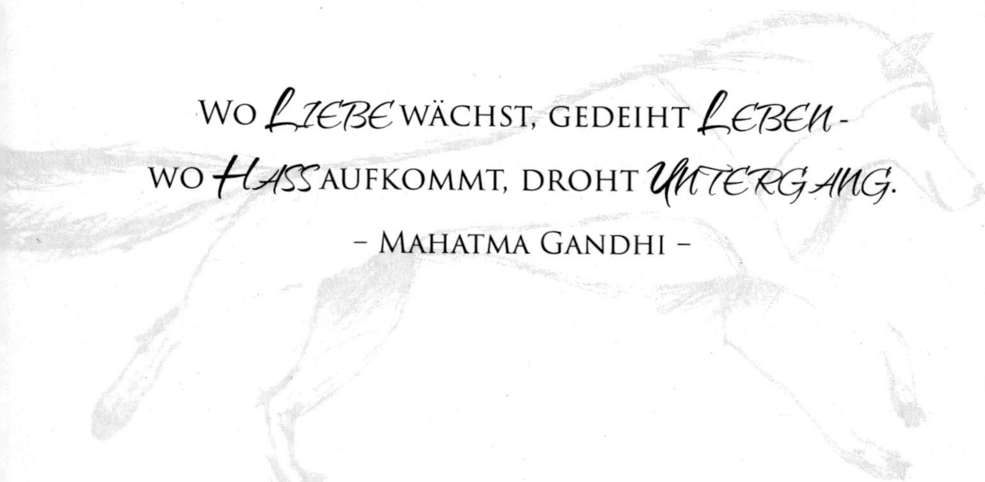

Wo *Liebe* wächst, gedeiht *Leben* -
wo *Hass* aufkommt, droht *Untergang*.
– Mahatma Gandhi –

Prolog

Vor vielen Jahrhunderten zeugte der Gott des Chaos', unter dem Namen Loki bekannt, mit der Riesin Angrboda den ersten Fenriswolf. Sie nannten ihn Fenrir.

Schon als Welpe war seine Gestalt atemberaubend. Bereits bei seiner Geburt maß er einen Meter Schulterhöhe. Sein Fell hatte eine seidige schwarze Farbe wie die Haare seines Vaters. Doch es waren seine goldenen Augen, die einen in ihren Bann zogen. Sie erzählten von einer Intelligenz und Listigkeit, die man einem Tier nicht zutrauen würde. Es waren die Augen seiner Mutter.

Die Asen wussten von Beginn an, dass er gefährlich werden würde. Doch gab er ihnen zunächst keinen Grund zu Argwohn und sie beachteten ihn nicht weiter. Sie ließen ihn wachsen und leben. Leider wussten sie damals nicht, dass er ebenso gut Lügen und Chaos verbreiten konnte wie sein Vater.

Fenrir kümmerte die Meinung der Asen nicht. Loki hatte ihn gelehrt, was wichtig war: einzig und allein die Verfolgung seiner Ziele.

Mit dem eisernen Wald, einer Riesin, zeugte er Zwillinge, in denen dieselben Fähigkeiten schlummerten wie in ihm. Hati und Skalli waren seine Kinder. Hati, die dunklere Wölfin, kam ganz nach ihrem Vater. Skalli war ein Wolf mit hellerer Fellfärbung, der auch in seinem Gemüt heller und freundlicher war.

Fenrir merkte bald, dass Skalli nicht der Sohn war, den er sich erhofft hatte, und zog seine Schwester Hati vor.

Hati und Skalli aber waren unzertrennlich. Gemeinsam

machten sie die irdischen Wälder unsicher und zeugten dort mit sterblichen Wölfen Nachkommen, die ihre Intelligenz und Größe erreichten, aber nicht zum Göttergeschlecht gehörten. Sie konnten nicht zwischen einer menschlichen und ihrer wahren Form wechseln wie ihre Eltern.

Während seine Kinder auf der Erde weilten, verstieß Fenrir in Asgard immer offener gegen die Konventionen.

Odin befahl daraufhin seinen Wachen, Fenrir zu ihm zu bringen. Der große schwarze Wolf erschien missgelaunt in der Halle des Allvaters, Blut befleckte sein Fell. Odin zweifelte nicht daran, dass dies das Blut seiner Wachen war, die den Wolf hatten herholen sollen.

»Lass mich niemals wieder zu dir zitieren wie einen dreckigen Köter«, knurrte Fenrir den Allvater an. Der Mangel an Respekt in Fenrirs Worten erzürnte Odin und er forderte den Sohn des Chaos' zum Kampf heraus.

Die Tage und Nächte vergingen, während die beiden miteinander rangen. Doch schließlich musste Fenrir sich eingestehen, dass er gegen die Macht Odins nicht ankam. Der Allvater ließ ihn in Ketten legen, die er selbst im Feuer der Zwerge geschmiedet hatte.

Als Loki erfuhr, dass sein Sohn festgehalten wurde, entbrannte sein Zorn und er rief all seine Kinder zusammen, um gegen Odin zu kämpfen.

Die auf der Erde lebenden Nachkommen von Hati und Skalli wollten nicht in diesen schon verlorenen Krieg hineingezogen werden. Jeder von ihnen wusste, dass Loki scheitern würde, genau wie Fenrir vor ihm. Als Loki ihr Misstrauen bemerkte, schämte er sich für seine Nachkommen und verfluchte sie. Auf ewig sollten ihre Blutlinien Sklaven des Mondes sein. Schon immer hatten sich die irdischen Fenriswölfe gewünscht, wie ihre Urväter zu sein und menschliche Form annehmen zu können. Dies gewährte Loki ihnen nun, doch zu einem grausamen Preis.

Von nun an würden sie sich zu jedem Vollmond in Wölfe zurückverwandeln – und dabei jegliche Kontrolle über sich selbst verlieren.

Hilfesuchend wandten sich die verzweifelten Fenriswölfe an Odin. Ihr Ältester, ein Sohn Skallis, wurde nach Asgard eingeladen, um die Verhandlungen zu führen.

Swen, so hieß er, stand allein im Thronsaal des Palastes. Er sah sich staunend um. Die riesigen Mauern waren aus Elfenbein gehauen worden und feine Goldadern zogen sich hindurch. Vorhänge gab es vor den großen Fensterbögen keine. Mit offenem Mund sah er aus dem Fenster und war erstarrt von der Schönheit. Von hier konnte er ganz Asgard überblicken. »Sohn des Skalli, trete vor!«

Überrascht zuckte Swen bei den Worten zusammen, die ihn aus seinem Staunen rissen. Doch befolgte er vorsichtig Odins Befehl. Der Ase schien wie aus dem Nichts gekommen zu sein. »Allvater. Es tut uns leid, in solch kritischen Zeiten vor Euch zu treten. Uns irdischen Fenriswölfen geht es schlecht. Die zwei Teile unserer Seele wollen sich gegenseitig zerstören. Die Menschen haben von unserer Existenz erfahren und halten uns für Abkömmlinge der Hölle – sie jagen uns. Allvater, ich weiß, es ist vermessen, Euch damit zu belästigen, aber dennoch möchte ich Euch um Hilfe bitten.«

Odin senkte sein Haupt. »Es tut mir leid, dass euer Volk so leiden muss, aber leider kann ich euch meine Hilfe jetzt noch nicht zusichern. Es sei denn, ihr würdet einen Preis zahlen.«

Swen wusste nicht, wie er sich bei dem Gedanken, Odin etwas zu zahlen, fühlen sollte. Immerhin sprach er für alle, die nicht hier sein durften. Wie konnte er etwas, das so schwerwiegend war, für sein gesamtes Volk entscheiden? Skeptisch sah er Odin an. »Von welchem Preis sprecht Ihr?«

Gnädig lächelte Odin auf Swen herab. Der Allvater wusste, dass er diesen Fenriswolf und viele andere für sich würde gewinnen können, wenn er ihnen versprach den Fluch zu lösen. Auch wenn es eigentlich keine Rettung für diese Nachkommen des Bösen geben dürfte. Denn in allen von ihnen schlummerten die List und die Bösartigkeit Lokis. »Ihr werdet mit mir in den Krieg ziehen.«

Swen wurde starr vor Schreck. Er und seine Geschwister sollten gegen ihre Ahnen kämpfen? Das konnte Odin nicht ernst meinen. Doch als Swen hinauf ins Gesicht des Allvaters sah, wusste er: Odin konnte und würde dies verlangen. Aber er wusste auch, dass Odin ein gnädigerer Ase war als Loki. Odin konnte man vertrauen, so glaubte er. Also beugte er demütig das Knie. »Allvater, ich spreche für mich, meine Brüder und Schwestern. Wir werden in diesem Krieg auf Eurer Seite stehen und Eure Feinde mit Euch an unserer Seite dezimieren, bis keiner mehr übrig ist.«

Odin nickte und entließ Swen wieder in seine Welt.

Als Swen in der Nacht am Lagerfeuer seinen Brüdern und Schwestern von Odins Preis erzählte, schlugen viele verschiedene Meinungen auf ihn ein. Viele waren mit seiner Entscheidung nicht einverstanden. Sie hatten nicht für Loki kämpfen wollen, warum sollten sie es für Odin tun?

Da erschien plötzlich Hati in ihrer Menschengestalt am Rand des Lichtscheins. Sie hatte langes schwarzes Haar und die grünen Augen des Waldes, die jedem Mann die Knie weich werden ließen. Sie war wunderschön.

»Meine Kinder. Seid ihr wirklich so verrückt und geht auf Odins Angebot ein? Wieso solltet ihr für jemanden kämpfen, der euren Großvater an einen Stein gefesselt lässt? Meint ihr wirklich, ihr seid etwas anderes für ihn als Tiere? Auf Tiere kann man verzichten. Ihr seid bloß Abschaum für ihn. Er wird euch in erster Reihe gegen euer eigenes Blut rennen lassen. Er wird euch benutzen, um die Verluste seiner Seite gering zu halten, weil ihr nicht zählt. Ihr seid niedere Wesen für ihn.

Und für diesen Asen wollt ihr kämpfen?«, fragte sie laut in die Runde.

Die Kinder Hatis wandten einander die Gesichter zu, besprachen sich. Hatte Hati recht? Würde die eigene Mutter sie belügen? Hati bemerkte, dass ihre Kinder ihrer Seite nicht gänzlich abgeschworen hatten. Sie wusste, welche Argumente sie bringen musste, um sie wieder auf ihre Seite zu ziehen. »Ihr wisst, dass ihr die Abkömmlinge Lokis seid. Loki hat euch versklavt, er kann es auch wieder rückgängig machen«, säuselte sie gutmütig.

Das überzeugte ihre Kinder gänzlich und schließlich trennten sie sich von den Kindern Skallis. Die Kinder Skallis warteten ein ganzes Jahr darauf, dass sich auch ihr Vater zeigen würde, doch vergeblich. Viele wechselten voller Verzweiflung auf die Seite Lokis und nur ein kleiner Bruchteil blieb bei dem Entschluss, an Odins Seite zu kämpfen.

Die Kinder des Skalli wurden in den Armen Hatis herzlich empfangen und wurden zu Kindern der Hati. Sie nahm sie auf, gab ihnen eine neue Familie, neue Hoffnung und ein neues Heim.

Eines Abends, als Swen am Rand einer Schlucht stand und hinab auf das Land sah, bemerkte er, welch großes Gewicht auf seinen Schultern lastete. Er musste diesen Krieg für Odin gewinnen, sonst wären er und seine verbliebenen Brüder und Schwestern verloren. In ihm erwachte ein Ehrgeiz, den noch nie zuvor ein Mensch, Ase oder anderes Wesen gespürt hatte. Er wurde zu einem Berserker.

Im Krieg metzelte er die seines eigenen Blutes nieder, ohne darüber nachzudenken, wie nah sie sich einmal gestanden hatten. Der Feldzug zwischen Odins und Lokis Streitmächten dauerte Jahrhunderte und viele Wölfe verloren dabei ihr Leben.

Doch letztendlich konnte der Krieg nur gewonnen werden, indem sich die restlichen Asen beteiligten.

Thor übermannte Loki und band ihn mit den Eingeweiden seiner Söhne, die auf dem Schlachtfeld gestorben waren, an einen Felsen. Die Giftschlange Skadis lies von nun an unablässig ihr Gift auf ihn tröpfeln. Doch seine Frau Sigyn fing seitdem jeden Tropfen in einer Schale auf.

Fenrir biss Tyr, dem Asen, der ihn bewachen sollte, die Hand ab und konnte so von den Fesseln Gleipnirs fliehen, dadurch gelang ihm die Flucht und er wurde nicht wieder gesehen … Weder seine Nachkommen, noch die Asen konnten ihn finden.

Als der Krieg gewonnen war, warteten die verbliebenen Söhne Skallis darauf, dass ihr Fluch gebrochen würde. Schon bald schenkte Odin ihnen die Langlebigkeit. Doch Swen bestand darauf, dass der Allvater sich an all seine Versprechen hielt. Er musste den Fluch von ihnen nehmen, sonst wäre alles umsonst gewesen. Die Kinder der Hati hatten ihre Form der Erlösung bereits erhalten. Sie waren ihrer menschlichen Seite wieder beraubt worden. Sie wurden zu normalen Wölfen. Nur einigen Auserwählten ermöglichte Hati ihre menschliche Seele zu behalten und einen Lebensgefährten zu finden, der die Wirkung des Fluches lindern würde. Viele Jahre nach dem Götterkrieg, als Swen im Sterbebett lag, saßen neben ihm sein Sohn und dessen Frau. Der treue Berserker wurde vom Alter dahingerafft, doch bevor er seinen letzten Atemzug tat, hörte er die Stimme Odins in seinem Kopf. *»Swen, nun endlich kann ich dir deinen Wunsch erfüllen. Ich habe es geschafft, den Fluch zu lindern. Genau wie die Kinder der Hati werdet ihr Gefährten eurer Seele finden. Diese Gefährten werden ein Mal tragen, an dem ihr sie schon in jungen Jahren erkennen werdet. Wenn sie die Volljährigkeit erreichen, werden sie von mir eine Gabe erhalten, die sie zu euch führen wird, damit ein jeder von euch die Chance hat seinem Gefährten zu begegnen. Und nun mein Freund, komm zu mir, komm in die Hallen Walhallas. Du warst ein großer Krieger und wirst niemals vergessen werden.«*

Swen drückte seinem Sohn zum letzten Mal die Hand, lächelte ihn an und hauchte mit seinem letzten Atemzug: »Endlich, endlich seid ihr frei.«

Kapitel 1

Die Musik um mich herum trug mich in eine andere Welt. Hypnotisiert bewegte ich mich in ihrem Rhythmus, wurde getrieben von ihrem Klang. Andere Leiber taten es mir gleich, mit geschlossenen Augen genossen so viele andere die Klänge.

Warme Hände schlossen sich um meine und zogen mich aus dem Strudel. Lächelnd machte ich die Augen auf und strahlte meine beste Freundin an.

Sie bedeutete mir ihr zu folgen, um an der Bar etwas zu trinken. Erst jetzt bemerkte ich, dass meine Kehle ausgetrocknet war und nickte. Gemeinsam schlängelten wir uns durch die tanzenden Massen hinaus. Als die Türen sich hinter uns schlossen, atmete ich die frische, kühle Nachtluft ein.

Die Bar war draußen, aber überdacht, sodass man auch bei schlechtem Wetter hier Luft schnappen und Getränke kaufen konnte. Mir gefiel die Idee, schaden konnte die Luft nicht, wenn man die Zeit durch das Tanzen vergessen hatte.

»Die Disco ist wirklich super geworden, meinst du nicht?«, fragte Susan mich.

»Ja, richtig cool, was man aus einer alten Lagerhalle machen kann«, staunte ich.

»Dass die Bar draußen steht, ist auch praktisch, dann kann man nach der Luft da drinnen ein bisschen abkühlen. Ich hole uns was zu trinken!«

Wir waren wirklich begeistert. In der alten Halle waren

früher Lebensmittel gelagert worden, vor ein paar Tagen hatte darin eine Diskothek mit zwei Etagen eröffnet.

Das Erdgeschoss neben dem Eingangsraum war eine einzige Tanzfläche mit leuchtendem Fußboden und Lasershow an der Decke, in der nur die neuste Technomusik und Lieder aus den Charts liefen. Die zweite Etage war eine Area für Rockmusik.

Durch die tanzenden Menschen liefen Security-Leute in schwarzen Anzügen, die darauf achteten, dass nach Mitternacht keine Minderjährigen mehr hier waren.

Ich lächelte automatisch bei dem Gedanken, ab Mitternacht war ich zum Glück endlich 18. Susan und ich feierten in meinen Geburtstag hinein. Susan kam mit zwei Flaschen in der Hand zu mir zurück an den Stehtisch.

»Zum Wohl!« Ich lächelte und prostete ihr zu. »Komm, lass uns ein Foto machen!« Gemeinsam machten wir verschiedene Selfies, mal mit einem ›Duckface‹ oder einfach mit einem verrückten Grinsen. Wir kamen aus dem Lachen nicht mehr raus und posteten das beste.

»Darf ich einmal euren Personalausweis sehen?«, unterbrach uns ein in schwarz gekleideter Mann, auf dessen Brust ›Security‹ stand.

Ich hatte meinen in der Hosentasche. »Klar, aber es ist doch noch nicht zwölf«, merkte ich an und sah zu ihm auf. Er war nicht viel älter als wir. Als er lächelte, blieb mir kurz die Luft weg. Er hatte ein Grinsen, das zum Niederknien war! Seine schwarzen Haare trug er im Nacken zusammengebunden und ein leichter Bartschatten zierte sein kantiges Gesicht mit der geraden Nase. Grüne Augen leuchteten mir entgegen, die aussahen wie die Blätter im Sommer.

»Stimmt, aber so können wir uns die Gesichter von denen merken, die noch nicht volljährig sind und diese dann um Mitternacht rausjagen«, meinte er lächelnd. Seine Stimme ließ mich erschaudern. Er sah auf meinen Ausweis und grinste.

»Da hast du heute Nacht Glück und darfst bleiben. Vielleicht sehen wir uns nach zwölf noch, dann habe ich ein wenig mehr Zeit.« In seiner Stimme lag ein Unterton, der mir eine Gänsehaut bereitete.

Ich nickte grinsend. »Vielleicht habe ich dann ja doppelt Glück«, erwiderte ich mit einem Zwinkern und war sogleich erschrocken von mir. Seit wann zwinkerte ich Wildfremden zu? Er kontrollierte noch Susans Personalausweis, dann grinste er mir nochmal zu und verschwand in der Menge.

Ich sah Susan an. »O mein Gott, war der heiß!«, meinte ich atemlos.

Susan nickte begeistert. »O ja, meine Güte! Falls er einen Zwillingsbruder hat, erhebe ich Anspruch auf ihn! Du darfst den haben. Er war ja recht von dir eingenommen.« Sie zwinkerte und deutete auf meine Brüste. »Ich habe dir gesagt, dass das Top eine magische Wirkung auf die Männerwelt hat!«

»Ich kann doch nichts dafür. Wenn ich könnte, würde ich dir gerne etwas abgeben«, lachte ich.

»Ich weiß«, meinte sie ebenfalls lachend.

Susan sah nicht schlecht aus, auch wenn sie gerne etwas anderes behauptete. Ihre dunkelblonden Haare waren kurz und schön gelockt. Braune, große Augen, die an ein unschuldiges Rehkitz erinnerten, lagen in ihrem herzförmigen Gesicht. Sie war aber gerade mal einen Meter sechzig groß und hatte daher immer Schuhe mit mindestens zehn Zentimeter Absatz an. Sie war eben eine kleine, zierliche Frau.

Ich hingegen wirkte neben ihr wie eine tollpatschige Amazone mit Riesenbusen. Meine Haare waren lang, schwarz und fielen mir in leichten Wellen über die Schultern. Mein Gesicht war auch eher eckig mit zu großen Lippen und einer Stupsnase, die fehl am Platz wirkte. Dazu große hellblaue Augen und unter meinem linken Auge an der Außenseite war ein Muttermal in Form einer Träne, sodass es immer aussah, als würde ich weinen. Es war zwecklos, es überdecken zu wollen. Egal, wie viel Make-up ich auftrug, wenn ich mich dann kurz vom Spiegel abwandte, war es wieder da. Irgendwann hatte ich es aufgegeben, es überschminken zu wollen. Heute trug ich ein schwarzes Top ohne Träger, das an dem oberen Rand eine schmale Rüschenbordüre hatte, schwarze Hotpants aus Jeansstoff und schwarze Chucks.

Tratschend tranken wir weiter und sahen uns die anderen Mädchen an, die hier herumliefen. Man könnte meinen, wir wären richtige Oberzicken, was eigentlich überhaupt nicht stimmte, aber irgendwie hatten wir heute Abend mal das Bedürfnis, uns so zu geben.

»Sollen wir wieder rein, tanzen?«, fragte Susan.

»Ja, lass uns in meinen Geburtstag tanzen!«, sagte ich und ging schon voraus.

»Okay, willst du in die Rockarea?«, fragte sie kichernd.

»Ja, ja, ja, bitte!« Begeistert nickte ich und beschleunigte meine Schritte.

Susan lachte wieder, denn sie kannte mich einfach zu gut, um nicht zu wissen, dass ich die Technomusik nicht wirklich mochte. Gemeinsam gingen wir die Treppe rauf.

Die erste Etage war schlicht gehalten, keine leuchtenden Fußböden oder ähnlicher Schnickschnack, einfach nur gedämpfte Lichter und schöne, laute Musik.

Kurz vor zwölf verschwand Susan kurz, kam jedoch rechtzeitig wieder, damit wir gemeinsam auf ihre Uhr schauen konnten und begannen ab 10 Sekunden runterzuzählen.

Als der Sekundenzeiger die Zwölf erreichte, sprang Susan mich an und umarmte mich. »Alles, alles Liebe zum Geburtstag!«

Ich strahlte und umarmte sie zurück. »Danke!«

Sie grinste und plötzlich verstummte die Musik.

»Leute, alle mal herhören! Wir haben heute ein

Geburtstagskind unter uns! Emilia wird heute 18 und wünscht sich das Lied *Satellite* von *Rise Against*!«

O mein Gott! Ich strahlte Susan an und gemeinsam tanzten wir ausgelassen weiter.

»*Vielleicht kann ich mir ja auch ein Lied wünschen?*«

»*Warum betrügt er mich bloß?*«

»*Leila ist einfach nur heiß.*«

»*Die Band ist einfach die geilste!*«

»*Die Kleine nervt.*«

»*Ich vögel sie und verschwinde dann wieder.*«

Verwirrt schaute ich mich um. Wo kamen die Stimmen her? Alle um mich herum waren ins Tanzen vertieft. Meine Augen wurden immer größer, meine Hände legten sich auf meine Ohren. Ich wollte so etwas nicht hören! Die Stimmen hallten immer noch in meinem Kopf. Was sollte denn das? Wenn das so weiterginge, würde er noch explodieren! Ich sah hilfesuchend Susan an.

»*Was hat sie bloß?*«

Ihre Lippen hatten sich nicht bewegt, aber ich hatte ihre Stimme klar und deutlich in meinem Kopf gehört.

Angst ließ meinen Atem hektisch werden, kalter Schweiß breitete sich auf meinem Körper aus.

Ich konnte nicht mehr! Schnell rannte ich die Treppe hinunter, stolperte und fiel fast, fing mich aber wieder und rannte zu der Bar an die frische Luft.

Hier draußen waren nicht viele Menschen und als die Tür hinter mir in ihr Schloss fiel, wurden ein paar Stimmen gedämpft, andere dafür aber lauter.

»*O Mann, ist mir schlecht! Ich hätte nicht so viel trinken dürfen. Nur wegen dieser Hure!*«

»*Wie konnte ich es nur solange bei ihm aushalten, es gibt viel bessere!*«

Plötzlich legte sich eine schwere, warme Hand auf meine

Schulter. Ich erschrak, aber plötzlich verschwanden die Stimmen. Ich riss die Augen überrascht auf – sie waren weg!

»Du bist doch die Kleine von vorhin, oder?«

Die Stimme erkannte ich und ein leichter Schauder meinerseits begleitete den angenehmen Klang. Langsam drehte ich mich um. Der Typ von der Security stand vor mir.

»Ja, die bin ich, Emilia. Und wie heißt du?«, fragte ich ihn lächelnd. Ich versuchte meine Verwirrtheit wegzuschieben. Ich wollte nicht wie eine Verrückte auf ihn wirken. Wieso hatte ich plötzlich Stimmen gehört? Und warum waren sie auf einmal weg?

»Ich bin Finn. Ich habe jetzt ein wenig Zeit, es sei denn, die betrunkenen Idioten fangen an sich zu prügeln.« Sein Blick wanderte über die Leute, die um uns herum standen und beobachtete sie kurzzeitig.

Ich grinste ihn an. Seine Hand lag noch immer wärmend und irgendwie tröstend auf meiner Schulter.

Finn lud mich auf ein Bier ein. Er selbst trank aber Wasser, er sei schließlich noch im Dienst, meinte er. Als er fortging, um das Bier zu holen, trafen die Stimmen mich wie ein Faustschlag.

»Ob der Typ wohl ihr Freund ist? Oder habe ich noch 'ne Chance?«

Ich stützte mich mit meinen Ellbogen auf dem Tisch ab, während ich meine Hände auf meine Ohren presste. Wie konnte es sein, dass ich so etwas hörte? Wurde ich verrückt? Was passierte bloß mit mir?

Zum Glück brauchte Finn nicht lange und als er wiederkam, legte sich seine warme Hand auf meinen Arm. »Alles gut bei dir? Oder liegst du öfter so auf dem Tisch?«, fragte er besorgt und musterte mich kritisch.

Zaghaft lächelte ich ihn an. Ich würde ihm bestimmt nicht erzählen, dass ich seltsame Stimmen hörte und dass diese verstummten, wenn er mich anfasste. »Ähm, ich habe ein wenig Kopfweh.«

Er sah zweifelnd zu mir, dann zu dem Bier. »Bist du sicher, dass du das dann noch trinken möchtest?«

Am liebsten wollte ich noch etwas viel Härteres als Bier trinken, aber das erwähnte ich ihm gegenüber nicht. Er sollte nicht denken, dass ich ein Alkoholproblem hatte. Also nickte ich bloß. »Alkohol soll doch schmerzresistent machen, da kann ich das gut gebrauchen.« Innerlich schüttelte ich über mich selbst den Kopf. So viel Schwachsinn hatte ich noch nie von mir gegeben.

»Wo ist denn eigentlich deine Freundin?«, fragte er interessiert.

Erschrocken sog ich tief Luft ein. »Oh, verdammt! Die habe ich komplett vergessen.« Schnell fummelte ich mein Handy aus der Hosentasche und schrieb Susan eine SMS.

Entschuldigung! Ich musste frische Luft schnappen, stehe draußen an der Bar.

Sie antwortete fast sofort, was mich ein wenig überraschte. Normalerweise sah sie sehr selten auf ihr Handy.

Ist ok, bin unterwegs, habe einen süßen Typ getroffen!

Ein erleichtertes Lächeln stahl sich auf meine Lippen. Das war typisch Susan, ein süßer Typ und all ihre Gedanken waren bloß auf ihn gerichtet.

»Ist sie sehr böse?« fragte Finn mich.

»Nein, zum Glück nicht«, antwortete ich freudig und wandte mich ihm wieder zu.

Er grinste. »Dann ist ja gut. Ich wollte nicht hier sein, wenn ein Zickenstreit vom Zaun bricht.«

»Den brauchst du hier nicht zu erwarten. Du bist in einer Zicken-sicheren Zone.«

Er seufzte erleichtert auf und ich konnte mir ein Lachen nicht verkneifen.

Wir unterhielten uns weiter und ich erfuhr, dass er tatsächlich nur ein Jahr älter war als ich.

»Und was machst du sonst so, wenn du keine Minderjährigen aus Diskotheken schmeißen musst?«, fragte ich und hing an seinen Lippen.

»Dies und das. Meistens arbeite ich trotzdem für die Firma, die hier auch angestellt ist. Es gibt gutes Geld. Aber wenn ich darauf keine Lust mehr habe, suche ich mir etwas Neues«, sagte er schulterzuckend.

Stirnrunzelnd sah ich ihn an, so in den Tag hinein zu leben wäre nichts für mich. Ich brauchte zumindest eine kleine Struktur. Ich wollte wissen, was ich machte und was auf mich zukam. Bevor sich eine peinliche Pause bilden konnte, platzte Susan aus der Disco.

»Ohhh, Em! Der Typ ist so heiß!« Sie kreischte auf und fiel mir um den Hals. »Und so ein Gentleman! Er kommt auch gleich!« Sie fasste mich an und ich hörte, wie glücklich und aufgedreht sie war, sie freute sich.

Es war schon einige Zeit her, dass sie das letzte Mal über Nacht bei einem Mann gewesen war. Susan war schon immer diejenige von uns gewesen, die lauter lebte. Sie liebte Partys, während ich mich auch komplett in einem Buch verlieren und alles um mich herum vergessen konnte. Sie war die extrovertiertere von uns, besonders was Jungen anging.

Ich hingegen hatte schon immer Schweißausbrüche bekommen, wenn mich ein Junge nur angesehen hatte. Dass ich mich in Finns Nähe so wohl fühlte, war neu für mich.

Ich wusste, ich war nicht hässlich, auch wenn ich keine Modelmaße hatte. So wie ich war, fühlte ich mich wohl und das war das Wichtigste. Aber Jungen bereiteten mir tierische Kopfschmerzen, ich wusste einfach nie, über was ich mit ihnen reden sollte. Susan war da unkomplizierter, sie hörte zu, was der Junge sagte, verfiel ihm und verwandelte sich in eine dümmlich kichernde Version ihrer selbst.

So ein Mädchen war ich aber nicht. Ich wollte mich vernünftig mit meinem Freund unterhalten können, ohne dass ich kicherte wie eine Vierjährige. Als ihre Hände meine Unterarme umfassten, riss sie Finns Hand von meinem Körper. Direkt strömten wieder alle Gedanken um mich herum auf mich ein.

»*Oh, die kleine Rothaarige ist aber auch ein Leckerbissen.*«

»*Wow, die Disko ist echt der Hammer.*«

»*Mein Gott, ich glaube, wenn ich jetzt noch einmal kotze, wird mir schlecht.*«

Susan hatte wohl irgendwas zu mir gesagt, denn sie betrachtete mich besorgt, aber ihre Stimme konnte nicht zu meinem Hirn durchdringen.

»*Richtig geile Schnecken hier, ich muss öfter herkommen!*«

Meine Knie wurden unter dem Druck immer zittriger. Schweiß brach mir aus und ich hatte das Gefühl, mein Kopf würde gleich explodieren. Als meine Knie nachgaben, umfasste mich eine starke Hand und sogleich verschwanden die Stimmen. Ich liebte Finns warme Berührungen. Fragend runzelte ich die Stirn. Wie konnte es sein, dass ich keine Stimmen in meinem Kopf hörte, wenn er mich berührte? Ich sah ihn forschend an. »Ist alles okay, Emilia?«, fragte er und erwiderte meinen Blick mit besorgten Augen.

Langsam schüttelte ich den Kopf. Nein, es war gar nichts okay, ich hörte Stimmen, verdammt noch mal!

»Was ist los? Willst du ein Wasser, oder etwas anderes?«, fragte jetzt auch Susan und legte mir ihre Arme um die Schultern.

Ich schüttelte wieder den Kopf. »Ich möchte nur noch nach Hause.«

Es war zu viel. Ich fühlte mich komplett ausgelaugt und wenn mein Kopf nicht durch die Stimmen explodierte, dann tat er es bestimmt durch die Fragen, die in mir wüteten und verlangten beantwortet zu werden.

Finn verstand mich, obwohl ich es vor mich hingemurmelt hatte. »Soll ich dich fahren?«, erkundigte er sich und wühlte schon in seinen Taschen.

»Nein«, sagte ich schnell. »Ich möchte nicht bei einem Fremden mitfahren.« Ich brachte etwas Abstand zwischen uns, seine Hand verlor dadurch ihren Halt, doch ich versuchte stark zu bleiben und mich nicht direkt wieder in seine Arme zu werfen. Obwohl ich mich nach seiner Berührung sehnte, die die Stimmen in meinem Kopf verstummen ließ.

Susan sah mich traurig an, ich musste mich auf ihre Worte konzentrieren, damit sie durch die ganzen anderen zu mir durchdringen konnten.

»Kann ich mich noch eben verabschieden?«, fragte sie. Sie dachte an den Typen. Er hatte sie eingeladen bei ihm zu übernachten, um ein wenig Spaß zu haben.

»Ist schon okay, Sus, ich kann alleine mit dem Taxi fahren.«

Sie sah mich besorgt an. »Bist du sicher? Bist du dann auch nicht böse?«

Ich sah in ihren Gedanken, dass es ihr wirklich leid tat und dass sie sich mies fühlte. »Ist wirklich okay, Sus. Ich möchte ein wenig alleine sein. Und du hast Spaß bei dem Typen.« Ich zwinkerte ihr zu.

»Woher weißt du das?«, fragte sie überrascht.

Ich winkte ab. »Ich kenn dich gut genug, um dein Grinsen deuten zu können«, versuchte ich mich zu retten.

Sie umarmte mich und hopste wie ein Flummi. »Danke, danke, danke!«

Ich amüsierte mich über ihre Freude und drückte sie von mir weg. »Ist okay, geh du zu dem Typen und ich ruf mir ein Taxi.«

»Soll ich mit dir warten?«

Und mich noch mehr ihrer Gedanken aussetzen? Ein beklemmendes Gefühl setzte sich in meiner Brust fest.

»Nein, das mache ich. Jetzt geh schon«, ermunterte Finn sie.

Überrascht sah ich zu Finn. Auch wenn ich ihn als Fremden bezeichnet hatte, war ich heilfroh, dass Finn von selbst sagte, er würde mit mir auf das Taxi warten. Susan grinste ihn an, zwinkerte mir noch einmal zu und verschwand wieder in der Disco.

»Wow, sie ist wirklich lieb«, meinte Finn, aber ein zweifelnder Unterton schwang in seiner Stimme mit.

»Ja, ist sie«, äußerte ich bestimmt. Ich zog mein Handy aus meiner Tasche und bestellte ein Taxi für eine Person.

»Und du bist sicher, dass du nicht mit mir fahren magst?«

Ich nickte nur. Es war wirklich schwer, die Worte aus seinem Mund aus den Gedanken der anderen herauszufiltern. »Das ist sehr lieb, aber wie gesagt, du bist eigentlich ein Fremder. Wer sagt, dass du nicht ein Verrückter bist, der mich verschleppen will?«

»Ich arbeite bei einer Security und du meinst, ich bin nebenbei Schwerverbrecher?«, feixte er.

Ich zuckte mit den Schultern und strahlte ihn an. »Es kann alles geben. Außerdem sagtest du selbst, dass du gerne die Branchen wechselst«, bemerkte ich vielsagend.

Er zuckte zusammen. »Da hast du recht. Es kann alles geben.«

»Ich sollte schon nach vorne gehen, damit ich das Taxi nicht verpasse«, wechselte ich das Thema.

Er umfasste meine Hand mit seiner und endlich verschwanden die Stimmen aus meinem Kopf. Ich konnte mir ein erleichtertes Seufzen verkneifen, war aber doch heilfroh, als sich unsere Hände berührten.

Gemeinsam gingen wir wieder zurück in die Diskothek, um an den Taxistand zu kommen.

Als wir draußen waren, wollte ich meine Hand von seiner lösen, immerhin bestand nicht mehr die Gefahr, dass wir uns verlieren konnten. Aber er ließ mich nicht los. Innerlich freute ich mich darüber, denn auch hier standen einige Menschen.

Manche übergaben sich am Straßenrand, andere knutschten in den Büschen und nicht allzu weit entfernt hörte ich unterdrücktes Stöhnen.

Ich wollte wirklich nicht wissen, was denen durch den Kopf ging. Finn zog einen Kugelschreiber aus seiner Hose und reichte ihn mir. Ich sah erst den Stift, dann Finn fragend an. Er wurde plötzlich ein wenig nervös, wich meinem Blick aus und eine zarte Röte überzog seine Wangen. »Was soll ich damit?«, fragte ich nach und sah ihn erwartungsvoll an.

»Nun ja, ich finde dich sehr nett. Und ich würde mich gerne wieder mit dir treffen. Dann könnte ich vielleicht deine Nummer gebrauchen, aber nur, wenn du mich auch nett findest«, haspelte er und war in diesem Moment unglaublich niedlich.

Ich strahlte ihn an, dann nahm ich den Kugelschreiber und schrieb ihm meine Nummer auf den Unterarm. Bei der letzten Ziffer stutzte ich kurz. Sollte ich ihm wirklich meine richtige Nummer geben? Seine andere Hand fuhr sanft auf meiner Schulter hin und her. Wie schlimm konnte er schon sein?

»Und das ist auch die richtige Nummer?«, fragte er mich und schaute skeptisch auf seinen Arm.

Ich nickte amüsiert. »Klar.«

»Gut«, sagte er freudig. »Ich rufe dich an.«

Ein Taxi fuhr vor und ließ die Scheibe runter. »Emilia Roéz?«, erkundigte sich der Fahrer.

Ich nickte und stieg hinten ein. Als ich im Sitz saß, fuhr ich das Fenster herunter und winkte Finn zu. »Tschüss, pass gut auf dich auf.«

Er nickte, dann warf er dem Taxifahrer einen verwunderten Blick zu. »Du auch auf dich.« Ein ernster Ton lag in seiner Stimme und er ließ den Fahrer nicht aus den Augen.

Verwundert runzelte ich die Stirn. »Okay.«

Ich nannte dem Fahrer meine Adresse und wir fuhren los.

Er hieß Stewart, war 32 Jahre alt, lebte noch bei seiner Mutter und hatte heute Abend ein Date mit einer ›RedRose21‹. Er dachte, sie sei eine 21-jährige Blondine, die nebenbei modelt und ihn unbedingt kennenlernen wollte.

Ich konnte mir ein Schmunzeln gerade so verkneifen, das dachte er wirklich. Im Kopf summte er ein irisches Volkslied. Sein Vater war halber Ire gewesen, aber gestorben, als Stewart 14 geworden war.

Ich stopfte mir meine Kopfhörer in die Ohren, in der Hoffnung, dass die Musik die Gedanken übertönen konnte und tatsächlich: Die Klänge von *Rise Against* dämpften seine Gedanken und ich konnte die Fahrt nach Hause genießen.

KAPITEL 2

Die Landschaft zog an mir vorbei und ich beobachtete, wie wir uns immer mehr meinem Zuhause näherten.

In unserer Wohngegend nahm ich die Stöpsel aus den Ohren und kramte in meiner Tasche nach meinem Portemonnaie. *»Schnieke Wohngegend, wo das junge Ding absteigt. Schade um sie.«*

Ich runzelte verwundert die Stirn, was war schade? Ich versuchte mich nun auf seine Gedanken zu konzentrieren, aber sie schienen glibberig zu werden, ich konnte sie nicht fassen. Aber ganz egal, was er meinte, ich wollte es nicht herausfinden.

»Sie können mich hier schon raus lassen«, sagte ich schnell und kramte schon das Geld aus meiner Börse.

Er grinste entschuldigend in den Rückspiegel. »Das kann ich leider nicht, tut mir leid.«

Angst kroch an meinem Rücken hinauf und ich zog an der Tür, doch sie bewegte sich keinen Millimeter. »Sie haben mich eingeschlossen? Was soll das, was wollen Sie von mir?«, fragte ich und versuchte irgendwie ruhig zu bleiben, obwohl die Panik an mir nagte.

Er zuckte mit den Schultern. »Alles Befehle von oben.«

Ich rüttelte weiter an der Tür, ich wollte hier raus! Die Panik bahnte sich immer schneller einen Weg. Ich hatte fürchterliche Angst.

»Was meinen Sie mit ›der Befehl kommt von oben‹?«,

versuchte ich Zeit zu schinden und mich zu beruhigen.

»Ja oben eben, Boss, Chef, wie du willst. Hat gesagt, dass ich dich behalten soll, bis ich andere Befehle bekomme. Also bleib ruhig. Ich will keinen Ärger.«

Ich atmete tief ein. *Okay, Emilia, du musst die Ruhe bewahren!* Gegen die Panik ankämpfend überlegte ich, wie ich aus diesem verfluchten Taxi entkommen konnte.

Das Pfefferspray!

Ich schüttete meine Tasche aus und schnappte mir das Pfefferspray, vorsichtig rutschte ich auf meinem Sitz ein Stück weiter nach vorne. »Wer ist Ihr Chef? Und warum wollen Sie mich?«, versuchte ich noch mehr herauszufinden.

»Irgendein Deal mit deinem steinreichen Daddy ist nicht so verlaufen, wie er sollte. Und, tja …« Er machte eine wegwerfende Handbewegung, die andeutete, dass ihn der Rest nicht weiter interessierte.

In diesem Moment zog ich meinen Arm ruckartig nach vorne und sprühte ihm das Spray direkt in die Augen. Er fing an zu schreien, doch ich zielte weiter auf sein Gesicht. Ruckartig trat er auf die Bremse und riss die Hände nach oben, um seine Augen zu schützen. Ich sprühte weiter, bis die Dose leer war. Während er schreiend seine brennenden Augen rieb, kletterte ich nach vorne. Die Beifahrertür ließ sich zum Glück leicht öffnen und ich stolperte in die Freiheit.

»Das wirst du bereuen, du kleine Schlampe!«, schrie Stewart mir hinterher und rieb sich weiter hektisch die Augen.

So schnell ich konnte rannte ich querbeet durch die Gärten unserer Nachbarn auf dem Weg nach Hause.

Kurz vor unserem Haus blieb ich schlitternd und außer Atem stehen. Vor unserer Einfahrt standen vier Männer in Schwarz.

Shit! Das mussten die Männer sein, mit denen Stewart zusammenarbeitete. Geduckt huschte ich hinter eine Hecke und suchte mir eine Position, von der aus ich die Männer sehen konnte, aber sie mich nicht. Ich konnte ihre Gedanken nicht hören, als wären die vier gar nicht existent. Wie bei Finn.

Was war bloß mit denen verkehrt? Ich schmunzelte bei meinen eigenen Überlegungen. Ich hörte die Gedanken meiner Mitmenschen, fragte mich aber, was mit den Menschen verkehrt war, deren Gedanken ich nicht hören konnte. Ich schüttelte den Kopf und wartete.

Ich wusste nicht, wie lange ich dort schon hinter der Hecke hockte, aber die Nachtkälte hatte sich durch meine Haut gefressen. Es war auch eine Schnapsidee gewesen, nur so kurze Sachen anzuziehen, fluchte ich innerlich und bereute, dass ich im Taxi mein Handy nicht wieder ergriffen hatte.

Aber wer hätte auch ahnen können, dass ich die Nacht hinter einer Hecke verbringen würde? Mit den Händen versuchte ich meine Arme und Beine ein wenig warm zu rubbeln, als sich plötzlich eine schwere Hand auf meinen Mund legte. Voller Panik versuchte ich zu schreien, die Männer, vor denen ich mich versteckte, hatte ich vergessen. Verzweifelt riss ich an der fremden Hand, um sie von meinem Mund zu bekommen, doch dann spürte ich einen warmen Atem an meinem Ohr. »Reg dich ab. Ich bin es, Finn.«

Sofort ließ meine Panik nach, obwohl ein gewisser Argwohn blieb. Ich seufzte auf und beruhigte mich, zumindest teilweise. Skeptisch sah ich Finn an. Wie hatte er mich gefunden und wieso war er hier? Er würde mir doch sicherlich nichts tun? Vielleicht konnte er mir sogar helfen, immerhin war er bei der Security. Finn hockte sich neben mich.

»Warum versteckst du dich hier?«, fragte er und sah durch die Büsche hindurch.

Ich deutete mit einem Kopfnicken auf die schwarzen Männer. »Ich verstecke mich vor denen da«, flüsterte ich. »Der Taxifahrer meinte, er sollte mich zu ihnen bringen, weil ein Deal mit meinem Vater geplatzt ist. Wahrscheinlich wollten sie mich benutzen, um ihn unter Druck zu setzen.« Ein leises, belustigtes Schnaufen konnte ich mir nicht verkneifen. Meinem Vater würde es wahrscheinlich nicht einmal auffallen, wenn ich einfach weg wäre.

Wir hatten keinen Streit, aber er schien zwischen seiner Arbeit und seiner Frau, die mich hasste und froh wäre, würde ich verschwinden, oftmals zu vergessen, dass er eine Tochter hatte.

»Du musst leise sein. Wir müssen irgendwie ins Haus kommen«, erinnerte mich Finn.

Ich sah ihn fragend an. »Wir?«

Er sah mich an, als hätte ich nicht alle Tassen im Schrank. »Meinst du, ich lasse dich jetzt alleine?«

»Ähm, ich weiß nicht mal, woher du weißt, dass ich hier wohne«, merkte ich skeptisch an.

»Ich habe mir Sorgen gemacht, weil der Taxifahrer komisch roch und du nicht an dein Handy gegangen bist.«

Ich runzelte die Stirn. »Der Fahrer roch komisch? Ich habe gar nichts an ihm gerochen. Und woher weißt du, wo ich wohne und wie konntest du mich finden?«, hakte ich weiter nach. Das ergab doch gar keinen Sinn.

»Ja, er roch komisch. Genau wie sein ganzes Taxi. Ich habe vorhin auf deinen Personalausweis geschaut, weißt du noch? Deswegen bin ich hierher gefahren. Aber als ich die Männer vor deinem Haus gesehen habe, bin ich ausgestiegen und habe mich umgesehen, bis ich dich gewi– … ähm, gefunden habe.«

Ich nickte. Doch auch diese Antwort half mir weder, an den schwarzen Männern vorbeizukommen, noch erklärte sie mir, wie Finn darauf kam, dass der Taxifahrer komisch gerochen habe. Ich sah wieder zu ihnen hinüber. »Sie wirken so langsam nervös, vielleicht verschwinden sie wieder. Oder?« Hoffnungsvoll sah ich zu Finn hinauf. Selbst jetzt, im Hocken, überragte er mich mindestens um einen Kopf.

»Das glaube ich nicht. Sie werden so lange dortbleiben, wie

es nötig ist.«

Er zerstörte meine Hoffnung, indem er nur einmal den Mund aufmachte. »Und woher weißt du das?«, schnaufte ich empört. Ich wollte doch nur endlich nach Hause.

»Weil ich es nicht anders machen würde«, erklärte er.

Zuerst sah ich ihn erstaunt an. Dann wanderte mein Blick wieder zu den Männern. »Hast du vielleicht ein Handy?«, fragte ich ihn.

»Nein, ich habe es im Auto liegen gelassen.«

Ich stöhnte. *Das läuft ja wirklich alles super!* »Kannst du es nicht holen?«, erkundigte ich mich.

Er schüttelte wieder den Kopf. »Dann müsste ich an denen vorbei. Und ich mag dich hier nicht alleine lassen.«

Gemeinsam hockten wir also weiterhin hinter den Büschen und beobachteten die Männer in Schwarz.

»Habt ihr nicht einen Hintereingang oder so?«, klagte Finn nach einer gefühlten Ewigkeit. Meine Beine waren nun endgültig trotz des Sommers eingefroren. Der Taxifahrer hatte sich nicht blicken lassen. Er wollte nach meiner Attacke wahrscheinlich so schnell wie möglich nach Hause, anstatt sich die Blöße zu geben, den unheimlichen Männern berichten zu müssen, dass ich hatte fliehen können.

»Schon, aber der ist abgeschlossen und ich habe keinen Schlüssel dafür. Diese Tür ist sowas wie ein Bediensteteneingang für unsere Haushälterin.«

Er sah mich ungläubig an. »Eure Haushälterin?«

Genervt schaute ich zu ihm auf. Jetzt dachte er wahrscheinlich, ich sei ein verzogenes, reiches Mädchen, das keine Ahnung von nichts hatte.

»Ja«, seufzte ich. »Willst du den Haushalt eines so großen Hauses etwa einer Frau zumuten, die dich nur wegen deines Geldes geheiratet hat, oder deiner Tochter, die du kaum kennst?«

Er schaute weg, als wäre er peinlich berührt und würde bereuen, was er vorhin gedacht hatte. »Okay, ich habe nichts gesagt.«

Wieder wandten wir uns den Männern zu. *Können die nicht endlich verschwinden?*, dachte ich. Meine Augen wurden schwer und ich wollte nur noch ins Bett. Finn stupste mich an. »Sieh mal!« Er deutete auf die andere Straßenseite. Ich sah hin, traute aber meinen Augen kaum.

»Was wollen so viele Wölfe hier?«, fragte ich überrascht.

Auf der anderen Straßenseite lauerte ein ganzes Rudel und belauerte anscheinend ebenfalls die Männer in Schwarz.

»Wir müssen leise sein, sie dürfen nicht auf uns aufmerksam werden!«, flüsterte Finn mir ins Ohr, wobei sein warmer Atem meinen Hals streifte und mich erschaudern ließ.

Ich nickte. Wieso kamen so viele Wölfe hier her? Wir waren zwar ein wenig außerhalb, hatten aber in der Nähe keinen dichten Wald, in dem solch eine Anzahl an riesigen Wölfen genug Nahrung finden könnte. Abgesehen davon, dass sie nichts in unserer Straße zu suchen hatten!

Plötzlich wurden die Wölfe aktiv, lösten sich aus ihrer Formation und schlichen im Schatten der Nacht näher an die Männer heran. Sie wichen den Lichtkegeln aus, welche die Laternen warfen, und rückten immer näher. *Seit wann gehen Wölfe bei der Jagd so systematisch vor?* Nervös sah ich zu Finn.

»Wollen wir nicht verschwinden?«

Es schien, als würde er mich nicht beachten. Sein Blick lag konzentriert auf den Wölfen. Ich wollte weiter wegrutschen, doch Finn hielt mich fest.

»Nicht bewegen. Gib keinen Ton von dir«, befahl er und sein eiserner Griff klammerte sich um meinen Arm.

Ängstlich sah ich wieder zu dem Rudel, ich wollte weg. Ganz weit weg. Schließlich wusste ich, dass Wölfe ihre Beute normalerweise in Rudeln hetzten und dann ihre Fänge in ihr Fleisch gruben.

Auch wenn ich diese Tiere wirklich faszinierend fand, so hatte ich doch einen gewissen Respekt vor diesen Raubtieren und würde mich wohler fühlen, säße ich nun in meinem sicheren Zimmer.

Als die Wölfe an uns vorbei waren, stupste Finn mich wieder an. »Lass uns zu der Hintertür gehen. Da kommen die Wölfe nicht hin.«

Verwirrt sah ich ihn an, woher wollte er das wissen? Wir hatten keinen Gartenzaun – da kämen die Wölfe hin. Ich versuchte Finn zu vertrauen und ließ mich von ihm mitziehen. Vorsichtig schlichen wir in unseren Garten. Vor mir lief Finn, der mich hinter sich herzog, und keinerlei Geräusche verursachte. Ich hingegen fühlte mich wie ein Trampel, unter dem dauernd Äste zerbrachen und der über Wurzeln stolperte.

Endlich erreichten wir unsere Terrasse mit dem Pool. Als wir gerade auf die Terrassensteine traten, hörte ich von vorne Knurrlaute. Ich riss die Augen auf. Hatten die Wölfe tatsächlich die Menschen angegriffen? Das lag nicht in ihrer Natur! Ich sah Finn ängstlich an, ihn schien das gar nicht zu verwirren. Als sei ein Rudel Wölfe, das in der Stadt Jagd auf Menschen macht, vollkommen normal.

»Findest du es nicht komisch, dass die Wölfe grundlos Menschen angreifen?«, erkundigte ich mich und beobachtete Finns Reaktion.

Er zuckte mit den Schultern. »Es war ja nicht grundlos. Die Kerle hatten Waffen mit Schalldämpfer. Wahrscheinlich haben sie einen Wolf angeschossen und dann hat sich das Rudel gewehrt.«

»Ich habe gar keine Waffen an ihnen bemerkt. Aber wäre ein Wolf angeschossen worden, hätte er nicht gejault?«, fragte ich. Ich hatte da keinerlei Erfahrungen, aber ich war mir sicher, dass ich zumindest wie am Spieß schreien würde.

»Nicht unbedingt.« Er schlich zu einem Erdgeschossfenster »Wieso hast du nicht gesagt, dass hier Fenster auf Kipp sind?« In seiner Stimme klang ein Vorwurf mit.

Ich sah ihn verständnislos an. »Woher soll ich wissen, dass ein Fenster auf Kipp ist? Ich habe einen Haustürschlüssel!«

Er bedeutete mir zu warten und schlich zur Hausecke, von der aus man auf die Straße sehen konnte. Kurz verschwand er, kam dann aber wieder.

»Nein, die Wölfe sind nicht weg.« Er holte einen langen Draht aus seiner Hose. Erstaunt sah ich den Draht an und dann zu Finns Hosentasche. Was hatte er wohl noch in seiner Hose?

Doch dann schüttelte ich den Kopf, *falscher Gedanke!* Er bog das eine Ende des Drahtes zu einer Schlaufe und führte sie in den Fensterspalt. Was er dann machte, sah ich nicht, aber nachdem er mit einem Ruck an der Schlinge gezogen hatte, schwang das Fenster komplett auf.

»Ein Security, der einbrechen kann?« Ungläubig betrachtete ich ihn.

Er zuckte mit den Achseln. »Man muss ja wissen, wie Diebe vorgehen, um das zu verhindern.«

Ein guter Aspekt, trotzdem merkwürdig. »Ich bedanke mich«, sagte ich und gab ihm einen Kuss auf die Wange. »Willst du noch mit rein, bis die Wölfe weg sind?«

Er schüttelte den Kopf. »Nein, mir tun die nichts«, meinte er und verschwand dann wieder im Dunkel des Gartens.

Kurz fragte ich mich, wie er so sicher sein konnte, dass die Wölfe ihm nichts tun würden, dann kletterte ich durch das Fenster und schloss es hinter mir. Auf unerwarteten Besuch hatte ich nach dieser Nacht keine Lust mehr.

In unserem Wohnzimmer war es düster, ich wollte aber auch kein Licht anmachen, für den Fall, dass die Männer doch noch in der Nähe waren – auch wenn die komischen Wölfe sie wahrscheinlich verschreckt hatten. Also tastete ich mich im Dunkeln durch das Haus.

Unser Wohnzimmer war recht groß für eine Familie, die kaum Zeit dort verbrachte. Es bestand aus einer großen weißen Lederwohnlandschaft mit einem edlen Glastisch, der auf einem weißen Plüschteppich stand. Alles hier war weiß und hochglänzend, sogar die Wände und der Marmorfußboden.

Mich erinnerte das alles an eine Klinik. Alles war steril und verriet nichts über uns. Dazu ein hochmoderner Smart TV und die dazugehörige Anlage, mit dem ganzen Technik-Schnickschnack prahlte mein Vater, wenn Kunden zu Besuch kamen. Aus dem Wohnzimmer gelangte man in den Flur, der eher einer Empfangshalle glich und ebenfalls mit weißem Marmorfußboden und weißen Wänden ausgekleidet war. An den Wänden hingen Fotos einer heilen Familie. Die Treppe hatte ein schwarzes Geländer und schwarze Marmorstufen. Mein Vater liebte Marmor.

Schnell ging ich die Treppen hoch. Noch eine Treppe höher, direkt unter dem Dach, war mein Zimmer. Es war recht groß und das einzige mit Laminatboden. Mein Vater war damals entsetzt gewesen, als ich ihm gesagt hatte, ich wollte das Kirschbaumlaminat. Bei der Erinnerung musste ich lächeln.

Meine Wände waren abendrot gestrichen, dazu hatte ich weiße Holzmöbel. Mein Zimmer sah richtig gemütlich aus.

Ich trat an mein Bett, welches einen roten Himmel hatte, und sah aus einem der bodentiefen Fenster. Das Bett stand so, dass ich nach draußen auf die Straße sehen konnte, wenn ich auf dem Bauch lag. Ich hielt Ausschau nach Finn, den Wölfen und den Männern, konnte aber niemanden sehen.

Mein Schreibtisch mit Sessel stand auf der gegenüberliegenden Seite des Raumes, die Platte des Schreibtisches sah man aber eigentlich nie, weil sie unter einem Haufen Blätter versteckt lag. Dann hatte ich noch zwei weiße Ohrensessel und ein riesiges Bücherregal, das die komplette Wand einnahm.

Auf der anderen Seite stand meine Musikanlage und die Regale, die diese umgaben, waren voller CDs. Ich stand nicht so auf den neuen Trend, seine Musik nur noch als Datei zu haben, ich wollte lieber etwas Substanzielleres.

Auf dem Weg ins Bad zog ich mich aus. Dann putzte ich mir die Zähne, schminkte mich ab, flocht mir einen Zopf und zog ein zu großes Bandshirt und Boxershorts an. Mein Blick blieb am Spiegel hängen, mir schaute ein blasses Gesicht mit großen blauen Augen entgegen, unter meinen Augen hatten sich leichte Augenringe gebildet und das Muttermal stach aus meinem Gesicht hervor. Die schwarzen Locken ließen mich noch blasser aussehen, als ich eigentlich war.

Ich kuschelte mich in mein Bett, aber die Müdigkeit, die vorhin nach mir gegriffen hatte, war verschwunden. In meinem Kopf drehte sich einfach noch zu viel von dem, was an diesem Abend geschehen war.

Ich legte mich auf den Bauch und sah nach draußen. Vor unserer Tür standen keine unheimlichen Menschen mehr, aber als ich genauer hinsah, entdeckte ich in den Büschen, in denen Finn und ich uns versteckt hatten, einen grauen Wolf.

Das Tier sah zu mir hoch. Aber er konnte mich doch nicht sehen? Ich hielt seinem Blick stand. Dieses Mal hatte ich keine Angst – im Gegenteil. Etwas reizte mich. Dieser Wolf war anders, das spürte ich ganz tief in meinem Inneren. Ich konnte nicht erklären, woher das Gefühl kam. Es fühlte sich an, als würde tief in mir etwas mit ihm durch die Nacht rennen, den Mond anheulen und auf die Jagd gehen wollen.

Der Wolf brach den Augenkontakt ab und heulte in die Nacht. Sehnsucht stieg in mir auf und ich wünschte, ich hätte es ihm gleichtun können. Dann sah er mich noch einmal an und rannte davon.

Kapitel 3

Lächelnd streckte ich mich der Sonne entgegen, als sie sanft durch meine Augenlider schien. Es war ein schöner Sonntagmorgen, ich freute mich schon auf Henriettas Geburtstagskuchen.

Henrietta war unsere spanische Haushaltshilfe – mein Vater war halber Spanier, daher auch der Nachname Roéz. Henrietta dachte immer an meinen Geburtstag und überraschte mich jedes Mal.

Es klopfte an meiner Tür und ich setzte mich fröhlich auf. Doch mein Grinsen schwand direkt, als statt Henrietta meine Stiefmutter hereingeschneit kam. In den elf Jahren, die sie nun schon hier lebte, hatte ich sie noch nicht einmal vor Freude lachen hören, nicht einmal hatte sie mich in den Arm genommen. Ihr ganzes Aussehen war irgendwie kalt und abweisend. Ihr platinblondes Haar fiel aalglatt an ihrem Körper hinab. Die eisblauen Augen waren wie Eiszapfen, die sich kalt und hart in einen bohrten.

»Emilia? Bist du wach?«, bellte sie.

»Ja, Alice. Ich bin wach«, murmelte ich und wollte mich am liebsten wieder in meinem Bett verkriechen.

»Warum bist du noch nicht aufgestanden?«, fragte sie mich in genervtem Tonfall.

»Weil ich erst gerade eben wach geworden bin. Die Nacht war kurz«, pampte ich. Nach diesen paar Sätzen hatte ich schon die Nase voll von ihr.

»Gut, dann bist du in einer Minute unten bei deinem Vater, er hat dir etwas Wichtiges mitzuteilen.« Damit stöckelte sie auf ihren Zehn-Zentimeter-Pfennigabsätzen davon.

Ich verstand nicht, weshalb man solche Schuhe zu Hause anzog, wenn man nicht vorhatte, direkt zu gehen.

Genervt zog ich mir die Decke über den Kopf, ich hasste sie! Sie war eine eingebildete Ziege. Sie war schon immer eine komische Frau gewesen. Doch erst jetzt fiel mir auf, dass ich ihre Gedanken nicht gehört hatte. War gestern bloß eine Einbildung gewesen? Voller Hoffnung, ich könnte gestern Halluzinationen gehabt haben und doch nicht völlig verrückt geworden sein, rappelte ich mich auf und ging so, wie ich war, nach unten.

Vielleicht hatte Henrietta meinen Vater dieses Jahr an meinen Geburtstag erinnert. Aber selbst wenn, hatte er das wahrscheinlich schon wieder vergessen.

Unten angekommen ging ich in die Küche. Sie erinnerte mich eher an eine Gefängnisküche. Alles, sogar der Esstisch, bestand aus Edelstahl, die Wände waren in einem dreckigen Grau gestrichen und der Boden – wie könnte es anders sein – aus weißem Marmor.

Am Küchentisch saß mein Vater mit seinem Kaffee, einer Morgenzeitung und angezogen, als würde er gleich ins Büro müssen. Mich schauderte es bei der Vorstellung, sonntags einen Anzug zu tragen.

Er sah mich über den Rand seiner Zeitung an. »Morgen, Emilia.«

Kalte Abweisung schlug mir entgegen und ich umfasste mich mit meinen Armen. »Morgen, Vater.«

»Mein kleines Mädchen, schon so groß.«

Ich versteifte mich und stöhnte innerlich auf. Ich war wohl doch nicht mit vorrübergehenden Halluzinationen gesegnet gewesen.

»Alice sagte, du willst mir was erzählen?«, fragte ich, obwohl ich es bereits wusste. Seine Gedanken erzählten mir schon, dass er mich für mein letztes Schuljahr auf ein Internat schicken würde. Er brauchte eine Auszeit, mit Alice zusammen, damit sie ihre Ehe vielleicht wieder auf die Reihe bekamen. Wut brannte in mir auf und ich konnte mir ein empörtes Schnaufen nicht verkneifen. Er zog seine neue Frau seiner eigenen Tochter vor? Ich biss mir auf die Lippen, um mich nicht noch mehr zu verraten. Die Selbstbeherrschung, die ich an den Tag legte, machte mich ein wenig stolz. Ich sprang ihm weder ins Gesicht, noch schrie ihn an.

Verlegen räusperte er sich. »Ja, also … Alice und ich möchten uns Ruhe gönnen und verreisen. Deswegen schicke ich dich für dein letztes Jahr auf ein Internat.«

Ich zog die Augenbraue hoch. »Du willst mich in ein Internat abschieben? Warum kann ich nicht hierbleiben und Henrietta kümmert sich um mich?« Ich presste die Kiefer zusammen, die Wut brodelte in mir und wollte herausgelassen werden. Ihm würde ich es nicht so leicht machen, mich abzuschieben, seine einzige Tochter.

»Henrietta haben wir gekündigt. Alice hat sie beim Klauen erwischt.«

Meine Welt geriet aus den Fugen. Der Schock saß in meinen Knochen und ich konnte nicht anders, als meinen Vater fassungslos anzustarren. Der Frau, die mich wirklich aus ganzem Herzen und um meinetwillen geliebt hatte, hatte mein Vater gekündigt? Henrietta war ein herzensguter Mensch, sie würde niemals etwas stehlen.

»Was?! Henrietta hätte niemals auch nur eine Kleinigkeit geklaut!«

»Anscheinend doch.« Spöttisch grinste mich Alice an.

Reiner Hass schlug in mir hoch. Meine Finger bohrten sich in meine Oberarme, um meinem Bedürfnis nicht nachzugeben, ihr die Augen auszukratzen.

Emil, mein Vater, zuckte nur mit den Schultern. »Ich wollte es auch nicht glauben.«

Ich schnaufte. Sie hatte ihn angefleht, ihr nicht zu kündigen, auch wegen mir. Sie wusste, dass ich dann ganz alleine wäre. Sie hatte nicht geklaut, das sah ich ihm an. Er hatte nur keine Lust, mit Alice zu streiten.

»Nun ja, sie hat schon eine neue Anstellung. Auf jeden Fall muss sich in diesem Jahr jemand um dich kümmern«, wich er dem Thema aus.

»Es ist mein letztes Jahr in der Schule, dann habe ich mein Abi, und ich bin 18! Ich bin erwachsen«, protestierte ich und klang, selbst in meinen Ohren, wie ein Kleinkind.

Er räusperte sich, sah mich zweifelnd an. »Du bist nur vom Alter her erwachsen, aber du bist immer noch ein Kind und deshalb ist das Internat die beste Lösung. Es war nicht leicht, dich dort unterzubringen, das gelang mir nur mit starker Überzeugungskraft.« Mit seiner Überzeugungskraft meinte er eine sehr hohe Spende. »Dir wird dort eine zuvorkommende Hilfe bereitgestellt. Damit dir der kurzfristige Wechsel nicht so sehr auf die Noten schlägt.«

Mir platzte der Kragen. »Meine Noten sind das, was dich interessiert? Ich bin eine gute Schülerin! Hast du auch nur einen Gedanken daran verschwendet, dass ich in diesem neuen Internat komplett alleine wäre? Ohne meine Freunde?«

Alice sah mich gehässig an. »Freunde? Mehrzahl? Meinst du nicht, dass Susan nur eine ist?«

Ich knurrte sie an und erschrak vor mir selbst. Seit wann knurrte ich denn?

Mein Vater schüttelte den Kopf. »Emilia, es gibt nichts, das an dieser Entscheidung rütteln kann …«

»Auch nicht, dass ich gestern fast wegen dir entführt worden bin?«, unterbrach ich ihn und sah ihn wütend an.

»Gerade dann bist du in dem Internat besser aufgehoben«, meinte er kalt.

Ich starrte ihn fassungslos an. Kein ›Wie geht es dir?‹ oder ›Wer waren diese Kerle?‹ oder ›Wie konntest du ihnen entfliehen?‹

»Ich hätte gerne, dass du nun hochgehst und deine Koffer packst. Damit du und ich morgen losfahren können. Alice und ich fahren jetzt gleich zu einem Termin. Wir sind so gegen fünf Uhr wieder da. Mach keinem die Tür auf und lass die Fenster zu, du bist hier sicher«, versuchte er mich mit seiner distanzierten Art zu beruhigen.

»Morgen schon?«, fragte ich überrascht.

Er nickte. Ich hasste es, wenn er so ruhig blieb, während ich so temperamentvoll war und lieber wollte, dass wir uns anschreien. Aber so etwas tat ein Mann von Welt ja nicht! Ich knurrte wieder und marschierte nach oben, um meine Koffer zu packen.

Von meiner Wut getrieben schlug ich meine Zimmertür hinter mir zu. Auch wenn wir kein gutes Verhältnis hatten, schob man doch seine eigene Tochter nicht ab, zugunsten einer Ehe, die schon verloren war. Eine Träne wanderte über meine Wange und ich ließ mich an der Tür herabsinken. Er war doch mein Vater! Wie konnte er mich da einfach abschieben? Es tat ihm nicht einmal leid.

Ich schluchzte und wollte nach meinem Handy greifen, um Susan zu schreiben, als mir wieder einfiel, dass ich mein Handy in dem Taxi hatte liegen lassen. Sie war wahrscheinlich sowieso noch bei dem Kerl von gestern.

Meine Schluchzer wurden immer unkontrollierter. *Wieso nur schiebt er mich ab? Ich bin doch trotzdem noch seine Tochter, auch wenn wir kaum Zeit miteinander verbringen.* Meine kleine, gläserne Welt zerbrach in tausende kleine Glassplitter. Wie ein Haufen Elend hockte ich an der Tür, weinte mich aus, zitterte, fühlte mich von der Welt verlassen. Na ja, eher von meinem

Vater, aber ich hatte außer ihm und Henrietta keine Familie mehr.

Nach etlichen Stunden, wie mir schien, fühlte ich mich kraftlos, erschöpft, leer. Tief einatmend versuchte ich mich aufzuraffen. Gegen das Internat konnte ich nichts machen, eine eigene Wohnung würde ich niemals halten können und mein Vater würde mir bestimmt nichts dazu tun. Ich versuchte das Positive der Situation zu sehen, was wirklich nicht viel war.

Vielleicht war das Internat eine gute Möglichkeit, um einen neuen Bekanntenkreis aufzubauen. Aber was war mit Susan? Sie war hier meine einzige Freundin, ich wollte sie nicht hierlassen. Obwohl sie sich wahrscheinlich leicht zurechtfinden würde. Jeder mochte sie. Sie würde leichter Anschluss, vielleicht sogar neue Freunde finden. Ich seufzte. Aber ich würde dort zum Freak werden, wenn ich nur mit Kopfhörern herumrannte. Irgendetwas musste ich gegen das Gedanken-Empfangen tun können.

Voller Tatendrang griff ich mir meinen Laptop und gab bei Google ***Gedankenlesen abschalten*** ein.

Ich fühlte mich in diesem Moment, als ich auf Enter klickte, wie eine Verrückte.

Nach stundenlanger Suche hatte ich bloß herausgefunden, dass Gedankenlesen im Realen nicht möglich und nur ein Hirngespinst aus der Science-Fiction war. Schön, dass alle so Bescheid wussten. Ich seufzte und legte den Kopf auf die Tastatur. *Ich bin verloren.* Als ich auf die Uhr sah, war es schon sechs Uhr abends. Ich seufzte wieder, ergab mich meinem Schicksal und fing an, mein Zimmer in Koffer zu packen.

Den restlichen Abend verbrachte ich damit, meine Sachen zu packen und die Stecker, die ich nicht mehr benötigte, auszustecken.

Verloren saß ich auf meinem Koffer und sah mich in dem

leeren Zimmer um. *Dieses Zimmer ist seit ich denken kann mein Zuhause.* Ich musste schlucken. *Ab morgen wird es das dann nicht mehr sein. Zumindest für ein Jahr.*

Als es an der Haustür klingelte, schrak ich zusammen. Wer konnte das sein? Vorsichtig lief ich die Treppen zu unserem Eingang hinunter und sah durch den Spion. Ein Lächeln stahl sich auf meine Lippen. Dieses Gesicht schob meine trüben Gedanken beiseite. Lachend machte ich die Tür auf, Finn stand mir gegenüber, mit einem kleinen Cupcake und einer Kerze drauf.

»Ich hatte dir noch gar nicht richtig gratuliert«, sagte er mit einem Strahlen.

Ich erwiderte sein Grinsen. »Danke, aber das wäre nicht nötig gewesen«, meinte ich und war dennoch gerührt. Er kannte mich eigentlich gar nicht und ich hatte heute mehr von ihm bekommen als von meiner Familie.

Er sah mich mit seinen dunklen Augen an. »Du musst dir was wünschen und die Kerze auspusten.«

Ich folgte seinem Rat, schloss die Augen, wünschte mir, die letzten beiden Tage wären nur ein böser Albtraum gewesen, und pustete die Kerzen aus.

»Und, was hast du dir gewünscht?«, fragte er interessiert.

Ich kicherte und stieß ihn spielerisch an. Ich konnte es mir nicht erklären, aber in seiner Gegenwart fühlte ich mich unbeschwert. »Das darf ich doch nicht sagen!«, rügte ich ihn.

»Stimmt. Aber vielleicht kann ich dir ja dennoch deinen Wunsch erfüllen«, feixte er und holte hinter seinem Rücken mein Handy hervor. Sprachlos sah ich zuerst zu meinem Handy und dann zu ihm hoch.

»Wie …?«, stammelte ich. Er schüttelte den Kopf und unterbrach mich. »Lass das mal meine Sorge sein.«

Verwirrt, aber dennoch erleichtert sah ich zu ihm auf. »Danke.«

Er zwinkerte mir zu. In seinem schwarz-weiß karierten

Hemd und den ausgeblichenen schwarzen Jeans sah er wirklich zum Anbeißen aus.

»Und wie war dein Tag so?«

Ich stöhnte und ließ mich auf unsere Haustreppe nieder. »Schrecklich? Ich glaube, das wäre noch zu nett.«

Finn setzte sich neben mich und legte einen Arm um mich. Er war so warm! Ich kuschelte mich an ihn und ließ mich von seiner Nähe trösten. »Was ist passiert? Immerhin ist heute dein Geburtstag, wie kann so ein Tag nicht toll sein?«

»Indem mein Vater mir eröffnet hat, dass er mich auf ein Internat schickt. Damit er und seine Frau für ein Jahr nach Spanien fahren können, um ihre Ehe vielleicht zu retten.« Meine Stimme war voller Wut, als ich das sagte. Es brannte in mir und versuchte mich zu verbrennen.

Er verzog das Gesicht. »Autsch!«

»Ja, so ziemlich. Eigentlich sollte ich mich freuen, dass ich hier wegkomme, aber hier kenn ich alles und ich mag hier nicht weg.« Ich zuckte entschuldigend mit den Schultern. »Bin wohl ein Gewohnheitstier.«

»Okay, das ist schrecklich! Themenwechsel. Was hast du denn geschenkt bekommen?«, fragte Finn.

Wahrscheinlich dachte er, dass mich das aufheitern würde. Ich hielt ihm die leere Cupcake Verpackung hin. »Das.«

Er bekam große Augen. »Das ist nicht dein Ernst, oder?«

»Doch, schon«, sagte ich leise und schaute wieder in die Sterne. Ich fühlte mich wirklich verkorkst. Ich wusste nicht einmal, wieso ich Finn das alles erzählte. Weil er nett zu mir war? Oder weil ich mich in seiner Nähe so wohlfühlte?

Finn drückte mich an sich. »Wie kann es sein, dass ein Mädchen wie du in einem so großen Haus wohnt, von Reichtum umgeben, und doch so arm ist? Ich schwöre dir, dass du niemals mehr wieder an deinem Geburtstag alleine, traurig oder bemitleidenswert sein wirst.«

»Dankeschön«, hauchte ich und meinte es ernst. Die Art, wie er mit mir umging, war neu für mich. Ich kuschelte mich näher an ihn. Gemeinsam sahen wir in die Sterne. Es war schön. Ich fühlte mich Finn so nah und obwohl wir uns gar nicht kannten, fühlte ich mich stärker mit ihm verbunden als mit sonst jemandem.

Lange saßen wir einfach nur so da, bis er mich noch mal an sich drückte. »Ich muss leider los.« Er nahm seinen Arm von meiner Schulter und gab mir einen Kuss auf die Stirn. »Wir bleiben in Kontakt, ja? Das Internat packen wir schon.«

Verwirrt sah ich ihn an. *Wir*? Ich ließ es ruhen, weil ich ihn nicht aufhalten wollte, und nickte.

Ein wenig blieb ich draußen sitzen und sah mir die Sterne weiter an. Irgendwie bekam ich das schon alles hin. Dann musste ich halt mit Stöpseln in den Ohren herumlaufen, auch wenn mich das als Freak hoch zehn einstufen würde. Ich würde nicht aufgeben, mich von meinem Vater nicht unterkriegen lassen. Irgendwann würde ich ihm zeigen, dass er mich nicht so hätte behandeln dürfen.

Anders würde ich mir auch gar nicht mehr ins Gesicht sehen können. Auf einmal raschelte es im Gebüsch neben mir und ich schreckte zusammen. Nach gestern war ich wohl ein wenig ängstlich. Mein Blick schweifte durch die Umgebung. Zwischen den Blättern hervor starrten mich grüne Augen an.

War das der Wolf von gestern? Ich beugte mich ein wenig vor, in der Hoffnung, ich könnte ihn dann ein wenig besser sehen, aber er hatte sich zu gut versteckt, nur die grünen Augen sah ich. Plötzlich kam ein leises, bedrohliches Knurren aus dem Gebüsch. Er würde mich doch jetzt nicht angreifen? Ich wollte kein Risiko eingehen. Langsam stand ich auf, um ihn nicht zu verschrecken, und ging rückwärts ins Haus.

Heute Abend war ich alleine, mein Vater und Alice waren in die Oper gegangen. Er hatte mir einen Zettel geschrieben, um mich darüber zu informieren, und riet mir, doch etwas zu essen zu bestellen. Morgen früh sollte ich um neun Uhr startklar sein. Ich grunzte. *Elender Mistkerl.*

Per Telefon bestellte ich etwas beim Chinesen. Mein Leibgericht war gebratene Ente und die würde ich heute Abend genießen. Am Telefon erzählte man mir, dass die Lieferung aber noch eine Dreiviertelstunde auf sich warten lassen würde. Also setzte ich mich aufs Sofa und zappte gelangweilt durch das Abendprogramm.

Als der Lieferant endlich klingelte, hatte ich schon richtige Bauchschmerzen vor Hunger. Mit Geld in der Hand ging ich an die Tür. Vor Schreck hätte ich sie beinahe wieder zugestoßen, denn der Lieferant war komplett in schwarz gekleidet. Wie die Männer, die gestern Nacht vor unserer Tür gestanden hatten. Aber das gelbe Logo auf dem T-Shirt des Chinesen verriet, dass er tatsächlich der Lieferant war.

»Hallo, einmal Ihre Bestellung.«

Ich nickte, gab ihm die Fünfzehn Euro, die mein Vater mir hiergelassen hatte. »Das macht dann 10,30 €.«

Er suchte schon in seinem Portemonnaie nach dem Wechselgeld, aber ich winkte ab. »Das passt so«, sagte ich und nahm mein Essen entgegen. Gerade als ich mich von dem Lieferanten abwandte, sah ich etwas Silbernes aufblitzen. Ich sah, wie das Messer sich in meine Seite bohren wollte, doch bevor dieses sein Ziel treffen konnte, sprang ein grauer Wolf dazwischen und knurrte den Mann an.

Ich prallte erschrocken zurück. Genug Zeit zum Nachdenken hatte ich nicht, denn der Wolf sprang den Mann an und riss ihn zu Boden. Die Angst siegte über meine Neugierde und ich knallte die Tür zu, verschloss sie mehrmals.

Mein Herz raste in meiner Brust, genauso wie mein Atem. Doch jetzt, hinter den sicheren Mauern, gewann meine Neugierde wieder. Heftig atmend versuchte ich, durch den Spion schielend, die Situation zu überblicken, aber sehen konnte ich nichts. Ich hörte nur das Knurren des Wolfes. Hektisch sah ich mich nach unserem Telefon um. *Ich muss die Polizei rufen!*, ging es mir durch den Kopf und ich stürmte durchs Haus. Das Telefon lag in seiner Station und ich wählte den Notruf.

»Hallo, wie kann ich Ihnen helfen?«, meldete sich eine nette Frauenstimme am Telefon.

»Hallo, es wurde gerade versucht, mich umzubringen!« Als ich das sagte, realisierte ich erst wirklich, was da gerade geschehen war. Man hatte versucht, mich mit einem Messer zu erstechen. Ich schluchzte auf. Mein ganzer Körper begann zu zittern und ich musste mich setzen, weil meine Knie wie Wackelpudding zitterten.

»Entschuldigen Sie, ich habe Ihren Namen nicht verstanden.«

»Emilia Roéz.« *Wie kann diese Frau bei der Polizei nur so ruhig bleiben?*, schrie ich innerlich.

»Sind Sie in Sicherheit?«

Ich schluckte. »Ich … ich weiß es nicht«, hauchte ich.

»In Ordnung, sind Sie verletzt?«, erkundigte sie sich.

»Nein.« Wenigstens etwas, das ich klar sagen konnte.

»Sie werden mir jetzt sagen, wo Sie sind und ich lasse eine Streife bei Ihnen vorbeikommen, ja? Dabei bleibe ich die ganze Zeit am Telefon«, versicherte sie mir und durch ihre ruhige Stimme begann ich mich selbst etwas zu beruhigen. Ich nickte, auch wenn die Frau das am anderen Ende nicht sehen konnte, und nannte ihr meine Adresse.

»Eine Streife ist auf dem Weg. Wie geht es Ihnen?«, fragte sie.

»Nicht so gut, wie Sie sich sicherlich vorstellen können«, meinte ich. Die Frau unterhielt mich die ganze Zeit, bis ihre Kollegen von der Streife da waren.

»Also, Frau Roéz. Sie wurden hier, genau vor Ihrer Haustür,

angegriffen?«, fragte mich der eine Polizist, der sehr hager war und so aussah, als würde er beim nächsten kräftigen Windstoß davonfliegen. Ich hatte gerade die ganze Geschichte erzählt, einschließlich der versuchten Entführung.

»Ja«, murmelte ich. Ich fühlte mich nicht wohl, mir war schlecht und das Zittern hatte immer noch nicht nachgelassen. Dass die beiden Polizisten mir kein Wort glaubten, machte die Sache nicht besser.

»Immer diese reichen Kinder, die sich wichtig tun wollen.«

»Und wir könnten jetzt schön im Imbiss sitzen und lecker essen.«

»Wie konnten Sie denn beide Male entkommen? Und wieso haben Sie uns nicht schon eher benachrichtigt?«, fragte dieses Mal der Kollege, der sich lieber kein Essen beim Imbiss mehr leisten sollte.

»Bei der Entführung konnte ich dank meines Pfeffersprays aus dem Taxi entkommen. Bin dann querbeet durch die Gärten gelaufen und habe mich in den Büschen vor denen versteckt, die vor unserer Haustür gewartet hatten. Als ich dort gehockt habe, kam ein Freund dazu, der versucht hatte mich auf meinem Handy zu erreichen, das ich im Taxi verloren hatte. Er hatte sich Sorgen gemacht und mich gesucht. Als dann ein Rudel Wölfe die Männer vor der Haustür angegriffen hat, kamen wir durch die Büsche in unseren Garten. Dann hat er das Fenster geöffnet und ich konnte wieder ins Haus. Heute Abend, bei dem Lieferanten, ist ein grauer Wolf dazwischen gegangen.« Ich sah das amüsierte Glitzern in ihren Augen und den belustigten Blick, den sie einander zuwarfen.

»Fräulein Roéz, ich denke nicht, dass Ihnen Gefahr droht. Sprechen sie einfach mal mit Ihrem Vater darüber und dann regelt sich das alles schon«, feixte der hagere Polizist und der andere fiel in sein Lachen mit ein.

Ich schaute böse zu ihnen auf, aber was hatte ich anderes

erwartet? Die Geschichten klangen absurd! Von Wölfen, die in unserer Region nicht lebten, gerettet.

»Sie haben wahrscheinlich recht«, gab ich nach. Die Polizisten winkten noch einmal und liefen die Einfahrt wieder hinunter. Schnell verschwand ich im Haus und schlug die Tür zu, schloss mehrmals ab. Erschöpft lehnte ich mich mit der Stirn an das kühle Holz, das Essen ließ ich links liegen und ging in die Küche. Ich durchsuchte unsere Schubladen nach einem Messer, das ich mit nach oben in mein Zimmer nehmen konnte. Nur für den Fall, dass doch noch einer auf die Idee kommen sollte, hier einzusteigen.

Den restlichen Abend verbrachte ich oben, schielte ab und an über den Rand meines Buches, beobachtete die Umgebung. Ich liebte Bücher, die mich in eine andere Welt entführten und mich Abenteuer erleben ließen, die ich in der realen Welt niemals erfahren würde. Doch heute gelang es dem Buch nicht, mich zu fesseln. Ich hatte Angst und zuckte bei jedem Geräusch zusammen. Vielleicht hatte mein Vater recht und ich war sicherer in dem Internat.

Erst als ich das typische Klackern von Alice' Schuhen hörte und die tiefe Stimme meines Vaters, konnte ich einschlafen.

Kapitel 4

Am nächsten Morgen wachte ich mit einem unangenehmen Gefühl im Bauch auf. Heute würde ich für ein Jahr in ein Internat ziehen. Weit weg von Susan und von Finn.

Ich verdrängte die Gedanken und ging kopfschüttelnd ins Bad. Wie sollte ich mich bloß in diesem Internat einleben, wenn ich sonst schon Probleme hatte, fremde Menschen überhaupt anzusprechen? Dass ich jetzt auch noch ihre Gedanken hören konnte, machte das nicht gerade leichter.

Frustriert seufzte ich auf. Das würde alles lustig werden.

»Emilia? Bist du fertig?« Mein Vater klopfte an die Tür und steckte den Kopf in mein Zimmer. Ich grummelte etwas, von dem ich selbst nicht wusste, was es bedeuten sollte. Von der Tür aus schaute mich mein Vater an.

»Mein kleines Mädchen, schon so groß, und es entgleitet mir immer mehr.«

Ich bekam große Augen, er hatte Schuldgefühle? Woher kamen die denn so plötzlich?

»Und dann habe ich gestern auch noch ihren achtzehnten Geburtstag vergessen.«

»Ja, ich bin fertig. Meine Koffer stehen hier«, erklärte ich und deutete auf die fertig gepackten Koffer.

Mein Vater sah mich immer noch an. »Okay. Ich habe heute Morgen schon beim Internat angerufen und es ist okay, wenn ich dich erst heute Abend hinbringe.« Er kam zu meinem Bett und setzte sich auf die Kante, nahm meine Hand und sah schuldbewusst auf meine Decke. Ich musste schlucken. Die Polizei hatte ihn kontaktiert. Sie meinten, ich hätte mir alberne Geschichten ausgedacht, um seine Aufmerksamkeit zu erregen. Wut brodelte in mir. *Wieso nahm mich keiner ernst?*

»Es tut mir leid, dass ich deinen Geburtstag vergessen habe. Du bist mir das Wichtigste im Leben und ich weiß, dass du mir das wahrscheinlich nicht glauben wirst. Deswegen habe ich gedacht, wir könnten vielleicht heute, bevor ich dich ins Internat bringe, eine ausgedehnte Shoppingtour machen. Überall hin, wo du möchtest.« Ich fühlte, dass er jedes einzelne Wort ernst meinte. Doch in mir konnte ich ihm nicht ganz glauben. Ich wusste nicht, woher dieser plötzliche Sinneswandel kam. Gleichzeitig sah ich in ihm aber seine tief reichenden Schuldgefühle kochen. Er tat mir leid, auch wenn es mir schwer fiel, so zu tun, als wäre alles in Ordnung.

»Ist schon okay«, sagte ich dann. »Ich vermisse bloß meinen Vater von damals, der, wenn ich krank war, stundenlang mit mir vor dem Fernseher saß und Disneyfilme gesehen hatte, ohne Stress. Vielleicht bekommen wir das ja irgendwie noch mal hin. Also … ja, shoppen klingt gut.« Dann begann ich zu grinsen. »Was ist denn das Limit?«, fragte ich herausfordernd.

Mein Vater strahlte mich an und zog mich in seine Arme. »Für dich gibt es keins«, murmelte er in meine Haare.

Ich erwiderte die Umarmung. Dort, wo sich unsere Haut berührte, spürte ich die Wärme und Liebe, die er mir nicht mehr wirklich zeigen konnte oder wollte. Doch gleichzeitig spürte ich etwas Dunkles in ihm, das er vor mir verbarg. Ob er das mit Absicht tat oder aber rein aus Reflex, konnte ich nicht sagen. Wusste er etwa, dass ich nicht normal war, dass etwas mit mir nicht stimmte?

»Okay, also bringen wir eben zusammen die paar Koffer

hinunter und dann geht es los.« Mein Vater klang voller Tatendrang und stemmte sich hoch.

Ich nickte. »Alle Steckdosen und An-Knöpfe sind auch schon aus.« Emil strahlte mich an, gemeinsam nahmen wir jeweils zwei Koffer und brachten diese zum Auto. Auf dem Weg hinunter konnte ich nicht aufhören zu lächeln. *Mein Vater hat mich doch nicht vergessen.* Ich freute mich über diesen Gedanken. Er liebte mich noch immer, aber durch seinen Stress konnte er es mir nicht zeigen. Das war zwar keine Entschuldigung, aber immerhin war es ein Anfang.

Sein ganzer Stolz gebührte einem in der Einfahrt stehenden grauen Mercedes ML. Ich mochte Mercedes nicht, ich fand sie zu protzig. Ein vernünftiges Muscle-Car war eher nach meinem Geschmack.

Lächelnd stieg ich auf der Beifahrerseite ein, während mein Vater den Motor startete.

»Okay, wohin möchtest du?«, erkundigte er sich.

Unbedingt wollte ich noch in meinen Lieblingsbuchladen, um meinen Vorrat aufzustocken und zu *EMP*, um mir neue Bandshirts und -pullover zu holen. Außerdem brauchte ich ein paar neue Röcke mit Karomuster – ich mochte diesen Schuluniform-Look, der in Animes so schön anzusehen war.

»Du, sag mal, Emilia, hast du nicht Lust, mal etwas Anderes anzuziehen?«, hakte mein Vater vorsichtig nach.

Ich sah ihn schräg von der Seite an. »Wieso? Ich mag das.«

Er zuckte mit den Schultern. Ich sah nun an mir herunter. Ich trug schwarze, durchgelatschte Chucks, dazu eine dunkle Strumpfhose mit einem grün-schwarz karierten Rock und einen schwarzen Bandpullover von *Breaking Benjamin*.

»Es tut mir wirklich leid, dass ich deinen Geburtstag vergessen habe. Und ich weiß, dass es dafür keine Entschuldigung gibt, aber du bist mir wirklich das Wichtigste, das es auf dieser Welt gibt. Ich möchte, dass du es später gut hast und dass es dir an nichts mangelt. Aber ich habe inzwischen das Gefühl, dass ich dadurch einiges vernachlässige. Vor allem dich und meine Frau.«

»Deine Frau ist die hinterhältigste Schlange, die es je gegeben hat«, schnaufte ich und konnte meinen Hass auf Alice nicht verbergen.

Er seufzte. »Ich weiß, dass du sie nicht leiden kannst. Aber sie stand mir in einer schweren Zeit zur Seite.« Emil versuchte sie in Schutz zu nehmen. Aber ich konnte nichts mehr an meiner Meinung ändern, die ich seit elf Jahren hatte.

Ich zuckte mit den Schultern, zu dem Thema sagte ich nichts. Es war seine Sache, auch wenn jeder wusste, dass sie sich gegenseitig betrogen. *Wie kann man jemanden betrügen, wenn man ihn liebt? Wenn man möchte, dass diese Beziehung zu diesem einen besonderen Menschen funktioniert? Wie kann es einem egal sein, was der andere macht?* Wenn man heiratete, tat man das doch aus Liebe, oder nicht? Bei den beiden schien die Liebe schon lange verflogen zu sein, wenn sie denn je existiert hatte.

Beim Shoppen hatte ich immer die Ohrstöpsel in meinen Ohren, was Emil zunächst wunderte. Aber nachdem ich ihm erklärt hatte, dass die Musik nicht laufen würde und ich nur auf unnahbare Tochter tun wollte, akzeptierte er es. Obwohl es eine aalglatte Lüge war. Er war nicht begeistert, tat aber so, als würde es ihn nicht kümmern. Also konnte ich den Bummel auch ein wenig genießen und wurde nicht von den Gedanken meiner Mitmenschen erschlagen, sondern konnte mich auf die meines Vaters konzentrieren, die lauter waren, weil er direkt neben mir ging.

Tatsächlich überraschte mich mein Vater, denn an diesem Shoppingtag lernte ich eine komplett neue Seite an ihm kennen. Er spaßte mit mir und den Verkäuferinnen herum und beriet mich sogar, wenn er wollte, dass ich etwas Bestimmtes kaufte.

Wundersamerweise gefielen mir die Sachen, auch wenn sie sich deutlich von meinem gewohnten Stil abhoben. So mit mir allein wirkte er viel entspannter als sonst zu Hause mit Alice. Mir gefiel, wie locker er ohne sie war. In mir wuchs die Hoffnung, dass er vielleicht wieder zur Besinnung kam und sich von Alice trennte. Dass er dann wieder mein alter Papa werden würde. Von diesem Gedanken erheitert, machte das Einkaufen noch mehr Spaß.

Am Ende waren zu den vier Koffern noch zwei riesige Einkaufstüten von *EMP* und zwei Einkaufstüten voll ›vernünftiger‹ Anziehsachen, wie mein Vater sie nannte, hinzugekommen. In meinem Lieblingsbuchladen hatte ich noch zehn neue Bücher gekauft. Wieder wurde mir bewusst, wie hoch der Preis dafür war, sich um Geld keine Gedanken machen zu müssen. Würde mein Vater nicht das ganze Geld verdienen, wäre er öfter zu Hause. Ich würde einen Vater haben, der für mich da wäre. Einen, der mich kennen würde.

Während der Autofahrt zum Internat gingen mir viele Dinge durch den Kopf. Nun ja, eher die Dinge, die meinem Vater durch den Kopf gingen. Ich erschrak, als er an meine Mutter dachte. Von sich aus hatte er noch nie über sie gesprochen. Nervös kaute ich auf meiner Lippe herum. Würde er mir heute tatsächlich etwas über meine wahre Mutter erzählen? Die, die uns verlassen hatte, die ihm das Herz gebrochen hatte?

»Emil, sag mal. Alice und du, ihr seid doch nicht mehr glücklich. Warum versucht ihr das noch zu retten?«, fragte ich und hoffte, dass ich so das Gespräch zu meiner Mutter lenken konnte.

Er seufzte. »Das ist nicht so einfach. Alice war in einer schwierigen Zeit für mich da. Sie gab mir Kraft, als ich sie brauchte.« Seine Gedanken wurden immer schneller und seine Erinnerungen durchfluteten mich. »Ich liebe Alice, aber es fehlt etwas. Ich weiß nicht genau, was es ist, aber … Es ist nicht vollkommen. Mir ist klar, dass ich das durch mein Verhalten nicht besser mache und dadurch kann ich ihr Verhalten mir gegenüber teilweise nachvollziehen. Deswegen möchte ich mir die Zeit nehmen, um zu sehen, ob das alles noch einen Sinn hat. Ob sich das Kämpfen lohnt. Ich hoffe, dass ich eines Tages wieder jemanden so lieben kann wie diese eine Frau.« Er sah mich lächelnd an, streichelte mir über die Haare und bekam einen verträumten Ausdruck auf seinem Gesicht. Seine Gedanken klärten wieder auf, er dachte an meine Mutter. Ich musste schlucken. Er hatte wirklich vor, mir etwas über sie zu erzählen. »Deine Mutter, Lena, habe ich damals an der Uni kennengelernt. Sie war einfach atemberaubend. Auf ihre eigene Art. Die Haare hast du von ihr. Dazu trug sie die totale Nerdbrille, mit viel zu großen Pullovern und engen Jeanshosen, so wie du meistens rumläufst. Sie hat mich einfach umgehauen. Sie saß nur im Garten der Uni über ein Buch gebeugt und ich wusste: Das ist sie, die Mutter meiner Kinder. Aber so einfach, wie ich es mir vorstellte, war es dann doch nicht. Sie war unglaublich stur und eigensinnig, wollte partout nicht mit mir ausgehen. Ich habe sie zwei Monate lang jeden Tag gefragt, ob sie mit mir ins Kino geht, aber nie wollte sie. Bis dann nach zwei Monaten ihr Lieblingsbuch verfilmt wurde. Der Abend war toll. Wir hatten unglaublichen Spaß und um mich war es komplett geschehen. Ich wollte immer bei ihr sein, auch wenn sie in mir nur einen guten Freund sah.« Er machte eine lange Pause, als ob er seinen Gedanken nachhing. »Sie bekam einen Platz in einem Verlag am Ende des Studiums. Zufälligerweise bekam ich in derselben Stadt meine ersten Aufträge, sodass ich in ihrer Nähe bleiben konnte. Immer, wenn eine ihrer Beziehungen scheiterte, war ich für sie da. Ich hatte, nachdem ich sie kennengelernt hatte, keine einzige andere Beziehung. Das merkte sie auch immer wieder an. Irgendwann habe ich mich selbstständig gemacht und durch die ganzen Auslandsreisen sahen wir uns weniger. Aber wir haben nie den

Kontakt verloren. Nach einer besonders fiesen Beziehung kam sie zu mir, weinend, total aufgelöst. Und ich war wieder für sie da. Sie fragte mich, warum denn die ganzen Kerle so scheiße wären und keiner wie ich. Und fragte wieder, wieso ich keine Beziehung hatte. Darauf sagte ich ihr dann die Wahrheit. Keiner Frau gegenüber wäre es fair, eine Beziehung mit ihr einzugehen, wenn ich nicht mit vollem Herzen bei der Sache wäre. Und mein Herz hatte ich ihr schon bei unserer ersten Begegnung geschenkt. Daraufhin hat sie gelächelt. Als wäre sie froh, diese Worte aus meinem Mund zu hören. Dann küsste sie mich und für mich ging ein Traum in Erfüllung. Am nächsten Morgen wachte ich allein auf. Es war, als wäre sie nie da gewesen. Nur ein Zettel lag dort, auf dem stand, dass ich zu gut für sie wäre und etwas Besseres verdient hätte.« Er fummelte in seiner Anzugstasche rum und holte ein schon dünnes Papier heraus. »Ich habe versucht sie zu finden, aber konnte es nicht. Es war so, als hätte es sie niemals gegeben. So gab ich es irgendwann auf. Neun Monate später stand sie plötzlich nachts vor der Tür. Meine Traumfrau mit einem kleinen Fratz im Arm, komplett durchweicht. Als ich sie fragte, ob sie hereinkommen wolle, schüttelte sie den Kopf. Es sei zu gefährlich, wenn sie zu lange bliebe. Sie drückte mir dich in den Arm. Bat mich, auf dich aufzupassen. Sie sagte nur, dass du meine Tochter seist, sie dich aber nicht aufziehen könne, weil es zu gefährlich sei. Ich habe sie angefleht zu bleiben. Doch davon wollte sie nichts hören. Sie gab mir noch deine Geburtsurkunde und rannte auch schon wieder weg.« Er seufzte. Seine Gedanken waren von Trauer durchzogen.

Unwohl biss ich mir auf die Lippen. Ich freute mich über meine Mutter zu hören, doch gab mir mein Vater ein völlig neues Bild von ihr. Ich wusste nicht, wie ich damit umgehen sollte.

»Sie wäre enttäuscht von mir. Ich habe dich vernachlässigt, sehr sogar. Ich bin der festen Überzeugung, dass sie eine bessere Mutter gewesen wäre, als sie sich zutraute. Du wärst ihr ganzer

Stolz, Emilia.« Er langte nach hinten, holte einen Fotorahmen hervor und überreichte ihn mir zusammen mit dem Zettel. »Ich liebe Lena selbst heute noch. Du siehst ihr so ähnlich. Deshalb will ich einen Tapetenwechsel. Vielleicht kann ich mich dann wirklich auf Alice einlassen, wenn mich nicht alles an sie erinnert.«

Ich betrachtete das Foto und musste lächeln. Ja, meiner Mutter ähnelte ich tatsächlich. Auf dem Foto sahen mir eine jüngere Version meines Vaters und eine kleine Frau mit meinen Haaren, Augen und Sommersprossen entgegen.

»Danke, Emil. Das bedeutet mir sehr viel«, hauchte ich und meinte es so. Es war wichtig für mich, dies zu erfahren. Und irgendwie konnte ich ihn nun etwas verstehen. Wie würde ich reagieren, wenn mir jeden Tag die Miniversion meiner Geliebten entgegensehen würde?

Er griff nach meiner Hand. »Emilia, ich weiß, das ist schwer zu glauben. Aber du und deine Mutter, ihr seid das Wichtigste und Schönste, das mir jemals passieren konnte. Ich verachte mich dafür, dass ich dich so vernachlässigt habe. Meinst du, wir beide könnten es vielleicht noch einmal versuchen? So wie in alten Zeiten?«

Als ich ihn ansah, spürte ich, wie ernst ihm das alles war. Dann sah ich auf das Foto in meinen Händen und es wirkte, als wollte meine Mutter, dass ich ihm verzieh. »Ja. Lass es uns noch mal versuchen«, sagte ich voller Zuversicht und drückte seine Hand.

Kapitel 5

Schweigend fuhren wir weiter. Als wir in einen Waldweg einbogen, stutzte ich ein wenig. »Sicher, dass wir hier richtig sind?«, fragte ich unsicher. Die Umgebung erinnerte mich gewaltig an eine idyllische Szene, in der gleich ein unglaublicher Unfall passierte und der Horror begann.

Mein Vater lachte. »Ja, hundertprozentig. Es ist ein altes Schloss, das umgebaut wurde.«

Als der Wald sich lichtete und das Schloss zu sehen war, war ich sprachlos. Es stammte aus der Barockzeit, war aber frisch in einem warmen Vanilleton gestrichen. Die Säulen und Umrandungen der Fenster waren weiß, die Wasserspeier an den Spitzen glänzten im Sonnenlicht. Solche Statuen hatte ich außer im Disneyfilm ›*Der Glöckner von Notre-Dame*‹ noch nirgendwo gesehen. Obwohl sie hoch gelegen waren, sahen sie mit ihren komischen Fratzen schon aus dieser Entfernung furchterregend aus.

Das Schloss war U-förmig aufgebaut und vor dem Eingang befand sich ein riesiger, länglicher Brunnen, der sehr gepflegt aussah. Auf dem Grund des Brunnens war ein Mosaik zu erkennen, das einen Schild zeigte, der von Efeuranken umgeben war und von einem Schwert durchbohrt wurde, auf dem ein Rabe saß. Den Wegrand säumten Buchsbäumchen, die perfekt gestutzt waren und Menschen daran hinderten, so nah an die Fassade zu kommen, dass sie in die Fenster linsen konnten.

Die Eingangstür war riesig. Hier konnten problemlos vier Leute nebeneinander hindurchlaufen und doppelt so lang wie normale Menschen hätten sie auch noch sein dürfen.

Ehrfürchtig stieg ich aus dem Auto. »Papa, was ist das hier?« Ich sah ihn an. Seine Gedanken verrieten mir, dass ich ihn das erste Mal seit Jahren wieder Papa genannt hatte. Es freute ihn.

Er räusperte sich. »Nun ja, das ist ein Internat. Hier ging deine Mutter zur Schule. Ich dachte, das macht es dir etwas leichter, die Schule zu wechseln.«

Ich lächelte. »Es ist total schön, anmutig und ehrfurchtgebietend.«

Er nickte. Vor der Pforte nahm er mich in den Arm. Gemeinsam gingen wir die Stufen in mein neues Leben hoch.

Im Schloss ging die Pracht weiter, es sah aus wie in einem Museum. Die Decke war hoch über mir, überall war Kirschbaumparkett und dunkle schwere Holzmöbel mit Brokatbezug standen in kleinen Gruppen zusammen. Die Wände waren in einem dunklen Rot mit Goldblümchen tapeziert.

»Kann es sein, dass die Leute wollen, dass normale Menschen sich hier minderwertig fühlen?«, fragte ich unsicher.

»Kommst du mit diesem Prunk nicht klar?«, amüsierte sich mein Vater.

»Nein, gar nicht. Das hier schaut alles so groß aus, dagegen fühle ich mich winzig.«

Er legte mir einen Arm um die Schulter. »Das legt sich nach einer Zeit.«

Ich nickte und wir gingen gemeinsam weiter. Vor einer der vielen Türen stand ein kleiner silberner Ständer mit einem Pfeilschild, das auf die Tür wies. Darauf stand ›Sekretariat‹. Mein Vater klopfte und eine Stimme bat uns herein. Hier war es weit weniger prunkvoll, es war eher so eingerichtet wie in jedem andern Schulbüro auch.

Eine hohe hölzerne Theke zog sich von einer Seite der Wand

zur anderen, dahinter saß eine kleine Frau mit wirren Haaren.

»Herzlich willkommen am *Varg*-Internat, was kann ich für Sie tun?« Sie zwinkerte meinem Vater offensichtlich zu. *»Also von so einem Leckerchen würde ich mich auch nicht abwenden. Schade, dass er schon verheiratet ist.«*

»Hallo, ich bin Emil Roéz, ich hatte letzte Woche meine Tochter hier angemeldet. Damit sie sich leichter eingewöhnen kann, wurde mir mitgeteilt, es sei besser, sie heute schon zu bringen statt erst am letzten Ferientag.«

Böse starrte ich zu ihm hoch. Er wusste das schon seit einer Woche? Die Sekretärin namens Dorothea, ich entnahm ihren Namen aus ihren Gedanken, nickte und tippte wie eine Verrückte auf ihrem Steinzeitcomputer herum.

So einen dicken Röhrenbildschirm hatte ich ewig nicht gesehen. Dann kam sie mit einem Zettel zu mir. »Du musst hier deine Wunschstunden eintragen. Du kannst dir alles aussuchen, außer Mathematik und Deutsch, das sind Hauptfächer. Dazu musst du noch eine Fremdsprache nehmen.« Sie überließ mich dem Zettel und wandte sich meinem Vater zu. »Herr Roéz, ich muss mich bedanken für die außergewöhnlich große Spende Ihrerseits. So eine spendable Seite haben nicht alle Eltern unserer Schüler.«

Ich nahm wahr, wie genervt mein Vater war, und dass er die Frau vor ihm für eine Verrückte hielt. Übel nehmen konnte man ihm das nicht, sie sah wirklich verrückt aus. Wirre blonde Haare und eine riesige Brille, die das ganze Gesicht einnahm. Dazu noch Klamotten, die eher in den Schrank einer Großmutter gehörten. Eine pinke Strickjacke, bis oben zugeknöpft. Ihre unteren Kleidungsstücke konnte ich hinter der Theke nicht sehen, aber ich wettete, dass sie einen pinken Rock trug, der zu der Jacke passte und dazu diese orthopädischen Schuhe. Bei der Vorstellung musste ich grinsen.

Ich wandte mich wieder meinem Stundenzettel zu.

Meine Auswahl bestand aus: Geschichte, Norwegisch, Sport, Englisch, Kunst, Biologie und Sagen und Mythen der Welt.

Ich wollte schon immer mal Norwegisch lernen, ich fand das Land sehr interessant, es gab dort so viele schöne Plätze zu sehen!

»Frau Miller, ich habe den Zettel ausgefüllt«, meinte ich und reichte ihr das Blatt.

Plötzlich starrten mein Vater und Frau Miller mich mit großen Augen an. Hatte ich etwas falsch gemacht?

»Ich hatte mich ihr doch noch gar nicht vorgestellt! Woher weiß sie meinen Namen?«

Verdammt! Klar, dass die beiden mich so komisch ansahen! Ich räusperte mich, Dorothea raffte sich wieder zusammen und nahm mir den Zettel ab.

»Okay, ich stelle dir den Stundenplan zusammen und morgen gegen zwölf kannst du ihn dir hier abholen. Ich hoffe, das ist in Ordnung.«

»Klar«, sagte ich und schenkte ihr ein Lächeln.

Sie kramte in einer Schublade und gab mir einen Schlüssel und eine Karte des Schlosses. Sie zeigte mit dem Finger drauf. »Hier sind wir gerade. Dein Zimmer ist Nummer 460, das ist im Dachgeschoss. Cynthia Dales, deine Mitbewohnerin, kommt erst am letzten Ferientag.« Dann fuhr sie mit ihrem Finger einen Gang entlang. »Sie müssen nun dem Gang folgen und ausnahmsweise dürfen die Schüler zur Ankunft den Aufzug nutzen, wegen des ganzen Gepäcks.« Sie deutete auf ein kleines Quadrat. »Ansonsten nimmst du immer diesen Weg, über die Treppe.«

»Okay.«

Frau Miller nickte. »Gut, außer dir befinden sich noch vier andere Schüler auf dem Gelände, aber ich weiß nicht, wo sie sich momentan herumtreiben. Ihr werdet euch spätestens beim Abendessen um 18 Uhr kennenlernen.«

Bei dem Gedanken an meine neuen Mitschüler wurde mir

schlecht. Ich hatte Angst vor dem Zusammentreffen und obwohl ich neugierig war, hatte ich keine Lust, sie zu treffen.

Mein Vater schlang seinen Arm um mich und zog mich nach draußen, damit wir mein Gepäck holen konnten.

Als wir in der obersten Etage aus dem Aufzug stiegen, betrachtete ich auch diesen Flur staunend. Auf dem Boden lag ein roter Teppich, um das Parkett zu schützen. Die untere Hälfte der Wände war dunkel vertäfelt und darüber befand sich eine mintgrüne Tapete, die wieder mit goldenen Blüten bedruckt war. Dann sah ich auf die Schilder direkt vor mir.

<- Jungentrakt Zimmer 300–450|
Mädchentrakt Zimmer 450–500 ->

Mein Vater sah mich mahnend an, begann dann aber zu grinsen. »Dass du dich ja daran hältst.«

»Klar, ich bin doch ein liebes Mädchen«, meinte ich lachend.

Wir gingen durch den Mädchentrakt zu meinem Zimmer. Die Zimmertür war ebenfalls in einem dunklen Holz gehalten, in goldenen Ziffern stand darauf 460.

»Das wird dann wohl deines sein.«

Als ich die Tür aufmachte, konnte ich direkt durch zwei hohe Sprossenfenster hinaus in die Einfahrt sehen. Neben den Fenstern standen sich zwei weiße Schreibtische gegenüber, sodass man beim Hausaufgaben machen miteinander reden konnte. Vor den Schreibtischen stand jeweils ein mintgrüner Sessel.

Wie im Flur waren die Wände mintgrün. Auf jeder Seite des Zimmers stand ein Bett, über dem sich je zwei Regale befanden und am Fußende stand ein recht großer Kleiderschrank. Die eine Hälfte war schon komplett gefüllt mit Postern irgendwelcher Popstars. Ich seufzte. *Bitte lass es keine Schickimickitussi sein!* Cynthia hatte eine pinke Tagesdecke auf ihrem Bett liegen und auf ihren Regalen standen nur Fotos in silbernen Fotorahmen.

Ich bezweifelte ganz stark, dass sie auf Rockmusik stand.

Meine Seite war noch leer, aber jetzt schon wusste ich, dass Cynthia und ich komplett verschieden waren.

»Das ist aber ein sehr schönes Zimmer. Und so groß!«, wunderte sich mein Vater und sah sich staunend um.

Ich nickte, in meiner Vorstellung war das Zimmer ebenfalls kleiner gewesen. Neben meinem Schrank befand sich noch eine weitere Tür. Als ich diese öffnete, staunte ich nicht schlecht. Ein eigenes Bad! Zwar klein, aber juhu! Kein Gemeinschaftsbad!

Mein Blick fiel sofort auf ein komplett mit Schminkartikeln überfülltes Holzregal. Je mehr ich von Cynthias Dingen sah, desto unsympathischer wurde sie mir.

Mein Vater hatte einen Teil meiner Koffer schon auf mein Bett gelegt und fing an, den ersten zu öffnen.

»Warte, du brauchst meine Koffer nicht mit auspacken, das möchte ich lieber in Ruhe machen«, hielt ich ihn auf.

Er zuckte mit den Schultern, aber im Inneren freute er sich, dass er das nicht machen musste. Als wir gerade meine restlichen Sachen heraufgebracht hatten, klingelte auch schon das Handy meines Vaters.

»Tut mir leid, da muss ich ran.«

Ich nickte, wandte mich meinen Koffer zu und fing an, den ersten auszupacken.

»Roéz! … Wie bitte? Wie konnte euch denn das passieren?! Ja, ich bin unterwegs!« Er sah mich traurig an. »Tut mir leid, ich muss direkt los. Da ist etwas schiefgelaufen.«

Ich deutete auf den geöffneten Koffer. »Ist schon okay, dann kann ich wenigstens noch vor dem Abendbrot auspacken.«

Emil schloss mich in seine Arme, drückte mich fest an sich und gab mir einen Kuss auf den Scheitel. »Wenn etwas ist, melde dich, ja? Oder auch so, einfach nur, wenn du reden möchtest.« Seine Stimme klang ein wenig unsicher, worüber ich schmunzeln musste

»Ja, klar. Bis dann!« Er winkte noch mal kurz und schloss dann die Tür hinter sich. Stirnrunzelnd sah ich ihm hinterher. Bei einem seiner Deals war etwas schiefgelaufen, aber ich hatte nicht mitbekommen, was. Seine Gedanken waren mir wie die des Taxifahrers plötzlich einfach entglitten. *Komisch*. Darüber würde ich mir nicht weiter den Kopf zerbrechen.

Bevor ich aber irgendetwas anderes auspackte, setzte ich mich auf mein Bett. Ich hatte so viel in den letzten Tagen erfahren, dass ich mich irgendwie überreizt fühlte. Ich musste alles kurz sacken lassen. Vor allem die Geschichte mit meinem Vater und meiner Mutter. Niemals hätte ich gedacht, dass es doch irgendwie eine leidliche Liebesgeschichte war, die die beiden erlebt hatten. Plötzlich stockte ich. Sonst hatte mein Vater immer erzählt meine Mutter sei gestorben … doch … Ich verdrängte den Gedanken. Ich musste mich auf die neue Schule konzentrieren, damit ich es mir hier so angenehm wie möglich machen konnte.

Ich raffte mich auf und schloss meinen iPod an der Dockingstation an. Zu den Tönen, die aus der Station kamen, packte ich mein Hab und Gut aus.

Pünktlich um halb sechs waren meine Koffer und Tüten leer. Beim Umschauen musste ich feststellen, dass es gar nicht so schlecht aussah. Jetzt, da das Zimmer meine eigene Note hatte, fühlte ich mich hier schon ein wenig heimischer. Dennoch zog ich mein Handy aus der Tasche und versuchte Susan anzurufen, aber sie ging nicht ran. Seufzend legte ich wieder auf. Die andere Seite des Zimmers fand ich immer noch ein wenig befremdlich, daran konnte ich aber leider nichts ändern.

All meine Regale waren voller Bücher, dazu hatte ich ein paar Poster von *Rise Against* und *Breaking Benjamin* über das Bett gehängt. Zufrieden nickte ich und schnappte mir den Internatsplan, damit ich mich nicht verirren konnte. Im Erdgeschoss sah ich einen riesengroßen Raum mit Schulbänken, der mich ein wenig an die Große Halle von *Hogwarts* erinnerte. Vor dem Raum stand in Großbuchstaben ›Mensa‹, dorthin musste ich.

Auch das Erdgeschoss war gut ausgeschildert, sodass ich leicht dorthin fand. Zu meinem Glück war die Mensa komplett leer. Mein Bedarf an Neuem war gedeckt und ich wollte jetzt noch mit niemandem zusammentreffen.

Ich schnappte mir ein Tablett und bediente mich an der Brot- und Wursttheke. Erst, als ich schon an einem der langen Tische saß, registrierte ich meine Umgebung richtig.

Die lang gezogene Form des Raums und die hohe Decke erinnerten mich erneut angenehm an *Hogwarts*. Bloß die Speisetheke, die fünf anstatt vier Tische sowie die hohen Sprossenfenster zerstörten dieses Bild. Direkt hinter den Fenstern war eine Terrasse angelegt, die beim heutigen Sonnenschein dazu einlud, draußen zu essen. Ich grinste, so wie es hier aussah, konnte es ja nicht allzu schlecht werden.

Ich wandte mich wieder meinem Brot zu, als ich laute Stimmen hörte. In meinem Bauch setzte sich ein Knoten fest. *Bitte lass mich nicht ihre Gedanken hören!*

Mit aufgesetzter Ruhe bestrich ich mein Brot mit Butter, während ich innerlich zitterte wie ein Glas Wasser auf einem Subwoofer. Aus dem Augenwinkel beobachtete ich die vier Menschen, die gerade zur Tür hereinkamen. Ich stockte. Drei Jungen und ein Mädchen, allesamt waren sie groß, schon fast riesig. Das Mädchen hatte richtige Kurven, nicht so ein Hungerhaken wie sonst die meisten, die in der Stadt herumliefen. Die vier häuften sich Massen von Essen auf ihre Tabletts, dann bemerkten sie mich und kamen auf mich zu. Ich senkte meinen Blick, hoffte, dass sie mich übersahen und in Ruhe ließen.

»Hey, wer bist du denn?«

Kurz kniff ich die Augen zusammen. Es wäre zu schön gewesen, hätten sie mich einfach ignoriert. Ich hob den Blick und sah dem Jungen ins Gesicht, der mich angesprochen hatte. Grüne Augen umrahmt von langen schwarzen Wimpern schauten mich musternd an. Eine kecke schwarze, lockige Strähne fiel ihm ins Gesicht, er sah aus wie Johnny Depp. Den Schauspieler fand ich sympathisch, vielleicht war das ein gutes Omen. Zu dem wirklich attraktiven Gesicht war er auch noch gut gebaut, an die zwei Meter groß und merklich gebräunt. Er erinnerte mich an jemanden, doch mir wollte nicht einfallen, an wen.

Ich lächelte freundlich. »Ähm, hi, ich bin Emilia. Bin für mein letztes Jahr hier. Und ihr?« Kurz wunderte ich mich, es war so still in meinem Kopf. Ihre Gedanken fielen nicht über mich her. Ein erleichtertes Lächeln breitete sich auf meinem Gesicht aus, das der Junge mir gegenüber erwiderte. Das Mädchen und ein Junge setzten sich links neben mich und die anderen beiden mir gegenüber.

»Ich bin Valentin.« Er deutete auf den eher schlaksigen Typen neben sich. »Das ist Leon, der Muskelprotz auf deiner Seite ist Peter.« Und wie muskulös der war! Er reichte ja schon fast an Dwayne *The Rock* Johnson heran. »Und die Dame neben dir ist Alison.« Er legte eine kurze Pause ein und beugte sich über den Tisch näher zu mir. »Aber nun zu dir. Wie kommt es, dass du für nur ein Jahr auf ein Internat kommst?«

Ich nickte allen zu. »Lange Geschichte«, wich ich Valentin aus.

Er grinste mich noch immer an. »Aha, der geheimnisvolle Typ Mädchen sitzt hier also.«

Ich lachte auf. »Nein, eigentlich nicht.«

Alison räusperte sich. Sie war wirklich eine Schönheit, dunkelblondes, schulterlanges Haar umrahmte ein ovales Gesicht, in dem zwei hellbraunen Augen leuchteten. Leon und Peter hatten genau dieselbe Augenfarbe, die schon fast Bernstein glich. »Valentin, fahr einen Gang zurück. Du brauchst sie nicht gleich zu bezirzen. Lass sie erst mal ankommen.«

Schockiert sah ich Alison an, das war schon eine Anmache gewesen? Mein Blick brachte Alison zum Lachen. »Entschuldige, aber du bist neu hier, also Frischfleisch. Und da macht Valentin sich gerne ran.«

Kopfschüttelnd belegte ich mein Brot zu Ende. Also war Valentin der Aufreißer der Gruppe. Die anderen taten es mir gleich, belegten ihre Brote und meine Augen wurden immer größer. Jeder von ihnen hatte mindestens ein ganzes Brot und einen Kilo Aufschnitt auf dem Tablett. »Esst ihr das alles auf? Oder wollt ihr noch eine Brotparty schmeißen?«

Alle fingen an zu lachen. »Das reicht für das Abendbrot, das, was du da isst, ist lachhaft! Davon kann doch keiner satt werden, kein Wunder, dass du so dürr bist.« Sagte Peter zu mir. Ich sah an mir herunter, so dürr fand ich mich jetzt nicht.

»Ach Peter, sei nicht so gemein. Mach dir keinen Kopf, du siehst toll aus«, sagte Valentin zu mir und zwinkerte mir zu.

Alison schubste mich leicht. »Keine Sorge, du hast große Brüste, also ist es noch nicht hoffnungslos.«

Ich verschluckte mich an meinem Brot und Alison klopfte mir auf den Rücken, während Valentin mir ein Glas Wasser reichte. Wo zum Geier war ich hier gelandet? Ich wusste nicht, wie ich diese vier beschreiben sollte. Sie waren irgendwie nett, aber auch aufdringlich.

Beim Essen erzählten mir die vier vieles über die Schule und das Leben hier. Hier gab es wie an jeder Schule die *Coolen* und die *Nerds*, solche aufgesplitterten Gruppen fand ich schon immer schrecklich, aber anscheinend gehörten die vier zu keiner dieser Fraktionen.

Valentin sah auf seine Armbanduhr. »Hey, wir haben noch zwei Stunden, bis die Ausgangssperre beginnt. Wollen wir noch zum See runtergehen?« Alle nickten begeistert und standen auf, während ich sitzen blieb. »Möchtest du nicht auch mit?«

Überrascht schaute ich zu Valentin hoch. Sie wollten mich

jetzt schon mit dabei haben? »Ähm … Oh, okay. Gerne«, stammelte ich.

Gemeinsam stellten wir unsere Tabletts weg und gingen hinaus in Richtung Wald.

Alison, Peter und Leon liefen schon vor, während Valentin auf meiner Höhe blieb. Schweigend liefen wir nebeneinander her. Der Weg war selbst im Sonnenlicht ziemlich tückisch, Wurzeln, die durch hohes Unkraut verdeckt wurden, ließen mich immer wieder stolpern. Einmal musste Valentin mich sogar auffangen, damit ich nicht hinfiel. Peinlich berührt lächelte ich, er sah mich schelmisch an. »Du bist nicht oft im Wald, oder?«

»Nein, nicht wirklich. Bei uns gibt es auch kaum echte Wälder«, erklärte ich und spürte, wie die Hitze in meine Wangen stieg.

Er nickte und wir gingen schweigend weiter.

Plötzlich waren Leon, Peter und Alison verschwunden. »Wo sind die denn hin?«, fragte ich und Valentin grinste mich an. »Guck mal zwischen den Stämmen hindurch, siehst du das Glitzern?« Er wies mit dem Finger in eine Richtung und ich sah tatsächlich etwas glitzern. Als ich nickte, sagte Valentin: »Dort ist der See.«

Wir gingen vom Weg ab, direkt in das Buschwerk. Meine Koordination dankte es mir, indem ich noch öfter stolperte als auf dem Trampelpfad.

Doch der Anblick, der sich mir bot, war jedes Stolpern wert gewesen. Der See lag in der Mitte einer großen Lichtung, umrahmt von hübschen Blumen und Schilf. Es sah sehr idyllisch aus, selig lächelte ich vor mich hin. »Kann man hier schwimmen?«, fragte ich Valentin.

Wie aufs Stichwort zog Alison sich aus, zeigte eine perfekt gebräunte Haut und einen Körper ohne Fett, aber mit gut trainierten Muskeln. Sie hatte schon unter ihren Anziehsachen einen Bikini getragen, als hätte sie gewusst, dass es sie heute noch zum

See führen würde. Die zwei Jungen gingen einfach mit ihren Boxershorts in den See. Valentin blieb wieder bei mir. »Willst du auch rein?«

Ich überlegte kurz, welche Unterwäsche ich trug und entschied, dass Weiß nicht von Vorteil war. Schnell schüttelte ich den Kopf. »Nein, darauf war ich nicht vorbereitet. Aber du darfst gerne gehen«, sagte ich zu ihm.

Aber er lehnte ab. »Quatsch, ich lass dich hier jetzt nicht alleine sitzen. Außerdem bist du eh die angenehmere Gesellschaft, die anderen kenne ich ja schon. Und glaube mir, sie gleichen Tieren.«

Er zwinkerte mir zu, als ich begann zu kichern. »Okay, aber eigentlich scheinen sie auf den ersten Blick ganz nett.«

Mit einem kleinen Lächeln auf den Lippen ließen wir uns nebeneinander am Ufer nieder. Valentin zog sich Schuhe und Strümpfe aus und ließ seine Füße ins Wasser baumeln. Kurz verfluchte ich mich, dass ich eine Strumpfhose trug, doch schob ich die Gedanken beiseite. Es war ein schöner Tag, den sollte ich genießen.

»Magst du mir nun diese Geschichte erzählen?« Er rutschte noch ein wenig näher an mich heran, sodass sich unsere Beine berührten. Seine sanfte Wärme berührte mich und irgendwie fühlte ich mich bei ihm, obwohl er ein Fremder war, sehr wohl. Ich runzelte die Stirn. Schon der zweite Junge innerhalb von zwei Tagen, bei dem ich das dachte. »Ich bin ja auch auf den ersten Blick ganz nett.«

Ich lachte. »Nun ja, ich sagte, dass deine Freunde ganz nett erscheinen. Von dir war nie die Rede.«

Valentin sah mich mit großen, erstaunten Augen an. »Und was bin ich dann?«

Ich grinste. »Das überlege ich gerade noch.«

Er sah mich ein wenig beleidigt an, aber das störte mich nicht wirklich. Ich hatte es aus Spaß gesagt, aber irgendwas an ihm ließ mein Blut in Aufruhr kommen und ich wusste nicht, ob das gut oder schlecht war.

Noch eine ganze Weile saßen wir so aneinandergelehnt da, sahen zu, wie das Halbdunkel das Sonnenlicht ersetzte. Der Mond erhob sich über die Wipfel und spiegelte sich im See.

Plötzlich piepte etwas in der Nähe und ich erschrak. »Keine Panik, das war nur meine Uhr. Wir müssen zurück.« Er steckte zwei Finger in den Mund und stieß einen schrillen Pfiff aus. Die Drei im Wasser hielten sofort inne und kamen zurück.

»Die hören aber gut«, sagte ich zu Valentin, verwundert über die schnelle, synchrone Reaktion der drei.

Er lachte und zwinkerte mir zu. »Man muss Tiere ja trainieren.«

Gemeinsam liefen wir zurück durch den mittlerweile ziemlich düsteren Wald. Nun stolperte ich noch öfter über alles und jeden. Als ich fast gegen einen Baum lief, hatte Valentin anscheinend die Nase voll von meinen Flüchen und nahm mich bei der Hand, um mich zu führen. Als er meine kleine Hand in seine große, warme nahm, überlief mich ein wohliger Schauer. Mir gefielen seine Nähe und Wärme viel zu sehr dafür, dass ich ihn erst ein paar Stunden kannte.

Kurz stoppte er und ich wäre fast in ihn hineingerannt, wenn er mich nicht festgehalten hätte. »Du brichst dir mit deiner Tollpatschigkeit noch etwas!«, zischte er.

Überrascht von seinem bitteren Ton stolperte ich über die nächste Unebenheit. Was war denn nun passiert? Ein unangenehmes Schweigen begleitete uns zum Internatsgebäude.

Als es endlich in Sicht kam, stieß ich einen erleichterten Seufzer aus und befreite mich aus seiner großen, starken Hand. Kurz wanderte sein Blick zu mir und ließ mich innerlich zusammenzucken. Dann schloss er zu den anderen auf, die ein paar Meter vor uns liefen. Ich seufzte und ließ den Kopf hängen. Wahrscheinlich hatten sie mich nur aus Mitleid angesprochen und nun gemerkt, dass ich nicht zu ihnen passte. Ich sollte vielleicht doch zu einem Nerd werden, das würde mir einiges ersparen.

Hinter den Vieren her schlurfend beobachtete ich sie. Valentin beugte sich zu Alison herüber, sagte etwas zu ihr und beide schauten noch einmal hinter sich. Ihre Blicke lagen auf mir und ich bildete mir ein, in Alisons Blick so etwas wie Mitleid gesehen zu haben. Ich schüttelte den Kopf und versuchte nicht allzu traurig dreinzuschauen. Trübe Gedanken beherrschten mich und, ohne auf meine Umgebung zu achten, lief ich stumpf weiter.

»Emilia?«, hörte ich eine Stimme flüstern.

Verblüfft drehte ich mich um, um zu sehen, ob da etwas war oder ob ich mir das bloß eingebildet hatte. Tatsächlich stand hinter mir eine Frau. Sie war wunderschön, hatte lange, blonde, lockige Haare und die blausten Augen, die ich jemals gesehen hatte.

Ich runzelte die Stirn. »Wer bist du?«, fragte ich.

Sie lächelte und kam auf mich zu. Unsicher und auch ein wenig ängstlich wich ich vor ihr zurück. Sie verzog gekränkt das Gesicht und blieb stehen. »Du siehst aus wie deine Mutter. Ich bin Isabelle, deine Tante.«

Verblüfft starrte ich die Frau an. »Ich habe keine Tante«, erklärte ich und wollte mich abwenden. Doch ihre Worte hielten mich zurück.

»Väterlicherseits nicht, nein. Aber deine Mutter hat einen Bruder, und der hat mich geheiratet«, meinte Isabelle und blickte mich traurig aus ihren blauen Augen an.

Zweifelnd trat ich einen Schritt zurück. »Nehmen wir mal an, ich würde dir glauben – was ich bisher noch nicht tue –, warum hat sich dann all die Jahre nie einer von euch gemeldet?« Skeptisch sah ich die Frau an. Es fühlte sich an, als sei ich in einer Freakshow gelandet.

Ihr Blick wurde noch trauriger. »Wir wollten, aber konnten

nicht. Der Feind hätte dich entdeckt und wahrscheinlich getötet oder anderweitig missbraucht. Wir wollten dich schützen.« Ihre Stimme bebte leicht und sie wirkte, als sei sie ehrlich zu mir. Aber welcher Feind?

Ich wusste nicht, was ich davon halten sollte. »Ah ja, und wovor?«

Sie seufzte. »Ich kann dir leider nicht viel davon erzählen, bis du tatsächlich eine von uns bist. Ich bin nur hier, um dich aufzuklären – zumindest so halbwegs. Auch, wenn dein Onkel nicht dafür ist. Aber deine Wandlung steht bevor, ich habe es gesehen, und du musst vorbereitet werden. Es wird in nächster Zeit so viel passieren. Du musst dich unbedingt an Valentin und seine Freunde halten, sie werden dir helfen, mit allem zurechtzukommen.«

Ich sah Isabelle noch immer zweifelnd an. »Nur damit ich es richtig verstehe. Es wird bald viel passieren, von dem du mir aber jetzt nichts erzählen kannst, ich soll mich an Leute halten, die mich wahrscheinlich nicht leiden können, damit ich damit besser klarkomme, und dann werde ich mich in *was* verwandeln?« Ich war in einer Freakshow gelandet. Anders konnte ich mir die Dinge, die mir diese Isabelle erzählte, nicht erklären. Noch nie hatte ich von einer anderen Familie gehört. Und sicherlich würde ich mich in nichts verwandeln.

Zustimmend nickte Isabelle. »Es tut mir leid, dass ich dir das so sagen muss. Aber ich habe nicht viel Zeit. Eric wird sonst merken, dass ich weggelaufen bin, um dich zu warnen und zumindest etwas aufzuklären. Du wirst dich in einen Werwolf verwandeln.«

Jetzt reichte es, ich fing lauthals an zu lachen. »Dein Ernst? Ich soll mich in einen Werwolf verwandeln?«

Verblüfft sah Isabelle mich an. »Ja, aber eigentlich ist das nicht so lustig. Die erste Verwandlung ist der Horror. Du wirst dich an nichts erinnern können.«

In mir herrschte ein Chaos an Gefühlen. Nicht nur, dass man in den letzten zwei Tagen versucht hatte, mich umzubringen. Nein, ich hatte mein Zuhause verlassen müssen, hatte mich von meiner besten Freundin nicht einmal verabschieden können und nun wurde mir auch noch erzählt, ich sei ein Werwolf?! Ich sah mich um, doch nirgends konnte ich eine Kamera entdecken. Das konnte die Frau vor mir nicht ernst meinen! Das konnte alles nicht stimmen! Mit Tränen in den Augen sah ich sie an. »Du meinst das wirklich ernst, oder?«, fragte ich verzweifelt.

Nun kam Isabelle näher und berührte meine Wange. »Pass auf dich auf, du wirst die richtige Entscheidung treffen. *Ostende ei veritatem.*«

Plötzlich fiel ich in einen Strudel voller Gefühle und Bilder. Ich sah meine Mutter im Wald, sie zog ihre Kleidung aus und plötzlich umgab sie ein helles Licht. Man konnte erahnen, dass dort drinnen etwas geschah, und dann auf einmal stand dort eine riesige Wölfin anstelle der Frau und es schien, als ob sie mich zum Spielen auffordern wollte. Der Körper, in dem ich steckte, ging auf das Spiel ein. Die Welt verblasste und eine neue trat an ihre Stelle. Wieder meine Mutter, man konnte ihr deutlich ansehen, dass sie schwanger war. Sie wirkte verzweifelt. Vor ihr stand ein großer Mann mit blonden Haaren und Bart, der mich an einen nordischen Krieger erinnerte. Neben ihm stand ich, blickte betrübt auf meine Mutter hinab. Sie sah aus, als bitte sie den Mann um etwas, aber er lehnte wild gestikulierend ab. Danach verschwand er aus dem Raum und ich nahm meine Mutter in den Arm. Die Szene wechselte wieder und nun sah ich meine Mutter, wie sie in den Wehen lag, mit schweißüberströmtem Gesicht, sie, ich und der Mann von vorhin, waren alleine. Außerhalb des Raumes hörte man lautes Getrampel und etwas, das ich als Kampfgeräusche erkannte. Dann wurde alles schwarz.

Ich wachte ruckartig in einem Bett auf, das in einem dunklen Zimmer stand. Die Jalousien waren unten und im Licht der Nachttischlampe sah ich ein Schemen neben einem Regal hocken. Mein Hirn war noch vernebelt und so erschrak ich viel zu spät.

»Keine Panik. Ich bin es bloß, Alison. Ist alles in Ordnung?«, erkundigte sie sich und musterte mich besorgt.

»Nein, es ist nicht alles in Ordnung! Du hockst im Halbdunkeln in einer Ecke, warum auch immer, und hast mich erschreckt!«, fauchte ich sie an und versuchte mein Herz zu beruhigen, das in meiner Brust raste.

Sie zuckte mit den Schultern. »Isabelle meinte, einer von uns sollte nach dir sehen. Sie war sich nicht sicher, wie du das auffasst mit dem Werwolf-Sein und Gefährtin-Sein.«

Mit einem Mal fiel mir alles wieder ein. Meine angebliche Tante, die Werwölfe, die Erinnerungen … *O Mann.* Mein Kopf fing an zu schmerzen. *Was gäbe ich jetzt für eine Aspirin!* »Moment. Du glaubst den ganzen Schwachsinn über Werwölfe? Und über ›Gefährtin-Sein‹ hat diese Verrückte nichts gesagt!«, verteidigte ich mich. Wut schäumte in mir hoch. Das konnte alles nicht echt gewesen sein. Ich wusste nicht, wo mein Vater mich einquartiert hatte, aber so langsam kam mir der Verdacht, dass er mich in eine Irrenanstalt gesteckt hatte.

Alison zuckte zusammen, ich war zum Ende hin lauter geworden und wirkte wahrscheinlich etwas hysterisch. »Eine Gefährtin ist das Gegenstück eines Werwolfs. Der Wolf in uns und der Mensch sind nicht eins, sie streiten sich, wir wandeln immer auf einem schmalen Grat zwischen Kontrolle und Wahnsinn. Wenn wir aber einen Gefährten haben, passiert etwas, das den Menschen und den Wolf irgendwie eins werden lässt. Diese wichtige Person, das bist du, deswegen dein Muttermal im Gesicht. Das ist ein Erkennungszeichen, woran wir die Gefährten erkennen.« Alison versuchte mir das alles zu erklären.

Aber ich ließ alles durchsickern. *Das konnte nicht stimmen*, redete ich mir ein. *Das sind alles Verrückte.*

»Du weißt schon, dass ich das alles nicht glauben kann?«, fragte ich.

»Das hat Isabelle sich schon gedacht, darum bin ich hier.« Ein Grinsen lag auf Alisons Lippen und ich bekam es mit der Angst zu tun.

»Wie meinst du das?«, fragte ich langsam und ließ das Mädchen vor mir nicht aus den Augen. Verrückte waren gefährlich, vielleicht sollte ich ihr Spiel erstmal mitspielen, damit ich zum richtigen Zeitpunkt fliehen konnte. Hier würde ich nicht bleiben – ganz sicher nicht!

»Nun ja, Isabelle meinte, ich solle dir zeigen, dass es Werwölfe tatsächlich gibt und die ganzen anderen Wesen. Bist du damit einverstanden?«

Ich zuckte mit den Schultern, glauben konnte ich ihr sowieso nicht. »Mach, was du nicht lassen kannst.«

Alison fing an sich auszuziehen. »Moment! Warum ziehst du dich aus?«, fragte ich schockiert.

Alison lächelte mich an. »Sonst zerreißen meine Anziehsachen.«

Ich verdrehte die Augen. *Klar, was auch sonst.* Ich beruhigte meinen Atmung. *Spiel mit. Das sind Verrückte. Lass sie. Du bist hier nicht mehr lange.*

Also zog Alison sich weiter aus und plötzlich war sie in Licht gehüllt, Schatten schienen in diesem Licht miteinander zu verschmelzen.

Mein Körper beugte sich weiter nach vorn, um besser sehen zu können, was in diesem Licht geschah. Ich war fasziniert, aber mein Verstand konnte das Gesehene nicht verarbeiten. Oder vielmehr weigerte er sich zu akzeptieren, was dort gerade geschah. Das Licht verglomm und in der Ecke, in der vorher Alison gestanden hatte, saß nun eine große dunkelblonde Wölfin.

Langsam trottete das Tier auf mich zu, hätte ich gestanden, hätte sein Widerrist bis an meine Brust gereicht. Sie war größer als normale Wölfe und ihre Augen wirkten immer noch menschlich. Sie legte ihren Kopf auf das Bett und ich streichelte darüber. In meiner Trance akzeptierte ich das Ganze. Das vor mir konnte nicht Alison sein. Genauso wenig, wie es ein echter Wolf sein konnte. Der Hund war so schön und gefährlich. Ihr Fell war seidig und weich, blonde Strähnen glitzerten darin. Ich lächelte und konnte nicht begreifen, was gerade passiert war.

»*So schlimm ist es gar nicht, oder?*«

Ich schrak zurück. »Hast du das gesagt?!« *Nicht schon wieder!*

»*Ja, das war ich.*« Der Wolf zog seine Lefzen so hoch, dass es aussah, als würde er grinsen.

»Warum höre ich deine Gedanken erst jetzt und habe sie nicht schon gehört, als du in deiner menschlichen Form warst?«, fragte ich vollkommen verwirrt. Die Stimme in meinem Kopf klang wie die von Alison. Aber das konnte doch nicht sein!

»*So können wir uns in unserer Wolfgestalt unterhalten und miteinander bei der Jagd kommunizieren. Aber wir können uns auch in unserer menschlichen Form* über *Gedanken unterhalten, wenn beide Parteien das wollen. So können wir sichergehen, dass der andere uns nicht anlügt. Aber warum solltest du in meiner Menschengestalt meine Gedanken hören?*«

»Weil ich verrückt geworden bin«, murmelte ich und kniff mir in den Nasenrücken.

Auf einmal umhüllte die Wölfin wieder dieses helle Licht und Alison saß im Schneidersitz vor mir.

»Du bist nicht verrückt«, begann sie. Doch bevor sie weitersprechen konnte, hob ich meinen Arm, um mir die Sicht zu versperren. »Alison! Mach die Beine zusammen!«, rief ich und hielt mir die Augen zu. Als Alison wieder angezogen war, setzte sie sich neben mich aufs Bett.

»Nochmal: Du bist nicht verrückt, Emilia. Du hast doch

gerade gesehen, dass ich in dem Licht war. Wieso glaubst du das nicht?«

»Weil das zu abgefahren wäre«, meinte ich. Wäre dies alles wirklich wahr, wäre das ein wahrgewordener Traum für mich. Wie oft hatte ich mir gewünscht, dass mir so etwas geschah? Dass ich eben nicht nur die kleine, unwichtige Tochter eines wichtigen Kerls war, der sich gern mit viel Geld umgab, dass ich jemand war, der Großes vollbringen würde.

»Es ist wahr, Emilia. Du bist eine Werwölfin. Eine besondere und du gehörst zu unserem Clan.«

Ich ließ die Worte sacken. Das konnte nicht wahr sein. Ich fühlte mich, als sei ich in einer Seifenblase gefangen, die bei der kleinsten Bewegung platzen könnte.

»Ich … ich kann das nicht glauben«, sagte ich tonlos.

Alison lachte und umfasste meine Hand mit ihrer. »Glaub es ruhig! Du gehörst zu einer Welt, die den Menschen verborgen ist! Zwar einer gefährlichen Welt, die aber auch voller Wunder steckt.«

»Das ist zu viel«, meinte ich und stand auf. Ich musste mich bewegen und tigerte in meinem Zimmer hin und her.

»Hast du schon mal darüber nachgedacht, dass du vielleicht nur die Gedanken von richtigen Menschen hören kannst? Und nicht von Leuten, die zur Anderswelt gehören. Das ist eine coole Gabe für eine Gefährtin.«

Alison riss mich aus meinen Gedanken, die damit beschäftigt waren, alles zu verarbeiten. Mein zweifelnder Blick glitt zu ihr. »Diese Gabe ist grausig! Ich höre die Gedanken der Menschen, die ich mag und von denen ich dachte, sie denken anders. Das ist eher ein Fluch. Und wenn zu viele in einem Raum sind, bekomme ich Kopfschmerzen«, jammerte ich.

»Dann solltest du lernen, deine Gedanken zu verbergen. So kannst du dann vielleicht auch die Gedanken der anderen abblocken. Vielleicht wird das auch besser, wenn du dich das erste

Mal verwandelt hast«, meinte sie nachdenklich.

»Ich weigere mich noch zu akzeptieren, dass ich auch irgendwann so haarig bin wie du«, sagte ich und versuchte witzig zu klingen. »Erst mal komme ich damit klar, dass es sowas wie eine Anderswelt überhaupt gibt.«

»Nun ja, du solltest dich damit beeilen, du bist 18 und die Verwandlung hätte eigentlich schon längst stattgefunden haben sollen«, meinte Alison und sah mich voller Mitleid an.

Kapitel 6

Das, was Alison sagte, traf mich hart. »Was heißt schon längst?«, fragte ich atemlos. Die Vorstellung, dass ich mich jederzeit hätte in etwas verwandeln können, jagte mir eine Heidenangst ein.

»Also meine Verwandlung begann, als ich sechzehn wurde. Valentins schon mit vierzehn. Bei jedem ist es unterschiedlich, aber bei allen passiert es vor ihrem achtzehnten Geburtstag.«

Ich ließ mich rückwärts aufs Bett sinken und starrte die Decke an. Das war nicht gut, gar nicht gut. »Kannst du mich bitte alleine lassen?«, fragte ich Alison.

Sie schüttelte den Kopf. »Isabelle meinte –« Ich unterbrach sie und funkelte sie zornig an. »Es ist mir scheißegal, was meine sogenannte Tante meint. Ich will jetzt alleine sein! Also geh!«

Alison nickte und zog sich rückwärts aus meinem Zimmer zurück. Ich starrte wieder die Decke an.

Abstreiten, dass Werwölfe existierten, konnte ich nicht mehr. Ich hatte einen gesehen und angefasst. Ich hatte die Verwandlung gesehen. Ich legte meinen Unterarm über meine Augen. Aber den Teil mit mir … Es fühlte sich an, als sei ein Traum endlich wahrgeworden, der mir aber jetzt, wo er real wurde, eine Angst machte, die ich noch nie in meinem Leben gefühlt hatte.

Trotzdem war alles irgendwie total schräg. Ich meinte, woher kannten sich Alison und Isabelle? Warum konnte Isabelle Alison Befehle erteilen? Ich zerrte mein Kissen unter meinem Kopf hervor und vergrub mein Gesicht darin. Vielleicht war ich einfach nur verrückt geworden? Immerhin hörte ich ab und zu Gedanken von Menschen und hatte jetzt auch noch Wahnvorstellungen!

Mein Handy vibrierte in meiner Hosentasche, kurz überlegte ich es einfach zu ignorieren, aber die Hoffnung, dass mich der Alltag etwas beruhigen konnte, siegte.

Was?! Tschuldige, ich war noch bei dem heißen Typen von letztens ;) Aber das kann dein Vater doch nicht bringen?! Wann musst du dahin?

Ich musste schmunzeln. Susan hatte wirklich selten ihr Handy in der Hand.

Doch, kann er bringen. Bin seit heute hier. Das Internat ist ein Schloss. Wie war es bei dem Typen?

Sollte ich ihr erzählen, dass ich vermutete, verrückt zu werden? Nein, lieber nicht. Susan war schon wieder offline, also legte ich das Handy auf meinen Nachttisch. Ich machte mich bettfertig und kuschelte mich in die weichen Laken. Meine erste Nacht in einem Internat, als Irre. Schneller als gedacht glitt ich in einen tiefen Schlaf.

Mein Wecker riss mich um sieben Uhr aus dem Bett. Merkwürdigerweise fühlte ich mich topfit. Ein wenig erschlagen von den Ereignissen, aber dennoch irgendwie erholt.

Ich sprang unter die Dusche und machte mich fertig. Ein Bandshirt von *Skillet* zog ich über mit einer schwarzen kurzen Hose und meinen Chucks. Dazu flocht ich meine langen Haare zu einem Zopf. Als ich fertig war, grinste ich mich kurz im Spiegel an und fragte mich, ob der Tag auch wieder so verwirrend werden würde. Mein Handy vibrierte auf dem Nachttisch in langen Intervallen. Ich strahlte, als ich den Namen sah. »Hey, Finn.«

»Meine Schöne. Du erinnerst dich ja doch an mich. Ich hatte gedacht, du schreibst mir zumindest, wenn du angekommen bist.«

Huch? Diese Reaktion fand ich jetzt übertrieben. »Ähm, okay. Meinst du? Schön«, gab ich genervt von mir. Dieses Verhalten von ihm hatte ich nicht erwartet. Ich war ihm doch keine Rechenschaft schuldig.

Ein Lachen kam von der anderen Seite der Leitung. »Das war ein Scherz, ich wollte dich bloß ein wenig hochnehmen. Wie war dein erster Tag im Internat?«

»Ähm …« Ich konnte ihm schlecht erzählen, dass ich erfahren hatte, dass ich *angeblich* eine Werwölfin war. Unsicher trat ich von einem Fuß auf den anderen. »Eigentlich ziemlich langweilig. Meine Zimmergenossin ist noch nicht da. Ich habe gestern noch vier andere hier kennengelernt. Drei Typen und ein Mädchen, die scheinen ganz okay zu sein. Die haben mir ein wenig was von der Umgebung gezeigt und mir ein paar Geschichten aus dem Unterricht erzählt. Also nichts Besonderes. Und was hast du so gemacht?«

Ich hörte ein Seufzen. »Das ist ja wirklich langweilig. Aber immerhin hast du schon neue Leute kennengelernt. Ich war bis vor zwei Stunden arbeiten, wieder in dem Club als Security. Als ich dann nach Hause gefahren bin, war ich noch kurz einkaufen. Da habe ich deine kleine Freundin getroffen, Susan?«

»Ja, das war Susan. Klingt auch nicht viel aufregender als mein Tag.«

Er lachte. »Nein, mein Highlight bis jetzt war der Anmachversuch deiner Freundin. Sie hat wirklich kein Schamgefühl, oder?«

»Wie kommst du darauf?« Ich konnte ihm ja schlecht sagen, dass sie schon Scham empfand. Aber nur an schlechten Tagen, bedeutete, wenn sie zu viel getrunken hatte oder kein Kerl weit und breit war, der sie davon ablenken konnte, dass sie so viele Kerle hatte.

»Nun ja, sie kam auf mich zu, lächelte mich mit einem

Tausend-Volt-Lächeln an, zupfte ihren sowieso schon großen Ausschnitt noch tiefer herunter und beugte sich über meinen Einkaufswagen, sodass ihre Brüste fast herausfielen. Und meinte, jetzt wo du ja eh weg bist, könnte ich ja meine Zeit mit ihr verbringen.«

Eine kleine Dosis Eifersucht machte sich in mir breit. »Und? Bist du auf das Angebot eingegangen?«, horchte ich und fühlte mich in diesem Moment schlecht. Was ging es mich denn an, mit wem er rummachte?

Am anderen Ende der Leitung hörte ich ein kleines Lachen. »Tut mir leid, dir das zu sagen, Kleines, aber deine Freundin ist nicht mein Typ. Im Gegensatz zu dir.«

Bei diesen Worten wurde ich selbst an meinem Telefon rot. Er gab mir das Gefühl, wirklich wichtig zu sein, und das fühlte sich verdammt gut an.

»Du bist lieb. Du weißt aber schon, dass ich ziemlich weit weg bin, oder?«, erkundigte ich mich, um ihm zu zeigen, dass ich ihn momentan nicht als Freund in Betracht ziehen würde.

»Ich weiß, das bedeutet aber lange noch nicht, dass ich dich aus meinem Kopf bekomme. Wie heißt denn eigentlich das Internat, auf dem du bist?«

Kurz musste ich überlegen. »Es heißt Varg. Ist wohl nach dem Gründer benannt worden.« Plötzlich war es am anderen Ende still. »Finn? Alles gut?«

»Ähm, ja, du, ich muss jetzt schlafen, in acht Stunden muss ich wieder los. Pass' auf dich auf! Und vertraue niemandem!« Damit legte er auch schon auf.

Etwas verblüfft sah ich auf das Telefon, was hatte er denn jetzt plötzlich? Warum mussten alle so in Rätseln sprechen? Ich schüttelte den Kopf.

Plötzlich klopfte es an meine Zimmertür, ich machte auf und blickte in Valentins Gesicht.

»Morgen«, begrüßte er mich.

»Dir auch einen guten Morgen.« Kurz entstand ein peinliches Schweigen, weil ich darauf wartete, was Valentin wollte, dann räusperte er sich und seine Hand bewegte sich zu seinem Nacken.

»Ähm, eigentlich wollte ich dich zum Frühstück abholen, ich dachte nicht, dass du heute freiwillig herunterkommen würdest. Aber du scheinst das alles ganz cool aufzufassen.«

»Die Option, dass ich mich unter der Bettdecke verstecke und dann alles wieder normal wird, gibt es wahrscheinlich nicht, oder?«, fragte ich gespielt hoffnungsvoll.

Valentin sah mich an und lachte kurz. »Nein, in dem Fall leider nicht.« Er sah mich plötzlich mit großen Augen an. »Kannst du die Träne nicht überschminken?«

»Was willst du?«, fragte ich verwirrt.

»Diese Träne, das Wolfsmal unter deinem Auge, kannst du das nicht wegschminken?«

»Nein, kann ich nicht. Habe es schon oft versucht, aber irgendwie ist es wie das Mal von Harry Potter, es findet seinen Weg, um gesehen zu werden.« Ich lachte freudlos auf.

»Allvater«, seufzte er. »Das gestaltet die Sache schwieriger.«

»Was soll denn bitte nun noch schwieriger sein?«, fragte ich. Ich fand, dass alles, was mir in den letzten Tagen passiert war, schon verdammt schwierig war.

»Dieses Wolfsmal bedeutet, dass du eine Gefährtin bist. Die meisten haben das an einer unauffälligen Stelle wie dem Schlüsselbein oder so. Nicht mitten im Gesicht. Und da eine Gefährtin so besonders für uns ist, wollen viele Wesen uns mit ihnen erpressen. Jetzt müssen wir auf dich noch mehr aufpassen.«

Ungläubig starrte ich ihn an. »Entschuldige, dass ich solch eine Last für dich bin«, meinte ich sarkastisch und widerstand dem Drang, ihm die Tür vor der Nase zu zuschlagen. »Aber was genau ist eine Gefährtin? Alison hat mir darüber gestern schon irgendwas erzählt, ich habe ihr aber nicht wirklich zugehört.«

Valentin schien sich unwohl zu fühlen. »Nur eine Gefährtin beziehungsweise ein Gegenstück kann den Kampf, der in uns herrscht, da wir zwei Seelen haben, lindern. Du bist beides. Eine Gefährtin und eine Wölfin. Das macht dich besonders. Von Gefährtinnen wie dir gibt es nur wenige. Du brauchst keinen Gefährten, es scheint, dass das Gefährtinnenblut in dir das Wolfsblut zum Teil aufhebt. Das könnte der Grund sein, wieso du dich nicht verwandeln kannst.«

Mir rauchte jetzt schon wieder der Schädel, doch war meine Neugierde noch nicht gestillt. »Und was genau macht mich, abgesehen von dem Wolfsmal, zu einer Gefährtin?«, fragte ich Valentin.

»Kann ich es dir auf dem Weg in die Mensa erklären? Die anderen warten schon auf uns.«

Ich zog die Tür hinter mir zu und gemeinsam gingen wir nach unten.

»Also, Gefährten haben alle von Geburt an diese Träne, als Mal. Das zeichnet sie offensichtlich als Gefährten aus. Hinzu kommt aber, dass die Gefährten an ihrem achtzehnten Geburtstag eine *Offenbarung* haben, das bedeutet, dass sich ihre Gabe das erste Mal zeigt. Diese Gabe kann alles Mögliche sein. Von Visionen bis zum Wetterverändern. Diese Frauen oder Männer wurden damals auch der Hexerei bezichtigt und gejagt. Bevor ein Werwolf seine Volljährigkeit erreicht hat, ist der Kampf in ihm nicht so stark wie in einem, der schon über einundzwanzig Jahre alt ist. Ab diesem Alter wird der Kampf in uns schwerer zu ertragen und die meisten von uns ziehen dann aus, um ihr Gegenstück zu suchen, das sie von diesem Kampf erlöst. Wir bemerken unser Gegenstück, wenn es in der Nähe ist, meistens an ihrem Geruch. Der Geruch zieht uns magisch an und offensichtlich erkennen wir unsere Gefährtin auch an ihrem Wolfsmal, das du mitten im Gesicht hast. An sich hat die Gefährtin keine Aufgabe, man findet zusammen, macht das Ritual, um zu zeigen, dass man zusammengehört, und der Kampf in unserem Inneren wird gebannt«, erklärte er.

Ich musste das erstmal sacken lassen und lief schweigend neben Valentin her. Also war ich sowas wie eine Universal-Gefährtin. Ich passte zu jedem, aber nur einer zu mir.

Mein Kopf wurde immer schwerer. Das war alles so kompliziert!

Wir betraten die Mensa, geradewegs lief ich zu der Essensausgabe und legte mir zwei Brötchen und Belag auf meinen Teller. Automatisch lief ich dann zu den anderen und setzte mich zu ihnen an den Tisch. Kurz nach mir setzte sich Valentin auch zu uns, mit einem Berg Essen auf dem Tablett.

Am Tisch herrschte angespanntes Schweigen, als würden alle darauf warten, dass ich in Tränen ausbrach oder Schlimmeres. Ich räusperte mich, doch bevor ich sagen konnte, dass ich nicht hysterisch werden würde, kam mir Valentin zuvor. »Leute, kriegt euch ein, sie fasst es gut auf.« Ein synchroner Seufzer der Erleichterung entwich allen und ich musste grinsen.

»Okay, wenn du nicht hysterisch wirst, was hast du denn dann für Eigenschaften von deiner Werwolfseite?«, fragte mich Peter.

Ich schürzte nachdenklich die Lippen. »Ähm, na ja …«, druckste ich herum. »Ich habe keinen Schimmer, wovon du sprichst.«

Peter zuckte mit den Schultern und damit war das Thema anscheinend gegessen. Valentin stupste mich an. »Und was hast du nachher noch so vor?«

»Eigentlich nicht besonders viel. Also ehrlich gesagt gar nichts«, antwortete ich.

Valentin sah in die Runde und alle nickten. »Hättest du Lust, mit uns ins Schwimmbad zu kommen?«

Ich grinste. »Klar, gerne. Wann wollt ihr denn los?«

»So eine Stunde nach dem Frühstück. Dann hast du auch

noch Zeit zum Packen.«

Ich nickte und während des Essens redeten wir über belanglose Dinge, mieden das Geschehene von gestern. Darüber war ich froh, denn ich musste mich damit wirklich noch auseinandersetzen und realisieren, was mir da eigentlich gesagt worden war.

Nach dem Essen ging ich hoch, packte meine Tasche, zog mir schon mein blaues Bikinioberteil, das meine Augen betonte, und meine lange schwarze Badehose an. Danach versuchte ich Susan anzurufen, da sie meine letzte Nachricht immer noch nicht gesehen hatte. Aber nur ihre Mailbox ging ran.

Ich sprach ihr auf die Mailbox, dass das Internat gar nicht so schlecht war, ich sie trotzdem vermisste und sie sich melden sollte. Als ich gerade mein Handy weglegen wollte, vibrierte es. In der Hoffnung, es sei Susan, hob ich es wieder an, aber es war Finn.

Entschuldige, dass ich ein wenig grob zum Schluss war. Das war doof.

Ich musste lächeln, auf seine eigene Art war er wirklich niedlich.

Ist alles o. k., jeder kann mal einen schlechten Tag haben. Alles gut ;), schrieb ich zurück, in der Hoffnung, dass er sich vielleicht ein wenig zurückhielt.

Als meine Tasche fertig gepackt war, sah ich auf die Uhr. Ein wenig Zeit hatte ich noch, also ging ich zur anderen Hälfte des Zimmers und sah mich um. Ich wusste, so etwas sollte man eigentlich nicht tun, aber ich war wirklich neugierig auf meine Zimmermitbewohnerin. Cynthia … Der Name klang schon nach jemand eingebildetem und ihre ganze Einrichtung sprach auch dafür. War sie auch ein Wesen? War dieses ganze Internat eigentlich nur für Wesen gedacht? Ich sollte mir merken, dass ich die anderen danach fragen wollte. Ich sah mich auf ihrem Schreibtisch um, aber nichts erzählte mir sonst etwas über den

Charakter dieser Cynthia.

Ich musste mich wohl gedulden, dabei war ich der ungeduldigste Mensch, den ich kannte. Nach einem Blick auf meine Uhr zog ich mir noch schnell ein anderes T-Shirt über. Dann schnappte ich mir meine Tasche und ging nach unten, um in der Einfahrt auf die anderen zu warten.

Lange ließen sie mich nicht warten, schon nach kurzer Zeit kamen ein schwarzer 1950 Chevrolet Truck und ein 2013 Ford Mustang in Rot um die Ecke. Ich traute meinen Augen kaum, das waren verdammt geile Autos. Valentin saß mit Leon zusammen in dem Truck, er winkte mich zu sich. Alison und Peter fuhren in dem Mustang vor. Mit meinem Rucksack quetschte ich mich neben Leon in die Fahrerkabine. Auf der Fahrt ins Schwimmbad schwieg ich, während Leon und Valentin über ein Handballspiel diskutierten, das letztens im Fernsehen gelaufen war.

Ich schaute aus dem Fenster. Die Landschaft war atemberaubend schön, man konnte kilometerweit sehen, alles war voller Felder, auf denen jetzt so langsam der Mais wuchs. Meine Gedanken drehten sich wieder um das Gesagte und Erlebte der letzten Tage. Meine Mutter war eine Werwölfin gewesen. Wirklich realisieren konnte ich das immer noch nicht. Zur Hälfte war also die Welt von Valentin, Peter, Leon und Alison auch meine Welt. Gab es auch Vampire, Gargoyles und Walküren? Ich versuchte jetzt, über Peters Frage nachzudenken. Ein wenig schneller als andere aus meiner Klasse war ich schon immer gewesen und meine Ausdauer war auch bewundernswert für einen Menschen.

»Hey, Em, willst du nicht auch aussteigen?« Leon schubste mich etwas zu kräftig gegen die Tür. Ich schaute ihn böse an und stieg aus.

Das Schwimmbad hatte auch ein Freibad, in das wir gingen, immerhin war am Himmel kein Wölkchen zu sehen und die

Sonne schien. Es war nicht mehr das Neuste, aber es strahlte einen gewissen Charme aus, ich fand es irgendwie urig.

An der Kasse saß ein Mädchen in unserem Alter namens Cleo. Sie jobbte hier während der Ferienzeit, um ihr Taschengeld aufzubessern. Cleo fand den Job scheiße, weil sie eigentlich neben ihren Freunden im Bad liegen wollte, anstatt an der Kasse zu versauern. Als sie uns sah, verbesserte sich ihre Laune jedoch schlagartig. Valentin, Peter und Leon fand sie heiß. Was sie sich dann mit Valentin vorstellte, als er für uns zahlte, wollte ich eigentlich gar nicht sehen. Als es zu viel wurde, begann sich alles in meinem Kopf zu drehen. Aus Reflex fasste ich Alison am Arm und plötzlich waren die Gedanken von Cloe weg. Ich schaute erstaunt auf Alisons Arm.

»Ist alles gut, Em?«, Alison sah mich fragend an.

Ich räusperte mich. »Erzähl ich dir gleich. Aber bitte lass mich nicht los!«

Sie sah mich verwirrt an, nickte aber. Wir gingen in die Damenumkleide, erst dort ließ ich Alison los. »Ich hatte gerade die Gedanken der Kassiererin im Kopf. Als sie sich FSK 18 Sachen mit Valentin vorgestellt hat, habe ich dich am Arm gefasst, keine Ahnung warum, aber danach konnte ich sie nicht mehr hören. Das hatte ich bis jetzt nur einmal.«

Sie sah mich verständnisvoll an. »Also war ich sozusagen ein Schild für dich? Okay, und bei wem hattest du das noch?«

Ich winkte ab. »Das war ein Typ, den ich an meinem achtzehnten Geburtstag in einer Diskothek kennengelernt habe, er arbeitet dort als Security.«

»Komisch. Aber es muss doch einen Zusammenhang zwischen ihm und mir geben«, meinte Alison nachdenklich.

Erschrocken sah ich sie an. Was war, wenn er auch ein Werwolf war? Wenn das Rudel zu ihm gehört hatte? Er hätte kein Handy gebraucht, um Hilfe zu holen, wenn er sich mit ihnen über seine Gedanken in Verbindung setzen konnte. »Emilia?«, hakte Alison nach, ihr Blick lag besorgt auf mir.

Ich schüttelte meine Gedanken ab. Das ergab alles keinen Sinn, es konnte doch nicht plötzlich jeder ein Werwolf sein. »Ich kenne ihn kaum, habe ihn nur an zwei Abenden gesehen.« Wieder nickte Alison, wir zogen uns aus und gingen dann ins Freibad.

Kapitel 7

Als wir die Tür zum Freibad aufmachten, stöhnte ich vor Schmerz. Es waren so viele Menschen hier und zu viele Gedanken prügelten sich in meinem Kopf!

»Das Wetter ist so toll!«

»Noch zwei Minuten und dann muss ich mich wenden, für eine tolle Sommerbräune.«

»Wuuhh, was für zwei heiße Chickas.«

Alison fasste mich am Arm und ich sah sie dankbar an. Irgendwie sollte ich diese Gedanken doch unter Kontrolle bekommen. Ich konnte ja nicht auf ewig verlangen, dass Alison mich festhielt. »Sag mal, Alison, du und Peter, läuft da was?«

»Nein. Das geht nicht, es gibt ja für jeden von uns einen geeigneten Partner. Wir selbst, abgesehen von solch besonderen Leuten wie dir, können einander keine Gefährten sein. Wir haben nur Spaß zusammen, um uns die Zeit zu vertreiben«, erklärte sie.

Ich hörte in ihrer Stimme, dass sie es eben nicht nur so sah. »Aber ist das nicht schwer, sich dabei so abzugrenzen, damit man sich nicht näherkommt, als man möchte?«

Sie knurrte. »Ich denke, das ist nicht dein Problem! Du kannst dir irgendjemanden aussuchen, selbst wenn es kein Werwolf sein sollte, wirst du glücklich. Aber wir haben einen Partner und den müssen wir dazu bekommen, dass er uns liebt, obwohl wir sind, was wir sind, und bei uns bleibt«, fuhr sie mich an, sodass ich innerlich zusammenzuckte.

»Entschuldige, ich wollte dir nicht zu nahe treten.«

Sie winkte ab und wir gingen auf die Grünfläche des Freibads.

Es war riesig, mit vier großen Schwimmbecken. Eingefasst waren sie in Stein, der, selbst wenn er nass war, nicht wirklich rutschig wurde. Der geflieste Bereich war durch hohe Büsche ein wenig von der Grünfläche abgeschottet. Am hinteren Ende des Springerbeckens gab es einen Kiesweg, der zum Restaurant führte. Auch wenn das Bad von außen nicht sehr schön aussah, von innen war es wirklich richtig gemütlich. Wir gingen zu einer Baumreihe, die ein wenig Schatten spendete, und breiteten unsere Handtücher aus. Während wir auf die Jungen warteten, sprühte ich mich mit meinem Sonnenschutzspray ein. Alison betrachtete mich lächelnd. »Dein Ernst, Sonnenschutzfaktor 50+?«

Ich schaute missmutig. Unsere Schenkel lagen aneinander, damit die Gedanken der anderen nicht auf mich zuströmten. »Ich habe Sommersprossen und vertrage die Sonne halt nicht so gut«, meinte ich ein wenig beleidigt. Ich beneidete solche Menschen wie Alison schon immer, die tatsächlich braun wurden. Ich wurde rot und danach wieder weiß.

Sie grinste. Dort, wo sich unsere Beine berührten, sah man deutlich den Unterschied. Während ich in der Sonne schon richtig strahlte, schien Alison diese einfach aufzunehmen.

Endlich kamen die Jungen nach, Peter starrte mich an. »Wow, du bist echt blass!«

Ich sah ihn böse an. »Ich weiß«, gab ich brummend zurück. Leon, Valentin und Alison fingen an zu lachen. Ich wollte gerade aufstehen, doch als ich mein Bein von Alisons wegzog, drangen die Gedanken der Menschen wieder auf mich ein.

»Ich werde sie finden, ganz egal was es kostet, ich werde diese Gruppe von dreckigen Bastarden finden, die mir meine Eltern

geraubt haben, diese vermaledeiten Werwölfe!«

Erschrocken drückte ich mein Bein wieder an Alisons, dann schaute ich mich panisch um. Wessen Gedanken könnten das gewesen sein? Man sah mir wohl meinen Schrecken an, denn Valentin berührte mich an der Schulter. »Ist alles gut?«

Ich schüttelte den Kopf. »Nein. Ich habe gehört, wie es jemand auf euch abgesehen hat.« Meine Stimme zitterte und ich schaute mich weiter um.

»Uns«, berichtigte mich Valentin.

»Ist das nicht gerade scheißegal? Jemand will *uns* töten, sollten wir nicht herausfinden, wer?«, schnauzte ich ihn an.

Peter nickte. »Da hat Emilia recht, Valentin, du bleibst mit ihr hier.« Er wandte sich wieder an mich. »Meinst du, du kannst den Sprecher irgendwie lokalisieren?«, fragte er und sah mich erwartungsvoll an.

»Ich weiß nicht einmal, wie diese Gabe genau funktioniert, geschweige denn, wie ich einen Gedanken herausfiltere«, erklärte ich ihm.

»Okay, Valentin, du passt auf Emilia auf, während Alison und Leon in die eine Richtung gehen und ich in die entgegengesetzte. Wenn etwas ist, Handy.« Damit trotteten die drei auch schon los und Valentin und ich blieben an unserem Platz. Da Alison weg war, wurde es wieder laut in meinem Kopf.

»Mann, die Pommes sind hier die Besten!«

»Ouh, der Typ ist aber süß«

»Da schläft man einmal ein!«

Ich zog die Beine an meinen Körper und vergrub den Kopf zwischen meinen Knien. Es half zwar nicht, aber so konnte ich mein schmerzverzerrtes Gesicht vor Valentin verbergen.

Er setzte sich neben mich. »Du hörst also die Gedanken von anderen?« Ich nickte und mein Kopf fing an, immer mehr zu schmerzen, es waren zu viele hier. »Weißt du, was du vielleicht mal ausprobieren könntest?«

Ich musste mich tierisch anstrengen, um Valentin zu hören, damit er nicht zwischen den Stimmen in meinem Kopf versank. »Versuch dir eine Barriere zwischen dir und den anderen Gedanken vorzustellen, eine Kuppel zum Beispiel.«

Ich musste lachen. »Wie bei *Under the Dome*?« Auch wenn sich das schwachsinnig anhörte, probierte ich es. Ich holte tief Luft, versuchte mich trotz des Gedankengewitters zu entspannen, und stellte mir vor, wie eine Kuppel um mich herum entstand und die Gedanken, die auf mich einstürmten, wegdrückte.

Immer wieder stahlen sich Fetzen durch die Barriere und rissen alles wieder ein. Frustriert seufzte ich auf. »Das funktioniert nicht«, gab ich auf.

»Du musst es weiter versuchen. Du bist noch komplett untrainiert. Es kann nicht beim allerersten Mal klappen.«

Schweiß stand auf meiner Stirn und ich zitterte vor Anstrengung, als es mir endlich gelang, die Kuppel bis nach oben hin zu schließen, ohne dass sich ein Gedanke irgendwo zwischen gemogelt hatte. Und tatsächlich, es funktionierte! Mein Kopf schoss in die Höhe und ich musterte Valentin. »Woher wusstest du, dass das funktioniert?«

Er zwinkerte mir zu. »Das ist ein Geheimnis. Na komm, ich kann dir vielleicht zeigen, wie du den Typen lokalisieren kannst.«

»Okay.« Ich konnte es kontrollieren. Mein Herz hüpfte vor Freude und erst jetzt merkte ich, wie sehr mich diese Fähigkeit belastet hatte. Ich würde doch nicht als Freak enden.

»Gut, atme tief ein, entspann dich, du siehst die Kuppel vor dir. Nun lässt du sie sinken.«

Fassungslos starrte ich Valentin an. War er verrückt? Ich würde diese Kuppel nie, niemals wieder runter lassen.

»Du schaffst das, vertrau mir«, beruhigte er mich, als könnte er meine Gedanken lesen. »Und nun versuchst du, die Stimme wiederzufinden, die uns bedroht hat.«

Zweifelnd biss ich mir auf die Lippe, doch überwand ich meine Angst und nickte. Ich tat das, was er mir gesagt hatte. Die Kuppel verschwand und im ersten Moment überrumpelten mich die Gedanken der anderen, schnell griff ich nach Valentins Hand. Und plötzlich waren wieder alle Stimmen weg.

Valentin sah mich an. »Alles ok?«

»Die Gedanken haben mich bloß wieder überrannt«, erklärte ich. »Und dann habe ich deinen Arm angefasst und die Stimmen waren wieder weg. Jetzt ist das schon bei dir, Alison und Finn so«, meinte ich nachdenklich und starrte auf seinen gebräunten Arm.

Valentin versteifte sich und alle Farbe schwand aus seinem Gesicht. »Finn? Was für ein Finn?«

»Ich habe ihn in der Diskothek kennengelernt, wo ich meinen achtzehnten Geburtstag gefeiert habe. Er ist dort einer der Security-Leute.«

»Weißt du, wie er mit Nachnamen heißt?«, bohrte Valentin weiter.

»Nein, das war bis jetzt nie wirklich wichtig. Warum fragst du?« Er verwirrte mich mit seinem Verhalten. Kannte er einen Finn? Und war es wirklich so wichtig, dass er darüber vergaß, dass uns jemand umbringen wollte?

Valentins Blick glitt in die Ferne. »Ich habe einen Bruder namens Finn. Wir sind Zwillinge, aber er ist aus unserem Rudel geflohen. Habe ihn schon sehr lange nicht mehr gesehen.«

Mitleid machte sich in mir breit. Das musste schwer sein, wenn der eigene Bruder weglief. »Oh, das tut mir leid. Darf ich fragen, wieso er weggelaufen ist?«

Valentin lächelte mich wieder an, meine Hand berührte immer noch seinen Arm. Er schaute hinab und etwas huschte über sein Gesicht, das aussah wie Freude. Kurz machte er sich von mir los, dann aber umfasste er meine Hand. Ich fühlte mich wohl bei ihm. Fast wie bei Finn. Doch als ich in mich hineinhorchte, musste ich ehrlich zu mir selbst sein. Finn beruhigte mich, ließ mich fühlen, dass ich das Wichtigste war, das auf der Welt existierte. Bei Valentin ging das nach kurzer Zeit noch tiefer. Er berührte etwas in mir, das ich selbst nicht benennen konnte. Wir saßen händchenhaltend auf dem Handtuch und ließen unseren Gedanken freien Lauf.

Was war nur mit mir los? Sonst begann ich doch auch nicht so schnell, eine Bindung zu Menschen aufzubauen. Und nun? Lernte ich zwei Jungen kennen, die mich fühlen ließen, dass ich das Einzige sei, das wichtig war. Dieses Gefühl liebte ich, keine Frage. Aber wieso nur ließen beide es mich fühlen?

»Meinst du, du kannst es jetzt noch einmal versuchen?«, fragte Valentin und strich dabei beruhigend mit seinem Daumen über meinen Handrücken.

Ich nickte, atmete aus und löste mich nur ungern von Valentins Hand.

Direkt kamen wieder die vielen Gedanken auf mich zu, aber diesmal war ich darauf vorbereitet. Ich stellte mir vor, wie alle einzeln an mir abprallten. Bis ich die Stimme wieder hörte. *»Jetzt haben sie sich getrennt. Dann kann ich mir zuerst die beiden Turteltauben auf dem Handtuch vornehmen.«*

Ich griff nach der Stimme, versuchte, sie näher zu ziehen und es funktionierte! Jetzt konnte ich den Mann in meinem Kopf sehen. Er hieß Daniel, dreißig Jahre alt, und vor zwanzig Jahren waren seine Eltern bei einem Wolfsangriff ums Leben gekommen. Seitdem hatte er Wölfe studiert und war dabei auf die Werwölfe gestoßen. Er trug eine Waffe hinten in seinem Hosenbund und hatte es auf Valentin und mich abgesehen. Ich stellte mir die Kuppel wieder vor und drängte alle Gedanken zurück. Ich zog den überraschten Valentin auf mich, sodass ich auf dem Handtuch lag und er halb auf mir. Er runzelte die Stirn. »Wa…?« Bevor er weitersprechen konnte, hielt ich ihm meinen Finger an die Lippen.

»Wenn du jetzt hochschaust, hinter mir der dritte Baum, dort steht ein blonder Mann. Er müsste ein schwarzes T-Shirt tragen und eine schwarze Hose. Eine Waffe hat er hinten in seinem Hosenbund. Er will uns erschießen und dann die anderen aufspüren. Ach ja, und er denkt, wir seien ein Paar«, rasselte ich alle Infos runter und hoffte, dass Valentin verstand, wieso ich ihn auf mich gezogen hatte – was sich zugegebenermaßen wirklich toll anfühlte.

Er schaute mich an, nickte und küsste mich.

Zuerst war ich zu überrascht, um zu reagieren, aber Valentins Lippen auf meinen fühlten sich richtig an. Als das Überraschungsmoment verflog, schlang ich meine Arme um seinen Nacken und erwiderte den Kuss. Valentins Hand streichelte über meine Wange, wanderte zu meinem Nacken und er drückte sich noch enger an mich. Seine Zunge strich über meine Lippen, ich ließ sie willig ein. Als ich meinen Mund für ihn öffnete, konnte sich Valentin ein leises Stöhnen nicht verkneifen und mich überkam ein wohliger Schauer. Er ließ von meinen Lippen ab und zwinkerte mir zu.

»Es sollte doch echt aussehen.« Er gab mir noch einen Kuss auf die Stirn, dann stand er auf und es sah aus, als ob er Alison hinterherlief. Ich sah ihm nach und zwang mich krampfhaft dazu, mich nicht umzudrehen. Mir war nicht wohl dabei, ihn alleine dorthin gehen zu lassen. Ich schnappte mir sein Handy, das neben ihm gelegen hatte, und hoffte, dass er keinen Sperrcode hatte. Ich hatte Glück, öffnete seine Kontakte und rief Peter an, er nahm nach dem ersten Klingeln ab. »Was gibt's, Val?«

Ich musste trotz der Situation kichern. »Val?«, prustete ich. »Na ja, auch egal, ihr müsst wieder hierher kommen, der Typ ist hinter uns in der Baumreihe. Valentin ist schon vorgegangen.«

»Verstanden, wir kommen.«

Ich seufzte erleichtert auf und drehte mich um, ich sah Valentin nicht mehr. Mein Bauchgefühl ließ sich nicht abschütteln.

Irgendetwas würde heute schiefgehen.

Kapitel 8

Ein paar Minuten waren bereits vergangen und ich wurde immer nervöser. Wo blieben die anderen und wo zum Teufel war Valentin?

Ich konnte nicht mehr stillsitzen, also stand ich auf und lief kurzentschlossen auf die Baumgruppe zu, in der ich diesen Daniel vermutete. Die Baumreihen wurden immer dichter, sodass ich in einem kleinen, dichten Wald stand. Den Zaun, der das Freibad eingrenzte, konnte ich durch die Bäume sehen. Vorsichtig schlich ich durch das Unterholz, wie konnte es sein, dass sie schon so weit weg waren? Ich entspannte mich und versuchte die Gedanken von Daniel zu finden, doch trotz aller Konzentration gelang es mir nicht.

Plötzlich hörte ich einen Schrei von links. Ohne nachzudenken, rannte ich los.

Nach kurzem Laufen sah ich endlich den Mann, der sich mit einer Waffe im Kreis drehte. In der einen Hand hielt er die Waffe, während aus einer Bisswunde am anderen Arm Blut ins Gras tropfte. Angst drückte mir die Lungen zusammen und ich fragte mich, was mich geritten hatte und wie ich in all das auf einmal hineinrutschen konnte.

Mein Blick glitt suchend über die kleine Lichtung, doch konnte ich Valentin nirgends entdecken. Daniel blieb mit dem Rücken zu mir stehen. »Da hast du dich versteckt, du kleines

Mistvieh!« Und er zielte auf das Gebüsch. Ich wusste nicht, ob Valentin dort wirklich war, aber aus einem Instinkt heraus raschelte ich extra in meinem Gebüsch, um den Typen abzulenken, und verschwand in dem Busch daneben. Der Mann drehte sich mit einem verrückten Lächeln im Gesicht herum. »War das etwa deine Freundin? Ich werde euch allesamt zerreißen, so wie ihr meine Eltern zerrissen habt!«, schrie er.

Ich schluckte, nach dem Tod seiner Eltern musste er es wirklich schwer gehabt haben. Ich hatte ein wenig Mitleid mit ihm, aber er wollte uns töten. Wegen etwas, das wir kaum getan haben konnten, ich jedenfalls war vor zwanzig Jahren noch nicht einmal geboren.

Wie alt waren eigentlich die anderen? Plötzlich fasste mich eine kalte, schweißnasse Hand am Schopf und zog mich aus dem Gebüsch, dabei zerkratzen mir Zweige die Haut. Schreiend wollte ich mir am liebsten in den Hintern treten, hier lief ein Psychopath mit einer Waffe herum und ich dachte über Alisons Alter nach?

»Ach, du bist also seine kleine Freundin?« Er zwang mich ihn anzusehen, indem er mir schmerzhaft die Finger ums Kinn legte und meinen Kopf in seine Richtung zog. Ich knurrte ihn an, er grinste spöttisch. »Und Feuer hat sie. Vielleicht bringe ich sie nicht um, sondern behalte sie. Was würdest du davon halten, Schätzchen?« Er drückte seine Lippen auf meine, während seine andere Hand die Waffe gegen meine Brust drückte.

Ich wusste nicht, was ich tat, aber ein Instinkt in mir schien zum Leben zu erwachen. Mit Sicherheit würde ich nicht als sein Püppchen enden, und mit Sicherheit erlaubte ich es nicht, dass er mich küsste. Knurrend biss ihm in die Lippe, bis sich ein kupferartiger Geschmack in meinem Mund ausbreitete. Er zog sich ruckartig zurück und plötzlich sah ich nur noch Sternchen.

Der Mann hatte mir seine Faust gegen den Kiefer gerammt. Ich hustete, weil ich mich dabei verschluckt hatte, und funkelte ihn an. Jetzt war es vorbei mit dem Mitleid.

Doch bevor ich irgendetwas machen oder sagen konnte, sprang ein schwarzer Wolf aus dem Gebüsch auf den Angreifer zu und biss ihm in den rechten Arm. Die Waffe fiel zu Boden und ich schnappte sie mir. Mit erhobener Waffe stand ich nun vor dem Angreifer, aber er lächelte mich nur amüsiert an. »Und, was hast du jetzt mit der Waffe vor? Mich erschießen? Mach doch! Aber es werden noch andere wie ich kommen!«

Ich runzelte die Stirn. »Was meinst du mit ›andere wie du‹?« Verunsichert schaute ich zu Valentin, der auch noch auf der Lichtung stand.

Der Kerl lachte. »Ich gehöre zu den Jägern. Unser Lebensinhalt besteht darin, solche wie euch zu finden und zu ermorden!«

Mir stockte der Atem, ich war wirklich in etwas sehr, sehr Gefährliches geraten. Plötzlich legten sich warme Hände um meine Schultern. Ich zuckte zusammen, aber es war nur Valentin.

»Gib mir die Waffe«, raunte er mir ins Ohr. Ich gab sie ihm und trotzdem stand ich noch zwischen seinen Armen, seine Nähe war tröstlich und ich ließ mich gegen ihn sinken. »Wie heißt du?«, fragte er den Mann.

Der runzelte die Stirn. »Wozu? Drück endlich ab!«

»Ich will niemanden töten, dessen Name ich nicht kenne. Eigentlich will ich niemanden töten. Aber du bringst uns in Gefahr. Und solche Gefahren muss ich eliminieren.«

Daniel zuckte mit den Schultern. »Du hast kein Gewissen. Du bist eine widerliche Bestie, die ausgelöscht werden sollte.«

Dann hörte ich einen Knall und Valentins Arme durchzuckte der Rückschlag des Schusses. Daniel fasste sich noch kurz an die Brust und sackte dann langsam in sich zusammen.

Hinter mir merkte ich, wie Valentins Körper sich komplett versteifte. Ich konnte das alles noch immer nicht realisieren. Wie in Zeitlupe drehte ich mich um und nahm Valentin in den Arm. »Er hieß Daniel«, flüsterte ich ihm ins Ohr. Ich spürte, wie mir Tränen über die Wangen liefen. Aber ich wusste nicht weswegen. Ob es wegen dem war, was Valentin hatte tun müssen, oder wegen Daniel, der nun nicht mehr unter uns weilte. Aber ich wusste, dass es Valentin sehr viel bedeutet hatte, dass ich ihm den Namen verraten hatte.

Nach ein paar Minuten suchte ich wieder etwas Abstand zwischen uns. Mein Blick glitt zu Daniel, der am Boden lag. Blut hatte den ganzen Rasen um ihn herum durchtränkt. Ich biss mir auf die Lippen. »Müsst … Passiert sowas öfter?«, fragte ich benommen.

»Noch nie so«, erklärte Valentin und umarmte mich von hinten. »Ist alles okay?«, erkundigte er sich.

Ich drehte mich in seinen Armen um. »Das ist ein schlechter Scherz, oder?«, fragte ich ungehalten. »Da liegt ein Mann, der uns umbringen wollte. Ich bin angeblich eine Werwölfin und es sollen noch mehr von diesen Typen kommen!«, fuhr ich ihn an. »Nein! Es ist nicht alles okay.«

Valentin bettete meinen Kopf an seine Brust. »Du bist eine starke Frau. Du wirst das alles irgendwann verstehen. Mit Sicherheit«, redete er mir zu und tatsächlich. Durch seine Worte beruhigte ich mich wieder. Obwohl ich das alles immer noch nicht fassen konnte. Tief durchatmend deutete ich mit dem Kopf zu Daniel. »Was machen wir mit ihm?«

»Wir können ihn hier auf keinen Fall liegen lassen«, sagte Valentin.

Hinter uns im Gebüsch raschelte es und die drei anderen kamen zu uns. Alison sah mich an und wurde blass. »Was hat er dir angetan? Deine Wange ist komplett blau und du hast Blut im Gesicht!«

»Das ist nicht mein Blut«, erklärte ich. »Als der Kerl mich geküsst hat, habe ich ihm in die Lippe gebissen. Daraufhin hat er mir ins Gesicht geschlagen.«

Sie bekam große Augen. »Das muss sofort gekühlt werden.

Und ihn müssen wir wegschaffen.« Die Jungen nickten. Alison nahm mich an der Schulter und gemeinsam gingen wir zurück in Richtung des Freibades. »Wir schleichen uns erst zu den Toiletten, damit du dir das Blut abwaschen kannst, verstanden?« Ich nickte bloß und wir gingen schnell über das Gelände.

Als mein Blick den Spiegel traf, erschrak ich. Meine Nase, Lippen und Wangen waren verschmiert mit Blut, das mir sogar teilweise noch am Hals herunterlief. Bei meinem Anblick fing ich an zu zittern. Daniel hatte mich ziemlich übel am Kiefer getroffen, schon jetzt schimmerte dieser in den verschiedensten blau-lila Schattierungen.

Als ich das Blut endlich entfernt hatte, war meine Wange richtig angeschwollen. Gemeinsam gingen wir zum Bademeister, um mir ein Kühlakku zu holen. Alison erzählte ihm, wir hätten im Wasser gerungen und ich hätte dabei einen Schlag abbekommen.

Mit dem Kühlakku ausgerüstet gingen wir wieder zurück zu unseren Handtüchern. Die Jungen saßen schon wieder, aber alle mit einem bedrückten Gesichtsausdruck.

Alison regte sich plötzlich auf. »Das wir auch nirgendwo unsere Ruhe haben können!«

Erstaunt blickte ich sie an. »Valentin musste gerade einen Menschen umbringen und du sagst so etwas? Das ist ziemlich oberflächlich.« Ich verstand ihre Reaktion überhaupt nicht. Ein Leben zu nehmen war grausam. Und sie sah nur den Aspekt, dass sie nicht ihre Ruhe haben konnte?

Sie zuckte bei meinen Worten zusammen. »Ich weiß, dass das oberflächlich klang, aber wärst du so aufgewachsen wie wir, würdest du das verstehen.« Damit drehte sie sich um und ging.

Ich wollte ihr nachgehen, aber Peter hielt mich zurück. »Sie kommt schon wieder.« Dann drehte er sich wieder zu den anderen. »So, ich habe Hunger. Wie sieht es bei euch aus?« Alle nickten und Valentin hievte eine große Sporttasche in die Mitte

– sie war voll mit Fressalien.

Mit offenem Mund beobachtete ich die drei. Sie wirkten so … normal. Hatte ich das gerade mit dem Kerl nur geträumt? Oder wieso schien ich die Einzige zu sein, die das auch nur ansatzweise interessierte?

Mit einem flauen Gefühl im Bauch nahm ich mir eine Banane heraus. Die anderen häuften mehr vor sich auf. Die Sporttasche erinnerte mich an die Tasche von *Mary Poppins*, es war einfach alles darin.

»Wer sind diese Jäger?«, fragte ich mit vollem Mund, ich musste vorsichtig kauen, meine Wange tat höllisch weh.

»Eine Art Kult, der es darauf abgesehen hat, alles, was angeblich nicht auf die Erde gehört, zu töten. An allem, was in der Welt schiefläuft, sind wir schuld. Das ist ihre Meinung und daran halten sie fest«, erklärte Leon.

Ich nickte, das verstand ich, auch wenn es Unsinn war. »Und was meinte Alison mit ›wenn ich so aufgewachsen wäre wie ihr‹?«

Valentin schaute grimmig. »Sie übertreibt. Wir hatten ein spezielles Training, das uns auf den Kampf mit ihnen vorbereitet hat. Das war hart, ja, aber notwendig. Sie sollte sich nicht so anstellen.«

»Was gibt es denn noch für Wesen? Außer Werwölfen?«

»Es gibt alles. Von Dämonen zu Engeln, Hexen, Walküren und Göttern, alles«, meinte Peter belustigt.

Meine Augen wurden groß. Wenn es das alles wirklich gab … Wow. Meine Gefühle überwältigten mich. »Sogar Götter? Welche?«

»Wir haben bis jetzt nur von den nordischen und griechischen Göttern gehört. Aber von dem Gott, den ihr anbetet, kam noch nie etwas.«

»An diesen Gott glaube ich nicht«, sagte ich. »Mein Vater legte keinen Wert auf eine Glauben bezogene Gesinnung, er glaubt nur an die Macht des Wissens und des Geldes.«

»Also so bist du an dieses Internat gekommen«, meinte Leon nachdenklich.

»Wie meinst du das?« Erwartungsvoll lag mein Blick auf Leon.

»Auf dieses Internat gehen weitgehend nur Wesen der anderen Art«, feixte Leon.

Ich schluckte. »Du meinst, es gehen nur wenige Menschen auf dieses Internat? Aber die Sekretärin ist ein Mensch und sie arbeitet dort«.

»Schüler, die in der Nähe des Internats wohnen, sind alle Menschen. Man kann ihnen schlecht verbieten, auf die nächstgelegene Schule zu gehen. Aber alle, die dort wohnen und Tag für Tag zusammenleben, sind Wesen. Dorothea ist schon ein Mensch, aber ein besonderer – sie ist eine Seherin. Sie haben kein verlängertes Leben oder irgendwelche anderen Fähigkeiten, außer, dass sie ab und an Sachen sehen, die erst in der Zukunft passieren werden. Diese Gabe ist selten und wenn wir es nicht besser wüssten, würden wir sagen, sie ist eine Gefährtin. Aber als sie mal danach gefragt wurde, hat sie abgewunken – aber woher weißt du das?«

»Ich konnte Dorotheas Gedanken lesen, als ich ins Internat kam. Und Alison und ich denken, dass ich nur bei Menschen die Gedanken empfangen kann. Nicht bei diesem übernatürlichen Kram.«

Alle nickten und erst mal aßen wir schweigend weiter. »Was ist jetzt eigentlich mit diesem Daniel?«, fragte ich in die Stille und sah die Wölfe abwartend an.

»Als du und Alison den Akku geholt habt, haben wir uns darum gekümmert.«

Skeptisch betrachtete ich sie. »Und …?«

»Mach dir keinen Kopf darüber. Wir mussten uns schon öfter um sowas kümmern«, unterbrach mich Leon.

»Aber …«

»Nein. Versuche den Rest des Tages zu genießen. Du solltest damit eigentlich nichts zu tun haben. Okay?«, wiederholte sich Leon.

Ich funkelte ihn wütend an, wieso wollten sie nicht, dass ich Bescheid wusste?

Nachdem wir alle unseren Hunger gestillt hatten, war der Kühlakku warm. Ich stand auf, um ihn wegzubringen.

»Wohin willst du?« Valentin hatte bis jetzt gerade in der Sonne gedöst und man sah jetzt schon, dass er Farbe bekam.

Ich hielt den Kühlakku in die Luft. »Ich wollte den wegbringen.«

Er richtete sich auf. »Ich komme mit.«

»Brauchst du nicht«, winkte ich ab.

Er grinste mich an. »Klar, ich lass dich doch hier nicht alleine herumlaufen, wenn sich noch Jäger herumtreiben könnten.«

Ich zuckte mit den Schultern und gemeinsam gingen wir zum Bademeister. »Danke, dass du den Jäger vorhin von mir abgelenkt hast«, sagte Valentin plötzlich.

Ich sah ihn überrascht an. »Kein Problem. Du hättest dasselbe für mich auch getan.«

»Du, sag mal, wie … Ach nein, vergiss es.«

Ich zog die Stirn kraus. »Du darfst mich gerne alles Fragen, Val.« Ich musste kichern, als ich seinen Spitznamen sagte, musste aber schnell wieder ernst werden, da die Wange sonst anfing zu schmerzen.

Er seufzte. »Woher kennst du denn den?«

Ich wurde rot. »Nachdem wir uns geküsst hatten …«, als ich bemerkte, was ich da sagte, haspelte ich schnell hinterher, »… nur zur Ablenkung natürlich, und du daraufhin gegangen bist, habe ich mir Sorgen gemacht und dann mit deinem Handy Peter angerufen. Ich habe ja seine Nummer nicht, und da hat er dann den Namen gesagt. Er klingt wirklich süß.«

Valentin schüttelte sich. »Der ist daher gekommen, dass Peter der Name Valentin zu lang ist. Und wegen des Kusses«, er stellte sich vor mich, sodass ich den Kopf ein wenig in den Nacken legen musste. »Ich fand nicht, dass er nur eine gute Ablenkung war.« Seine Hand wanderte in meinen Nacken, während die andere vorsichtig über meine Wange streichelte. »Als der Jäger dich geküsst hat, wollte ich ihm am liebsten die Kehle rausreißen, weil er es wagte, dich anzufassen. Bei unserem Kuss habe ich … etwas gespürt«, murmelte er.

Meine Lippen waren ganz trocken und meine Atmung wurde unregelmäßig. Ich leckte mir kurz über diese und sah, wie fasziniert Valentin darauf starrte.

»Was hast du gespürt?«, hauchte ich. Seine Lippen fanden meine, meine Arme legten sich wie von selbst um seinen Nacken und zogen ihn weiter zu mir herunter, während er mich immer näher an sich zog. Es fühlte sich an, als wären wir eins, als gehörten wir zusammen, mein Mund teilte sich für ihn und unsere Zungen führten einen sinnlichen Tanz. Ich fuhr durch seine Haare, sie fühlten sich an wie Seide. Er löste sich als erstes von mir, was mir ein protestierendes Knurren entlockte. Er lächelte.

»Ich spüre zum ersten Mal keinen Kampf in meinem Innerem.«

Ich wusste erst nicht, was er meint, doch dann begriff ich es.

»Valentin, nimm das bitte nicht falsch auf. Ich mag dich und zwischen uns ist auch …«

Er unterbrach mich mit einem kurzen Kuss. »Ich will dich zu nichts drängen, wir kennen einander kaum. Aber es freut mich doch, dass es dir so ergeht wie mir. Wir erkunden das alles genau und dann sehen wir, was daraus wird, okay?«

Ich lächelte erleichtert. »Okay.« Nebeneinander liefen wir zurück zu unserem Platz. Als wir an den Becken vorbei liefen, sahen wir Alison, Leon und Peter im Wasser planschen.

»Ist das wirklich so normal für euch?« Unsicher sah ich zu Valentin auf.

»Jemandem das Leben zu nehmen, und sei es nur für den Selbstschutz, ist niemals normal. Aber wir versuchen damit umzugehen, als wäre nichts passiert. Die Werwölfe werden nicht nur von den Jägern gejagt. Auch von anderen Wesen. Die Welt, in der wir leben, ist brutal. Wir versuchen das Beste daraus zu machen.«

Nachdenklich sah ich zu den planschenden Wölfen. Ein dauerhaft gefährliches Leben, das musste grausam sein. Wäre ich so aufgewachsen, würde es mir da genauso gehen?

»Willst du mit rein?«, fragte Valentin. Ich nickte und bevor ich zur Leiter gehen konnte, spürte ich, wie mich Valentin hochhob – dann sprang er mit mir ins Wasser. Ein Quietschen konnte ich mir nicht verkneifen, bevor ich noch einmal Luft holte. Als ich wieder an die Oberfläche kam, funkelte ich Valentin an, der mich schon grinsend erwartete.

»Du hättest mich vorwarnen können!«

Er grinste wie ein Idiot. »Dann wäre es ja nicht so lustig gewesen.«

Ich schnaufte und klatschte ihm noch mehr Wasser ins Gesicht. Er grinste und kam bedrohlich auf mich zu, doch bevor er etwas machen konnte, tauchte ich unter und versuchte ihm zu entwischen – leider hatte ich nicht mit Peter gerechnet, in dessen Bauch ich schwamm. Er holte mich hoch und drückte mich danach direkt wieder unter die Wasseroberfläche. Wieder an der frischen Luft hustete ich und rang nach Atem, während um mich herum eine kleine Wasserschlacht entstanden war.

Ich lächelte, so konnte man einen Tag im Freibad doch genießen. Alison tauchte gerade Leon unter Wasser, der ihr dann aber die Beine wegzog, während Valentin und Peter ein Duell machten, wer wen am stärksten nass machen konnten. Ein wenig schwachsinnig im Wasser, aber okay.

Ich schnappte mir eine der Matten, die auf dem Wasser trieben und setzte mich darauf. Das war leichter gesagt, als getan, und ich fiel noch zweimal herunter. Endlich drauf sitzend genoss ich die Aussicht auf halbnackte Männer, wobei ich Valentin ein wenig genauer unter die Lupe nahm. Er hatte wirklich einen tollen Körper, er war nicht übermäßig trainiert, sondern hatte natürlichere Muskeln. Das Wasser und die Sonne ließen seinen Körper glitzern und ich musste lachen. Dieses Glitzern erinnerte ein wenig an *Bis(s) zum Morgengrauen*, wo Edward Bella zeigte, dass es nicht nur Menschen gab, sondern auch Vampire.

Die Situation war schon ziemlich ähnlich, nur dass ich es mit Werwölfen zu tun hatte und ich selbst anscheinend auch einer war. Langsam gewöhnte ich mich an den Gedanken, dass mir demnächst überall Fell wachsen würde, auch wenn das alles noch immer schwer zu fassen war. Und jetzt sollte ich auch noch Valentins Gefährtin sein. Hinzu kam, dass es verschiedene Gruppierungen gab, die es auf mich abgesehen hatten. Ich seufzte, konnte so viel überhaupt in zwei Tagen passieren?

»Hey, du.« Alison kam mit einem geknickten Lächeln auf mich zu geschwommen. »Ich wollte mich wegen vorhin entschuldigen. Ich weiß, dass du für das alles nichts konntest, aber ich glaube, selbst für mich war das die letzten beiden Tage einfach zu viel.« Alison sah mich lächelnd an. »Alles wieder gut?«

»Klar«, sagte ich schulterzuckend. Alison war keine Schlechte und, naja, sie war schon sowas wie eine gute Freundin geworden, der ich solch einen Ausrutscher verzeihen konnte.

Sie lächelte noch breiter. »Gut, dann mach mal Platz auf dem Ding, ich will da auch drauf.« Nach zehn Versuchen saßen wir dann endlich beide auf der Matte und hatten Bauchschmerzen vor Lachen. Doch dann wurde ich wieder ernst. »Du, sag mal, wart ihr in den letzten Tagen bevor ich ankam unterwegs? Und habt vor einem Haus gestanden?«

Alison sah mich zweifelnd an. »Ne, wieso?«

Ich seufzte. »Als ich an meinem Geburtstag nach Hause kam, saß ich in einem Taxi, dessen Fahrer mich zu schwarz angezogenen Männern bringen wollte, weil anscheinend irgendein Deal mit meinem Vater geplatzt war. Ich denke, sie wollten mich entführen, um ihr Geld wiederzubekommen. Sie standen vor meinem Haus und als Finn und ich im Nachbargarten hockten, kamen von der anderen Straßenseite Wölfe und griffen die Männer an. In einem Vorort ohne jeglichen Wald zehn Wölfe zu sehen, die sich an Menschen anschleichen, ist schon merkwürdig.« Ich bekam bei der Erinnerung eine Gänsehaut. Bevor ich mich stoppen konnte, erzählte ich ihr auch von dem Wolf, der mich aus dem Gebüsch angestarrt und mich vor dem Lieferanten verteidigt hatte. »Das kann doch alles kein Zufall sein?«

Alison sah mich gebannt an. »Du sagtest, der Typ heißt Finn? Und in den Nächten darauf hast du immer wieder einen grauen Wolf mit grünen Augen gesehen?«

Ich nickte. »Valentin meinte auch, es könnte vielleicht sein Zwillingsbruder gewesen sein, weil der ja auch irgendwie so eine Barriere mit den Gedanken für mich war.«

Alison nickte. »Ja, das klingt alles sehr wahrscheinlich. Aber Finn ist böse.«

Ich schluckte. »Nun ja, mir gegenüber war er immer sehr nett und zuvorkommend.«

Alison sah mich eindringlich an. »Du darfst Finn auf keinen Fall vertrauen. Er hat seine Familie im Stich gelassen!«

Ich schaute ins Wasser. »Ich denke, das bekomme ich hin.«

Sie nickte zufrieden und wir beide legten uns nebeneinander in die Sonne. Zumindest versuchten wir das, aber es benötigte auch wieder einige Anläufe, bevor wir beide auf der Matratze liegen konnten. Was hatte Finn bloß angestellt?

Der restliche Tag verging wie im Flug, wir hatten Spaß und dachten alle nicht mehr an den Jäger.

Auf dem Rückweg fuhren wir wieder in denselben Gruppen zurück, diesmal drehte Valentin sein Radio auf.

Bevor ich am Internat aussteigen konnte, hielt Valentin mich aber fest.

»Ähm, hättest du vielleicht Lust, zu zweit, mit mir, etwas essen zu gehen?«, fragte er. Er wirkte ein wenig schüchtern bei der Frage, sodass ich nur nicken konnte. Zudem freute ich mich auch über seine Einladung und vielleicht konnte ich, wenn wir nur zu zweit waren, etwas mehr aus ihm herausquetschen. Ich nickte und so fuhren wir direkt weiter.

Wir hielten bei einem kleinen Diner.

»Keine Sorge, hier gibt es die besten Burger der ganzen Welt!«, sagte Valentin zu mir, als er meinen skeptischen Blick sah.

»Dein Wort in Gottes Ohr«, erwiderte ich grinsend. Hand in Hand gingen wir in das Diner. Von innen sah es aus wie in den alten amerikanischen Filmen, schwarz-weiß gekachelter Boden, dazu die quietschroten Sitzbänke und die roten Linoleumtische. An den Wänden hingen überall Poster von alten Filmklassikern und Schauspiellegenden. Wir setzten uns an einem Ecktisch einander gegenüber und bekamen sofort von einem Mädchen die Speisekarten gebracht.

»Warum esst ihr eigentlich so viel?«, fragte ich Valentin, nachdem wir bestellt hatten.

»Wir haben einen extrem schnellen Stoffwechsel. Dadurch heilen wir viel schneller als normale Menschen, aber wir haben auch ständig Hunger. Ich versteh aber nicht, warum du so wenig isst«, erklärte er lachend.

»Weil ich auf mehr keinen Appetit habe«, erwiderte ich kichernd und studierte die Speisekarte.

Valentin räusperte sich. »Ich möchte dir gern mehr über die Entstehung der Wölfe und deine Familie erzählen.

Am besten ganz von Anfang an. Kennst du dich ein wenig mit der nordischen Mythologie aus?«

Ich schüttelte den Kopf. »Über meine Familie? Du meinst diese Pseudofamilie, die plötzlich auftaucht, mich mit kryptischen Aussagen bombardiert und dann wieder verschwindet? Aus der nordischen Mythologie kenne ich nur das, was man aus dem Film *Thor* kennt. Der ist echt gut.«

Valentin seufzte. »Thor und Loki sind nicht miteinander verwandt, wie der Film auch aufzeigt. Loki ist der Sohn zweier Riesen, hier unterscheidet es sich nun vom Film, denn dank seiner taktischen Fähigkeiten und seiner List wurde er bei den Asen aufgenommen, trotz seines Erbes und hat dort seinen Götterthron fest inne. Odin und Thor haben einen Narren an ihm gefressen, trotz des Chaos, das er immer veranstaltet hat. Also wollte Odin für die fehlende Verwandtschaft einen Ausgleich schaffen und überzeugte Thor davon, mit Loki eine Blutsbrüderschaft einzugehen. Thor und Loki verbrachten sehr viel Zeit miteinander, sie waren beste Freunde. Irgendwann zeugte Loki mit der Riesin Angrboda drei Kinder – und alle drei wurden erbitterte Feinde der Asen. Einmal die Midgardschlange *Jörmungandaal,* die Göttin *Hel,* sie herrscht seitdem über die Unterwelt und dann noch *Fenrir,* ihr erstes Kind. Dieser ist der erste Fenriswolf. Mit ihm beginnt unsere Blutlinie.«

Verwirrt sah ich ihn an. Wir stammten von Göttern ab? Ich musste schlucken. Das war eine ziemlich coole Information.

Valentin erzählte mir alles über den Götterkrieg und was für fatale Folgen er für die Wölfe hatte. In der Zwischenzeit hatte uns die Kellnerin unser Essen gebracht. Es war wirklich lecker.

»Du wolltest mir noch etwas über meine Familie erzählen?«, erinnerte ich Valentin.

Er nickte. »Ja. Swen, der Berserker, der sich für die Wölfe eingesetzt hatte, ist dein Urgroßvater. Du bist direkt mit einem der ersten Werwölfe verwandt. Du gehörst zum Adel der Wölfe.«

»Ich gehöre zum Adel?«, fragte ich ihn und konnte mein Lachen nicht verkneifen. Ich sollte eine Adelige sein? Diejenige, die sich zu gern in Bandshirts verkroch und ihre Nase nur in Fantasybücher steckte?

»Ja. Dein Onkel Eric ist der Alpha unseres Rudels. Aber in der Thronfolge nach ihm stehst du. Obwohl er eine Tochter hat. Denn deine Mutter ist älter als Eric – doch sie wollte den Thron damals nicht, so ist dein Onkel Alpha geworden.«

Ich ließ mich gegen die Rückenlehne sinken. »Du meinst das ernst, oder?«

Er beobachtete mich genau, in seinen Augen spiegelte sich so etwas wie Mitleid. In meinen Gedanken fasste ich alles zusammen: Swen war der erste Sohn von Skalli gewesen und ich war seine Urenkelin. Meiner Familie gehörte der Thron der Wölfe, was uns sozusagen zu einer Art ›Oberalphas‹ machte. Und ich würde früher oder später auf diesem Thron sitzen.

Ich versuchte wirklich das zu verdauen, aber im Moment schien mir Verdrängen die beste Möglichkeit, mit den ganzen Informationen umzugehen, damit mein Kopf nicht explodierte und ich tatsächlich zu einer Irren wurde. »Und was war mit Finn?«, versuchte ich von mir abzulenken.

»Finn und ich haben uns eigentlich immer super verstanden. Wir waren ein Vorzeige-Geschwisterpaar.« Valentin lächelte. »Bis zu unserem vierzehnten Geburtstag. Ich habe mich an dem Tag das erste Mal verwandelt und griff ihn an. Er hatte mit einem Mädchen aus unserer Siedlung gespielt, irgendwie hatte sie das Gleichgewicht verloren und sich dabei eine Schramme zugezogen. Der Duft des Blutes erweckte den Wolf in mir und ich verwandelte mich … Fast hätte ich meinen Bruder und besten Freund für immer verloren. Er verstand das damals nicht und zog sich immer weiter vor mir zurück, egal wie oft ich ihm sagte, dass ich zu diesem Zeitpunkt keinerlei Kontrolle über mich hatte. Er verzieh mir einfach nicht, dass ich ihn angegriffen hatte.

Zwei Wochen nach dem Überfall fanden wir einen Zettel von ihm auf dem Küchentisch. Er schrieb, er könne nicht in einer Welt leben, in der Familienmitglieder sich gegenseitig angriffen. Ich habe ihn nie wiedergesehen.«

Ich griff nach Valentins Hand und streichelte sie. »Wenn das wirklich dein Bruder Finn ist, ist er wirklich nett.«

Valentin nahm meine Hand in seine, ich lächelte ihn aufmunternd an. »Du könntest recht haben. Aber selten überlebt ein so junger Wolf ohne Rudel. Könntest du ihn vielleicht demnächst anrufen und dürfte ich dann mithören? Nur, um zu hören, ob er das wirklich ist?« Diesen Wunsch konnte ich ihm nicht abschlagen. Wir beugten uns beide wieder über unser Essen.

»Was hast du eigentlich nach deinem Abi vor?«, fragte Valentin mich.

»Am liebsten würde ich als Lektorin arbeiten. Dafür würde ich Buchwissenschaften studieren und nebenbei dann Praktika in verschiedenen Verlagen machen. Und du?«

Er grinste. »Ich denke, ich möchte Wächter der Schattenwelt werden.«

Ich sah ihn fragend an. »So etwas wie ein Polizist, nur für die, die nicht ganz menschlich sind?«

»Ja, so ungefähr kann man das nennen«, sagte er.

Wir genossen das Essen, der Burger war wirklich verdammt gut!

»Also mit dem Burger hattest du recht, er ist wirklich lecker.«

Valentin deutete eine Verbeugung an. »Eines kannst du mir glauben, mit Essen kenn ich mich aus.«

Ich lachte. Schweigend aßen wir auf.

Nach dem Essen stiegen wir wieder ins Auto und Valentin fuhr zu seinem Lieblingsplatz in der Nähe, er wollte mich überraschen. »Du, sag mal, wie läuft dieses Ritual zwischen zwei Gefährten eigentlich?«, fragte ich, um die Stille zu durchbrechen.

»Es gibt zwei Rituale. Einmal eines, das groß zusammen mit dem Rudel gefeiert wird. Es ist fast wie eine Hochzeit, man schwört, sich zu lieben und zu ehren, auf ewig, danach wird ein Spruch gesprochen, damit die drei Seelen sich vereinen. Die Hochzeitsnacht ist dann noch solch ein Ritual, nur viel privater. Das hört sich brutal an, ist es aber gar nicht. Auf dem Bett wird ein Zeremoniendolch bereitliegen, beide Partner ritzen sich ein wenig in die Handinnenfläche und geben sich dann die Hand. Dabei tragen sie sich dann ihren Schwur vor. Und, nun ja, dann kommt halt das, was man auch bei Menschen als Hochzeitsnacht versteht.«

Ich nickte, das klang alles irgendwie harmlos und normal. Klar, das mit dem Dolch jetzt nicht so, aber es war doch nicht so schlimm wie das, was man erst dachte. »Du sagtest doch, ein Werwolf erkennt seine Gefährtin am Geruch. Warum hast du mich denn dann erst so spät erkannt?«

»Ab einundzwanzig riecht man seine Gefährtin, weil ab dann der Kampf in einem immer schlimmer wird. Da ich erst neunzehn bin, habe ich dich nur durch direkten Kontakt gefunden. Dass zwei Gefährten sich so früh schon finden, ist sehr selten.« Er schenkte mir ein Grinsen, was mir die Schamesröte ins Gesicht trieb. War es doch sowas wie Bestimmung? Sollte ich mich … Ich schüttelte mich. Ich war gerade achtzehn. Ich würde mich jetzt nicht auf ihn einlassen.

»Was würde eigentlich passieren, wenn ich mich für jemand anderen entscheide? Also nicht, dass da momentan einer wäre, aber wenn?«, hakte ich weiter.

»Du könntest ein entspanntes, glückliches Leben führen.«

»Und was wäre mit dir?«, fragte ich mit zusammengezogenen Augenbrauen.

Er zuckte mit den Schultern. »Entweder ich habe Glück, ich habe mich in dir getäuscht und finde doch noch die Gefährtin, die mir vorbestimmt ist, oder ich sterbe an dem inneren Kampf in mir.«

Mir entkam ein kleines »Oh«. Ich würde nicht mehr in den Spiegel sehen können, wenn ich wüsste, dass jemand meinetwegen gestorben war. Aber war ich wirklich seine Gefährtin? Also, ich bestritt nicht, dass da etwas zwischen uns war, Knistern und Funken, aber mit achtzehn schon an jemanden gebunden sein – für immer? Das klang in der Theorie vielleicht noch gut, aber es war doch viel zu wahrscheinlich, dass der eigene Charakter sich noch änderte.

»Was passiert, wenn ein Werwolf die falsche Gefährtin nimmt? Jemanden, der eigentlich für jemand anderen bestimmt war?«

»Dann hilft es nur noch, den Werwolf zu töten, der einem die Gefährtin geklaut hat.«

»Kann eine Gefährtin auch dazu gezwungen werden, den Werwolf zu heiraten?«

»Ja, aber das ist bis jetzt nicht sehr oft vorgekommen, weil es an Schändung grenzt. Und darauf steht die Todesstrafe.«

Kapitel 9

Das Thema hatte mich zum Nachdenken gebracht. Jede Gefährtin war für einen Werwolf vorbestimmt. Doch wenn die Gefährtin den Wolf nicht wollte, konnte sie ein normales Leben führen, während der Wolf starb.

»Valentin, ich bin doch auch zur Hälfte ein Werwolf, müsste es für mich dann nicht auch einen Gefährten geben?«

»Nun ja, wenn man es genau nimmt, ist ja der Werwolf, dessen Gefährtin du bist, automatisch dein perfektes Gegenstück. Aber da du gleichzeitig eine Gefährtin bist, ist diese Regelung bei dir aufgehoben. Das ist das Besondere an deiner Mischung.« Er lächelte mich an. »So jemanden wie dich gab es erst sechs Mal, dich nicht mitgerechnet.« Er nahm eine Hand vom Steuer und legte sie auf meine. »Von mir aus könntest du auch nur ein Mensch sein, für mich würde sich nichts ändern.«

Ich horchte auf. Meinte er etwa, dass er mich schon liebte? Aber wir kannten uns doch kaum.

Er drückte noch einmal meine Hand und griff dann wieder ans Steuer. »Wir sind fast da.«

Ich lächelte ihn an, auch wenn ich etwas nervös war, so freute ich mich dennoch auf seinen Lieblingsort. Wir fuhren immer weiter, langsam wichen die Bäume und ein Strand kam in Sicht. »Wir fahren an den Strand?«, rief ich aus. Ich liebte den Strand!

Valentin lachte. »Ja, ich habe gedacht, wir bleiben hier eine Nacht, wegen der Aufregung von heute Morgen.«

Fassungslos starrte ich ihn an, Wut bereitete sich in mir aus. »Und das hast du einfach so bestimmt, ohne meine Zustimmung?«, fragte ich. Meine Stimme wurde langsam lauter. Wie konnte er es wagen, Sachen über meinen Kopf hinweg zu entscheiden!

Das Lachen erstarb auf Valentins Lippen. »Ich habe das Gefühl, hier läuft gerade etwas falsch.« Unsicherheit klang in seiner Stimme mit.

Ein leises Knurren entwich meiner Kehle. Woher kam diese plötzliche Wut? »Ja! Ich bin eine emanzipierte Frau und möchte vielleicht nicht gleich mit jemandem, den ich zwei Tage kenne, irgendwohin fahren, wo mich keiner kennt, während alle denken, ich sei in Sicherheit in einem Internat!«

Valentin hielt am rechten Straßenrand, was auch besser war, denn ich war wirklich stinkwütend. Ich war selbst überrascht, dass ich auf meinem Platz sitzen blieb.

»Das … Ich würde dir niemals etwas antun! Das kannst du mir glauben. Ich dachte einfach, es wäre schön, wenn wir alleine etwas Zeit zusammen verbringen. Ich mag das Meer und wir würden es nicht mehr vor der Schließung ins Internat schaffen, deswegen hatte ich gedacht, dass wir hier übernachten. Um direkt morgen früh wieder zurück zu fahren. Es tut mir leid, dass ich dich vorher nicht mehr in meinen Plan eingeweiht habe, aber ich dachte wirklich nicht, dass das so falsch ist. Es ist das Strandhaus meiner Eltern, das letzte Mal war ich mit Finn und meinen Eltern da. Das wollte ich dir einfach gerne zeigen.«

»Das ist ja alles schön und gut«, meinte ich sauer. »Jetzt können wir daran auch nichts mehr ändern, aber es wäre super, wenn du mich nächstes Mal fragen könntest. Ich find das nämlich nicht so genial, wenn etwas über meinen Kopf hinweg entschieden wird«, schnaufte ich. Trotzig verschränkte ich die Arme vor der Brust. Jetzt lächelte Valentin wieder, beugte sich zu mir rüber und versuchte, mir einen Kuss zu geben, der aber anstatt auf meine Lippen auf meine Wange ging. So leicht ließ ich mich nicht besänftigen.

Der nächste Halt war vor einem Holzhaus. Es lag direkt am Strand, von Dünen umgeben. Das Haus war wirklich schön, eine Veranda aus Holz umschloss es. Mich erinnerte es ein wenig an die altamerikanischen Häuser.

Gemeinsam gingen wir die Verandatreppen hoch. Valentin steckte den Schlüssel ins Schloss und stutzte.

»Was ist los?«, fragte ich ihn.

»Wir haben das Haus immer zweimal abgeschlossen und jetzt ist es gar nicht mehr abgeschlossen. Entweder ist dort noch jemand drin, oder es war jemand drin. Meinst du, du kannst …« Er zeigte auf meinen Kopf, ich verstand.

Ich atmete tief ein und entspannte mich, dann zog ich die Gedanken, die am nächsten waren, zu mir heran. Aber keiner stand mit dem Haus in Verbindung. »Entweder es ist keiner mehr drin oder jemand, dessen Gedanken ich nicht lesen kann.«

Valentin nickte. »Schließ die Augen.« Ich sah ihn irritiert an. »Ich will mich verwandeln. Oder möchtest du mich nackt sehen?«

Oh! Ich drehte mich um und wartete darauf, dass Valentin mir ein Zeichen gab, dass ich mich wieder umdrehen konnte. Eine kalte Wolfsschnauze drückte sich in meine Hand und als ich mich wieder umdrehte, stand vor mir ein riesiger Wolf. Mit dem Kopf ging mir Valentin bis zu meinem Kinn, sein Fell war seidig schwarz und es sah aus, als würde es das Licht verschlucken. Ich hob meine Hand und kraulte ihn hinterm Ohr. Er fing an zu hecheln und wedelte mit dem Schwanz, ich lächelte, doch dann schüttelte er sich. Der Hautkontakt zwischen Valentin und mir wurde unterbrochen.

»Wir haben heute noch etwas vor, Em. Magst du die Tür öffnen?«

Ich nickte. Die Gedanken der Wölfe konnte ich also auch empfangen, wenn ich die Barriere in meinem Kopf hatte. Konnte ich meine Gedanken dann auch zu anderen senden?

Egal, das musste warten. Ich drückte die Klinke herunter und ließ Valentin vorgehen. Die Wände im Inneren des Hauses hatten keine Tapeten, sodass man überall das warme Holz sah. Es sah gemütlich aus. Im Flur war eine Garderobe, an der eine Lederjacke hing. Valentin schnüffelte daran und ich sah, wie er sich versteifte.

»Die riecht nach Finn.«

O je, das konnte nicht gut enden. Oben hörte man schwere Schritte, die eilig nach unten kamen. Valentin stellte sich schützend vor mich, als eine mir bekannte Person die Wendeltreppe hinunterkam. Also hatte sich die Frage erledigt, wer hier noch wohnte. Valentin knurrte und *mein* Finn hob die Hände.

»Hallo, Bruder. Dich habe ich hier als Letzten erwartet.« Dann wanderte sein Blick zu mir. »Okay, ich muss mich korrigieren. Emilia habe ich als Letzte hier erwartet. Trotzdem: Ich will euch nichts tun. Verwandelst du dich zurück? Dann können wir normal reden, sodass auch Emilia es mitbekommt.«

Der Wolf brummte und trottete nach draußen zurück, um sich seine Anziehsachen zu holen. Finn musterte mich. »Was machst du hier? Und was hast du mit deiner Wange gemacht? War das etwa …« Er beendete die Frage nicht sondern besah mich nur musternd.

»Dein Bruder wollte mir seinen Lieblingsplatz zeigen, so bin ich hier gelandet. Das auf meiner Wange ist das Ergebnis einer Auseinandersetzung mit einem Jäger.«

»Du lässt nichts anbrennen, hm?«, meinte er plötzlich.

Ich runzelte die Stirn. »Wie kommst du darauf? Er wollte mir bloß seinen Lieblingsort zeigen. Ist das etwa verwerflich?«

»Ah, er hält dich für seine Gefährtin, habe ich recht?«, fragte er in einem wissenden Tonfall.

Ich nickte und sah mich in dem Raum hinter dem Flur um, auch hier war alles aus Holz. In der einen Ecke stand ein großes rotes Sofa mit dazugehörigem Sessel. Das Sofa stand zu einer Glasfront, die sich fast über die ganze Längsseite des Hauses zog. Wenn man hinaussah, konnte man das Meer sehen, wenn es denn da war. Ich lächelte, die Aussicht war wirklich wunderschön. Auf der anderen Seite des Raumes stand ein Esszimmertisch und dahinter lag die Küche. Bevor ich mich weiter umsehen konnte, kam Valentin schon wieder herein.

»Okay, Finn. Was willst du hier?«, begann Valentin.

Finn ließ sich auf das Sofa fallen. »Es ist auch mein Familienstrandhaus. Da kann ich doch ab und an mal hier wohnen, wo ihr das schon seit Jahren nicht mehr getan habt.«

Ich sah, wie Valentin die Zähne zusammenbiss. »Wir haben es nicht mehr genutzt, weil die Erinnerung daran uns alle zu sehr geschmerzt hat. Wir haben dich vermisst und gesucht! Wo warst du?«

Finn zuckte mit den Schultern. »Mal hier, mal da. Eigentlich überall, nachdem mir mein Bruder die Kehle zerfetzen wollte, wo ich doch nur mit jemandem spielerisch gerangelt hatte.«

Die ganze Situation verletzte Valentin und ich verstand ihn so gut. Dieser Finn, der da saß, war ein anderer als der, den ich kennengelernt hatte. Automatisch ging ich zu ihm und nahm seine Hand, er drückte sie kurz. »Das war nicht meine Absicht und du solltest mittlerweile wissen, dass man bei der ersten Verwandlung keinerlei Kontrolle über sich hat!«

Finn stand auf und stellte sich Valentin direkt gegenüber. »Du liegst falsch. Ich hatte mich von Anfang an unter Kontrolle. Obwohl ich alleine war, habe ich niemanden getötet.«

Erst jetzt sah ich die vielen Gemeinsamkeiten, die die beiden aufwiesen. Wie hatte ich die nur übersehen können? Die gleiche Haarfarbe, die gleichen Augen, dasselbe kantige Gesicht, dieselben Lippen, ihre Haare trugen sie nur unterschiedlich lang.

Valentin war ein wenig größer als Finn, dafür war Finn breiter gebaut. Valentin schlug die Augen nieder. »Finn, ob du es mir glaubst oder nicht, ich hatte wirklich keine Kontrolle über mich. Wenn ich die Zeit zurückdrehen könnte, würde ich es tun. Es tut mir unendlich leid, aber ich kann daran nichts mehr ändern.«

Finn zuckte mit den Schultern. »Ich will davon nichts hören. Ich lass euch beide dann mal wieder alleine. Morgen Mittag komme ich wieder und will dann keinen von euch mehr sehen.« Nun sah er mich an. »Ich bin wirklich enttäuscht von dir. Ich dachte, du würdest merken, dass uns mehr verbindet als dich und Valentin. Aber vielleicht merkst du ja noch, wie falsch du liegst.«

Ich zuckte zusammen, meinte er etwa …?

Valentin packte Finn am Kragen. »Rede nicht so mit ihr! Sie kann nicht uns beiden gehören. Das weißt du.«

Finn knurrte und Valentin ließ ihn wieder runter.

»Ich kann so mit ihr reden. Mein Geruchssinn sagt mir etwas Anderes – und zwar, dass sie zu mir gehört.«

Ich stutze. »Ich dachte, man riecht das noch nicht so genau, erst mit einundzwanzig?«

Finn lachte. »Ich bin so was wie ein Einzelgänger, meine Sinne sind besser als die der Rudelwölfe. Also, ich kann riechen, dass du die Meine bist. Aber das musst du wissen. Ciao!«

Als Finn aus der Tür war, setzte ich mich aufs Sofa.

»So hatte ich mir das nicht vorgestellt«, seufzte Valentin und setzte sich neben mich.

Ich lächelte ihn an. »Das glaube ich dir aufs Wort. Aber wir sollten uns davon nicht beirren lassen.«

»Meinst du?«, fragte er unsicher und betrachtete mich aus seinen braunen Augen.

Ich zuckte mit den Schultern. »So wie gerade habe ich Finn nie gesehen, er wirkte kalt und arrogant. Auch wenn er etwas fühlen sollte, habe ich den Finn, den ich allein kennengelernt habe, netter gefunden als den gerade eben. Und momentan bin ich hier, um herauszufinden, was das zwischen uns beiden ist. Das mag jetzt vielleicht klingen, als sei ich eine Schlampe, aber kann ich nicht erst eines nach dem anderen abhaken? Warum sollte ich mir jetzt um alles Gedanken machen? Momentan versuche ich so vieles zu verarbeiten, dass ich noch nicht ganz hinterherkomme.« Ich lächelte Valentin zuversichtlich und gleichzeitig entschuldigend an.

»Okay, du musst dann jetzt hierbleiben, ich bereite etwas vor. Dann hol ich dich gleich. Ja?«, fragte er.

Ich nickte und sah ihm hinterher. In meinem Bauch meldeten sich verrückt umherfliegende Schmetterlinge, die mich ganz kribbelig machten.

Das war wirklich ein verrückter und grausamer Tag gewesen. Nicht nur, dass wir von einem Jäger aufgespürt und angegriffen worden waren. Nun hatten wir auch Valentins Bruder wiedergefunden. Auch, wenn das Wiedersehen der beiden anscheinend nicht so abgelaufen war, wie Valentin sich das vorgestellt hatte. Das tat mir für ihn leid. Als ich Finn kennengelernt hatte, war er wirklich anders gewesen, ich fand ihn von Anfang an nett, aber was sollte das gerade eben? Seine Stimmungsschwankungen waren wie bei einem Ping-Pong-Spiel … Wie sollte man so wissen, wie er wirklich war?

Sympathisch und einfühlsam, oder das Arschloch von nebenan? Außerdem wollte ich mich jetzt erst auf Valentin konzentrieren. Er war genauso lieb wie Finn, auch wenn ich es nicht mochte, dass er über meinen Kopf hinweg bestimmte. Obwohl Finn ein wenig rücksichtsvoller war als sein Bruder.

Zwischen uns war etwas, ja. Aber das zwischen Valentin und mir war irgendwie … mehr. Ich seufzte, ich sollte wirklich erst einmal das ganze Neue auf mich wirken lassen und verarbeiten. Ich nickte, um meinen Beschluss zu bekräftigen, genau so würde ich alles angehen. Grinsend wartete ich darauf, was Valentin für mich vorbereitet hatte.

Als er wieder nach unten kam, grinste auch er von einem Ohr zum anderen. Er gab mir einen langen, intensiven Kuss, der meine Beine weich werden ließ, und führte mich die Treppenstufen nach oben. Am Ende der Treppe stoppte er mich.

»Jetzt musst du die Augen zu machen, okay?«

Als sein Atem meine Haut berührte, erschauderte ich. Nickend machte ich die Augen zu, er nahm von hinten meine Hände und führte mich.

Als ich die Augen wieder aufmachen durfte, stand ich auf einem Balkon auf der Meerseite des Hauses. Auf dem Boden lag eine Picknickdecke und darauf große Schalen mit Erdbeeren und Bananen. Sogar zwei Kerzen waren da. Ich lächelte und drehte mich um. »Das ist wunderschön«, hauchte ich und küsste Valentin. Seine warmen Lippen erwiderten den Druck und in mir machten sich Schmetterlinge breit.

Er löste sich grinsend von mir und gemeinsam setzten wir uns auf die Decke, um den Sonnenuntergang zu beobachten. Dabei aßen wir die kleinen Leckereien. Bei Werwölfen ging es wirklich immer nur ums Essen. Aus einem seiner Verstecke holte er dann auch noch zwei Sektgläser und meinen Lieblingssekt. Ich grinste, wir kuschelten uns unter einer Decke, die Valentin noch geholt hatte, aneinander und genossen den Sonnenuntergang.

KAPITEL 10

Morgens wachte ich auf und konnte mich nicht bewegen. Panik schnürte mir den Atem ab, doch als ich den warmen Atem im Nacken spürte, wurde ich wieder ruhiger. Ich begann zu grinsen. Valentin und ich lagen in der Löffelchenstellung, sein Arm lag unter meinen Brüsten und sein Bein über meinen Unterschenkeln, daher konnte ich mich nicht bewegen. Komischerweise fühlte ich mich dabei nicht bedrängt von ihm – im Gegenteil. Seine Wärme beruhigte mich und ich kuschelte mich noch näher an ihn und schlief weiter.

Als ich erneut erwachte, lag ich alleine im Bett. Ein kurzer Stich der Enttäuschung zuckte durch mich, den ich aber schnell wieder abschüttelte, weil es keinen Grund gab, enttäuscht zu sein. Ich streckte mich und tapste nach unten in die Küche. Valentin stand am Herd und briet etwas in der Pfanne, auf dem Tisch standen schon Kakao, Kaffee, Brötchen und Aufschnitt. Ich lächelte, stellte mich hinter Valentin und umarmte ihn. »Guten Morgen«, flüsterte ich und kuschelte mich kurz eng an ihn. Er streichelte über meine Hände, die ich über seinem Bauch gekreuzt hatte.

»Guten Morgen, Süße. Und, wie hast du geschlafen?«

»Gut, nur als ich heute Morgen mal aufgewacht bin, lag ich in einem Käfig. Umschlossen von deinen Armen und Beinen«, kicherte ich.

Er lachte und packte den Speck auf einen extra Teller. »Na komm, ich brauch etwas zu essen«, meinte er und dirigierte mich zum Esstisch.

»Du, sag mal. Weißt du, was Cynthia Dales für ein Wesen ist?«

»Ja, wieso?«

Ich zuckte mit den Schultern. »Ich möchte nur gern wissen, worauf ich mich einlasse. Immerhin ist sie meine Mitbewohnerin.«

»Hm, das kann dann lustig werden. Es gibt einen Grund, warum sie eigentlich immer alleine ein Zimmer hatte.« Ein Grinsen, welches mir nicht sonderlich gefiel, lag auf seinen Lippen.

»Warum?«, fragte ich vorsichtig und hatte ein klein bisschen Angst vor der Antwort.

»Na ja. Cynthia ist ein Succubus«, sagte er.

Mein Hirn fing an zu rattern. Succubus, dann kam die Erleuchtung. »Ist das dein Ernst?«, fragte ich ihn überrascht. Als er nickte, knallte mein Kopf auf den Tisch. »Ich lebe mit einer Sexbesessenen auf dem Zimmer …«, murmelte ich und konnte nicht glauben, dass es das Schicksal irgendwie immer schaffte, mich negativ zu überraschen.

»Na ja, wenn man es genau nimmt, braucht sie den Sex zum Überleben, deswegen war sie immer allein im Zimmer, damit sie die Jungen mit rauf nehmen kann. Ich glaube, sie ist selbst auch nicht glücklich, dass sie jetzt eine Zimmergenossin bekommt.«

Ich lachte freudlos auf. »Die Zimmergenossin ist auch nicht erfreut.«

Nach dem leckeren Frühstück fuhren wir direkt zum Internat, wie Valentin es mir versprochen hatte.

»Und, war es jetzt so schlimm?«, fragte mich Valentin.

Ich zuckte mit den Schultern. »Nun ja, das Treffen mit Finn hätte nicht sein müssen, aber der Rest …« Ich tat so, als würde ich überlegen müssen, um ihn zu ärgern. »Es war okay.« Ich lachte, als ich seinen Gesichtsausdruck sah.

»Das war gemein. Ich weiß, dass du es genossen hast«, verteidigte er sich schmollend.

Ich lachte nur umso mehr. »Ja, du hast recht. Ich fand es schön, aber nächstes Mal fragst du trotzdem«, wies ich ihn zurecht.

Er grinste mich an und nahm meine Hand. »Nächstes Mal klingt super.«

Kurz versteifte ich mich, ich hatte ihm gerade vollkommen automatisch ein nächstes Mal versprochen. Und das Schlimme daran war, dass ich dieses nächste Mal unbedingt wollte. Die Gefühle, die Valentin in mir wachrief, waren komisch und überwältigend dazu. Ich konnte nicht verstehen, was er mit mir anstellte, nur dass ich es unglaublich genoss.

Während der ganzen Fahrt streichelte er meinen Handrücken und ich liebte seine Nähe – aber wir kannten uns gerade mal drei Tage und ich musste mit so vielen anderen Informationen klarkommen. Ich war verwirrt, so vieles kam auf einmal. Als ich darüber nachdachte, begann mein Kopf erneut zu schwirren.

»Alles gut?« fragte er.

»Ich bin bloß etwas überfordert«, gab ich zu. »Vor drei Tagen war ich bloß ein normales Mädchen, mit ziemlich alltäglichen Problemen und jetzt werde ich in eine Welt geworfen, von der ich zwar immer gewünscht habe, dass sie wahr ist, aber die Realität sieht dann doch irgendwie anders aus.« Ich lachte nervös auf. »All diese Wesen, Sagen und Mythen sind augenscheinlich wahr! Aber mit all diesen Wundern kommen auch die ganzen Schrecken und das macht mir eine Heidenangst …« Ich fühlte mich, als sei ich ein Wasserfall, der einfach darauf losgeredet hatte, ich wusste nicht einmal, was ich mit meinem Gesagten ausdrücken wollte. Mein Gehirn war vollkommen überreizt. Ich konnte das alles, was da vor mir geschah, gar nicht fassen – vor allem nicht verstehen.

Valentin saß stocksteif da, sein Blick lag auf der Straße und er sah aus, als ob er nach den richtigen Wörtern suchte. »Ich verstehe dich«, sagte er dann leise. »Und das Thema hatten wir schon, ich werde dir alle Zeit der Welt lassen. Ich will dich nicht drängen. Alles, was zwischen uns passiert, kannst du genießen, solange du willst. Wenn es dir ernster wird, ist es so, wenn nicht, dann darfst du es beenden. Es liegt alles bei dir. Okay?«

Ein warmes Gefühl breitete sich in mir aus, dass er mich verstand, und mich nicht unter Druck setzten wollte, bedeutete mir viel und ich lächelte ihn dankbar an. »Danke, ich weiß das wirklich zu schätzen. Besonders, weil ich weiß, was dir das Ganze bedeutet.« Wenn ich den ganzen Wahnsinn irgendwie überstanden hatte, dann würde ich mir all die Zeit nehmen, die Valentin verdient hatte.

Die restliche Fahrt über schwiegen wir. Es war keine unangenehme Stille, es war irgendwie beruhigend. Valentin war jemand, mit dem man sogar die Stille genießen konnte.

Wir fuhren in seinem Truck bis vor die steinernen weißen Treppen, die zur Eingangstür führten. Valentin hielt direkt vor den Stufen an. »Steig du hier aus, ich fahre noch weiter zum Schülerparkplatz.«

»Ich bin dir wirklich dankbar für gestern. Sollten wir wirklich wiederholen«, sagte ich und ich meinte es ernst. Valentin war mir sehr schnell wichtig geworden und ich wollte, dass das, was auch immer da zwischen uns war, funktionierte.

Grinsend nickte er. Seine Hand streichelte meine Wange, ich legte mich automatisch in seine Berührung. »Machen wir, versprochen.«

Glücklich strahlte ich Valentin an und stieg aus dem Auto. Gerade, als ich die Treppe hochgehen wollte, fiel mir ein, dass ich noch meinen Stundenplan abholen musste. Zügig ging ich Richtung Sekretariat.

Das Sekretariat war am Ende des Ostflügels. Als ich dort

ankam, war die Tür geschlossen. Bevor ich anklopfen konnte, hörte ich Dorothea laut reden.

»Herr Skoglund, ich kann und vor allem werde es Ihnen nicht gestatten, an diese Schule zu kommen!« Dorotheas Stimme klang wie das Zischen einer Schlange, die ihr Nest verteidigen wollte.

Darauf hörte ich ein Knurren und eine Stimme, die mir sehr bekannt vorkam. »Wenn ich mich richtig an die Regeln des Vorstandes erinnere, ist diese Schule dazu verpflichtet, jedem zu helfen, der um Hilfe bittet. Und deswegen stehe ich hier, Frau Miller, ich brauche die Hilfe des Vorstandes und möchte deswegen dieses Internat besuchen. Damit ich auch noch etwas Vernünftiges machen kann. Keiner möchte sein Leben lang Sicherheitsmann sein. Das verstehen Sie doch sicherlich.«

Von Dorothea kam ein resigniertes Seufzen. »Schön, ich werde dem Vorstand davon berichten, dass Sie ab heute hier verweilen. Aber mit diesem Aufenthalt verpflichten Sie sich auch zu unseren Regeln und wenn Sie sich nicht an diese halten, kann und werde ich Sie mit Vergnügen von hier verjagen. Habe ich mich klar ausgedrückt?« Selbst ich bekam gerade etwas Angst vor Frau Millers Stimme.

»Ja, das haben Sie. Seien Sie beruhigt, ich habe nicht vor, irgendwelche Regeln zu brechen. Ich möchte nur lernen. Lassen Sie mich dieselben Stunden belegen wie Emilia Roéz, egal, welche Stunden sie hat. Ich danke Ihnen und schönen Tag noch.«

Ich hörte, wie sich Schritte der Tür nährten, rasch stellte mich mitten in den Flur und tat so, als wäre ich gerade erst angekommen, als Finn aus der Tür kam. Er blieb abrupt stehen und sah mich überrascht an. »Was willst du denn schon hier? Ich dachte, du tuckerst lieber noch mit meinem geliebten Bruder durch die Städte«, meinte er gehässig.

Er war immer noch im Arschlochmodus, aber wenn er meinte, dass das so richtig war, konnte ich auch in den Zickenmodus schalten. »Was du hier machst, könnte ich dich auch fragen. Und der Rest geht dich wirklich so gar nichts an. Ich hatte sehr viel Spaß mit Valentin.«

Ich sah, wie sein Kiefer arbeitete, als er wütend wurde. »Schön, freut mich für dich! Und ich will hier einfach nur lernen. Hast du doch nichts gegen, oder?«, fragte er mich bissig.

»Wieso sollte ich? Du kannst machen, was du willst! Ist mir egal und jetzt lass mich vorbei, ich brauche meinen Stundenplan«, zischte ich und drängte mich an ihm vorbei – mein Gott, der Mann war fast so breit wie der komplette Flur – und stürmte in das Büro von Frau Miller.

Sie sah mich musternd über ihrem Pult an. »Dieser Junge bringt einen wirklich zur Weißglut«, meinte sie wissend. »Warte kurz, ich hole dir deinen Stundenplan.«

Ich nickte und wartete. Als sie aus dem Hinterzimmer wiederkam, hatte sie zwei Zettel in der Hand. »Hier ist noch ein Zettel mit freiwilligen Aktivitäten, an denen du teilnehmen kannst. Mit manchen davon kann man wirklich gut Frust abbauen und vielleicht einem ungezogenen Wolf Manieren beibringen. Sieh sie dir einfach mal an.« Sie zwinkerte mir zu und ich verließ ihr Büro. Als ich rauskam, konnte ich weit und breit keinen Finn sehen. Ich atmete erleichtert aus und ging zu meinem Zimmer in den Westteil.

Dort saß Alison auf meinem Bett und starrte mich erwartungsvoll an. »Und?«, fragte sie gedehnt.

»Tut mir leid, sie hatten keine Hundekekse mehr«, meinte ich entschuldigend, weil ich keine Ahnung hatte, was sie von mir wollte.

Sie schmiss ein Kissen in meine Richtung. »Du weißt, was ich meine! Also sag schon, hattet ihr geilen, heißen Sex?«, erkundigte sie sich. Ihre Augen glitzerten voll unverhohlener Neugierde.

Ich verschluckte mich und hustete. »Was? Nein! Ich kenne ihn doch kaum!«, wehrte ich ab.

Alison sah mich prüfend an. Erst wurden ihre Augen groß danach prustete sie los. »Ich fass es nicht, du bist noch Jungfrau!«

Ich merkte, wie mir die Röte in die Wangen schoss. Alison bekam sich nicht mehr ein. »Ich fasse es nicht, mit achtzehn noch Jungfrau! Ich habe mein erstes Mal mit vierzehn erlebt!«

Ich grummelte und wechselte unbehaglich von einem auf den anderen Fuß. »Ja, ich bin noch Jungfrau, aber nur, weil noch kein Typ, den ich getroffen habe, irgendetwas Anziehendes hatte, okay?«, versuchte ich mich rauszureden.

Alison sah mich mit Lachtränen in ihren braunen Augen an. »Okay, ich sage es auch keinem. Solange sie nicht von selbst darauf kommen«, beruhigte sie mich. »Aber nun erzähl schon, wie war's?«

Ich seufzte und setzte mich neben Alison aufs Bett. »Am Anfang war ich nicht begeistert, weil er wollte, dass wir über Nacht weg blieben. Ich finde, so etwas sollte man absprechen. Aber das Essen war toll und er hat mir vieles erklärt. Bei dem Strandhaus, das wirklich schön ist, haben wir Finn getroffen. Und er ist sein Bruder.« Ich stockte kurz. »Die Begegnung war nicht so glücklich, aber als Finn weg war, saßen wir mit einem Picknick auf dem Balkon und haben uns den Sonnenuntergang angesehen. Das klingt so kitschig! Aber es war richtig schön«, endete ich und konnte mir ein seliges Lächeln nicht verkneifen.

Alison stupste mich an. »Bist du etwa verliebt?«

Ich zuckte mit den Schultern. »Weiß nicht«, gab ich leise zu. »Momentan geht mir so viel durch den Kopf. Alles ist so ein großes Wirrwarr, dass ich nicht einmal weiß, was ich fühlen oder denken soll. Ich weiß, dass ich es mag, wenn Valentin und ich zusammen sind, ich mag ihn wirklich. Aber Liebe? Keine Ahnung. Das habe ich Valentin aber auch gesagt, also, dass ich Zeit brauche«, erwähnte ich, aber mein Redefluss hörte nicht auf. »Es ist alles so viel! Alle Wesen, die ich liebe, die aber eigentlich nur in Büchern existieren sollen, leben wirklich! Und ich soll ein Teil davon sein. Auch wenn mein Wolf meint, er schläft lieber noch ein Weilchen. Ich habe jemandem dabei geholfen, jemanden umzubringen, der uns umbringen wollte. Das ist krass … Und ich weiß wirklich nicht, ob ich das schon verarbeitet habe, oder ob ich in nächster Zeit einen Anfall bekommen werde.« Ich seufzte theatralisch und Alison schubste mich leicht.

»Du packst das schon. Ich finde, du gehst mit allem im Moment so gut um, das hätte niemand von uns erwartet! Dass du so cool bleibst. Und ich hoffe, das bleibt so, ich kann keine jammernden Menschen leiden«, bemerkte Alison und ließ sich nach hinten auf mein Bett fallen.

»Ich hoffe auch, dass das so bleibt. Ich mag jammernde Menschen auch nicht«, gab ich lachend zu. »Ach ja!«, rief ich aus. »Du glaubst nicht, wer sich hier jetzt an der Schule angemeldet hat!«

Alison sah mich mit großen Augen an. »Wer denn?«

»Finn!«

»Niemals!«, widersprach sie mit großen Augen.

»Doch, er war vorhin bei Frau Miller und hat ihr gesagt, sie dürfe ihm das nicht verweigern, weil der Vorstand jedem Wesen versprochen hat zu helfen und daran müsse sie sich halten«, informierte ich sie.

Alison knurrte. »Dieser Mistkerl! Kommt mit Erpressung an die Schule!« Sie holte ihr Handy heraus. »Ich schreibe den anderen, wir müssen in Valentins Zimmer. Ach, wie ist eigentlich deine Handynummer? Keiner von uns kann ja ununterbrochen bei dir sein«, merkte sie an.

Ich nickte und gab ihr meine Nummer, während wir in die Richtung von Valentins Zimmer gingen. Wie sah Valentins Zimmer wohl aus? Und mit wem war er auf einem Zimmer?

Valentins Zimmer war auf derselben Etage wie meines und hatte die Nummer 360. Alison klopfte an und als wir ein »Ist offen« hörten, traten wir ein. Das Zimmer war dem Aufbau und Möbeln nach genauso wie meines, aber die Dekoration war anders. Auf der Seite, auf der Valentin saß, hingen über dem Bett Bilder über Bilder. Sie zeigten verschiedene Motive, hauptsächlich waren Waldaufnahmen zu sehen und Wölfe. Ich musste schmunzeln, als ich einen Wolf als Alison erkannte. Automatisch war ich näher an Valentins Bett getreten, um die Fotos besser sehen zu können. Es waren wirklich traumhafte Bilder dabei, jedes hatte seinen eigenen Charakter. Er hatte ein gutes Auge.

»Also, Alison, was willst du uns sagen?«, fragte Leon sie, anscheinend war er Valentins Zimmergenosse. Auf seiner Seite war alles voller Bücher, das gefiel mir und sogleich hatte Leon ein paar Sympathiepunkte mehr.

»Ich wollte euch eigentlich nichts sagen, sondern Emilia. Sie hat etwas mitbekommen, was uns alle wahrscheinlich beunruhigen sollte«, meinte sie und sogleich starrten mich alle drei erwartungsvoll an.

»Also, eigentlich wollte ich nichts sagen, und um ehrlich zu sein, verstehe ich den Trubel gerade nicht.« Ich warf Alison einen bösen Blick zu. »Aber sollten wir nicht erst auf Peter warten?«

»Der kommt heute nicht, in seiner Familie gab es einen Zwischenfall und er musste zurück zum Rudel«, klärte mich Valentin auf.

»Also, ich bin gerade zu Frau Miller, um meinen Stundenplan abzuholen, als ich ein Gespräch belauscht habe.« Ich fragte mich noch immer, wieso so ein großer Trubel entstand, nur weil Finn jetzt mit auf dieses Internat ging. Natürlich war das schon dubios, dass er gerade jetzt sich anmelden ließ, wo ich auch hier war und nachdem er mitbekommen hatte, dass Valentin und ich uns, naja, nahestanden. Aber deswegen dieser Aufwand? »Und zwar zwischen Finn und Frau Miller. Er hat sie, ähm …«, ich suchte nach dem richtigen Wort, » … überzeugt, ihn an dieser Schule aufzunehmen, weil der Vorstand anscheinend eine Regel hat, dass sie jedem Wesen helfen müssen. Und deswegen ist er jetzt an der Schule.«

Im Zimmer war es plötzlich still, keiner wusste wirklich etwas dazu zu sagen.

Nach einer gefühlten Ewigkeit räusperte sich Valentin. »Ich denke, wir sollten es Eric erzählen.« Alle nickten, nur ich nicht. Ich verstand es einfach nicht. Es war doch Finns Recht lernen zu dürfen. »Ich werde ihn anrufen, es kann sein, dass er dann will, dass wir für die restlichen vier Tage zum Rudel kommen. Also wäre es von Vorteil, wenn ihr schon mal eure Sachen zusammenpackt.« Wieder nickten alle und gingen raus. Ich wollte ihnen folgen, doch Valentin hielt mich auf. »Ich denke, dass Eric auch dich kennenlernen möchte.«

Ich zog eine Augenbraue hoch. »Warum? Noch bin ich kein Mitglied des Rudels.«

Valentin sah aus, als fühle er sich nicht wohl in seiner Haut. »Doch, irgendwie schon. Du erinnerst dich an deinen Onkel? Eric? Aber das können dir Isabelle oder Lena besser erklären.«

Ich erstarrte. Lena? »Meine Mutter lebt noch?«, fragte ich irritiert.

Er sah mich besorgt an. »Ja, wieso sollte sie tot sein?«

»Warum ich mein ganzes Leben gedacht habe, sie sei tot? Ist das eine ernst gemeinte Frage?! Sie hat mich einfach zu meinem Vater abgeschoben! Und sich nie gemeldet! Warum sollte ich davon ausgehen, dass sie am Leben ist? Ich denke, das ist eine bessere Frage«, knurrte ich und rauschte durch die Tür. Ich rannte zu meinem Zimmer. Die Tür knallte ich zu und ließ mich daran hinabsinken. Mir stiegen Tränen in die Augen. Meine Mutter lebte! Und hatte niemals irgendwas gesagt oder getan, um mir zu zeigen, dass sie am Leben war, wieso hatte sie mir nicht gesagt, was ich war? Wieso hatte sie meine Tante vorangeschickt?

Mein Körper begann zu zittern. Noch nie hatte ich mich so ungeliebt gefühlt wie gerade jetzt von meiner sogenannten Mutter.

Mein Blick wanderte nach oben zur Decke, im Augenwinkel sah ich jemanden auf meinem Bett sitzen. Genervt schloss ich die Augen. Ihn konnte ich jetzt nicht auch noch ertragen. »Was willst du hier?«, knurrte ich und wünschte mir, dass ich endlich meine Ruhe haben könnte.

»Ich wollte mit dir reden. Ist doch nicht so verwerflich, vor gerade mal drei Tagen konnten wir noch super miteinander reden.«

Ich knurrte noch lauter. Gerade jetzt wollte ich nicht mit ihm reden. Eigentlich war er sogar der letzte Mensch, mit dem ich reden wollte. Er legte sich auf mein Bett und verschränkte die Arme hinter seinem Kopf. »Aber anscheinend hat sich einiges in den drei Tagen geändert. Du hast herausgefunden, wer, beziehungsweise was du wirklich bist.«

Ich rappelte mich auf und verdrängte all die Gedanken, die auf mich einstürmten, um mich ihm zu stellen. Wenn er wieder als Arschloch unterwegs war, konnte ich das auch, nur dass mich das gerade sehr viel Kraft kostete. Mit vor der Brust verschränkten Armen stellte ich mich vor mein Bett. »Ja, das habe ich. Und lass mich raten, du wusstest es von Anfang an?«, fragte ich ihn und beobachtete ihn gespannt.

Er grinste mich süffisant an. »Ich hab's gerochen. Du bist eine Alpha. Ich habe von Anfang an gewusst, wer deine Mutter ist, du siehst genauso aus wie sie.«

Ich zuckte mit den Schultern. »Eine Alpha? Dein Ernst? Ich habe mich noch nicht einmal verwandelt. Und das mit meiner Mutter kann mir egal sein. Sie war jahrelang nicht für mich da. Also kann sie jetzt auch weg bleiben. Was willst du jetzt von mir?« Ich sah ihn herausfordernd an.

»Das mit der Alpha hat nichts mit deiner Verwandlung zu tun. Du bist dazu geboren zu führen, zu leiten. Es ist dir bestimmt, dass dir Menschen folgen. Das liegt in deinem Charakter. Deine Mutter hat sich zur Beta degradieren lassen, aber auch nur, weil sie Angst vor sich selbst hat. Zumindest denkt das jeder. Du könntest ihn übertreffen, wenn du mich dir helfen lässt.«

»Darum geht es dir? Du willst durch mich einfach an Macht kommen? Wenn ich Alpha eines Rudels wäre und du mein Gefährte, dann wärst du auch ein Alpha.« Ich schnaubte verächtlich. »Das kannst du dir abschminken, jetzt geh!« Ich wies auf die Tür. Finn stand grinsend auf und kam zu mir. Er beugte sich zu meinem Ohr. Als sein Atem meinen Hals traf, merkte ich, wie mein Körper auf seine Nähe reagierte.

»Falls du dir das anders überlegen solltest …« Nun sah er mir in die Augen. »Du weißt, wo du mich finden kannst.«

Als die Tür sich hinter ihm schloss, sank ich kraftlos aufs Bett. Es war einfach zu viel, konnte es denn nicht mal einen geben, der nicht wollte, dass ich für ihn die Gefährtin spielte? Und jetzt das mit dem Alpha? Ich hatte mich noch nie irgendwo durchgesetzt, ich war einfach immer wütend abgerauscht, damit ich der Situation entgehen konnte. Das war wohl kaum das Verhalten eines Alphas. Frustriert seufzte ich. So langsam vermisste ich mein altes Leben.

Auch, wenn es sehr eintönig gewesen war. Ich hätte den ganzen Tag meine Nase in ein Buch stecken können und alles andere wäre mir egal gewesen. Aber nein, ich musste ja ein Werwolfsmischling sein.

Ich war wohl eingenickt, denn ich wurde in meinen Klamotten wach, als mein Handy vibrierte. Ich runzelte die Stirn, eine unbekannte Nummer. »Ja?«

»Emilia?« Es war Valentin.

»Dein Ernst? Wir wohnen auf demselben Stockwerk und du rufst mich an?«, fragte ich ihn überrascht.

Ich konnte ihn lachen hören. »Du warst vorhin so sauer, da

wollte ich erst sichergehen, dass du mich nicht lynchst, wenn ich dir zu nahe komme. Aber ich habe mit Eric telefoniert. Er besteht darauf, dass du mit nach Hause kommst.«

Ich schnaufte, so langsam entwickelte sich das zu einer unschönen Angewohnheit. »Du kannst dem König sagen, dass er sich sein Bestehen sonst wohin schieben kann. Und es ist ganz bestimmt nicht mein Zuhause!«, knurrte ich. Die Wut schäumte in mir.

»Siehst du, deswegen habe ich dich angerufen«, sagte er und klang irgendwie besserwisserisch.

Ich runzelte die Stirn. »Was willst du damit sagen?«

»Na ja, hätte ich dir das ins Gesicht gesagt, hättest du mich wieder angeknurrt und böse angestarrt, obwohl ich nichts dafür kann. Sieh es doch positiv.«

»Wie soll ich das positiv sehen? Ich werde meine Mutter sehen, obwohl ich dachte, sie wäre tot, während alle hier um mich wussten, dass meine Mutter lebt. Aber nein, so etwas kann man ja nicht mal erwähnen. Ich werde Leute kennenlernen, die sich mein ganzes Leben nicht gemeldet haben. Und nun auf heile Familie tun? Das kann ich auch mit meinem Vater machen. Ich will diese angebliche Familie nicht kennenlernen. Ich will nichts mehr mit dem Stuss zu tun haben! Und garantiert lasse ich mir nichts mehr befehlen.«

Ich hörte ein Seufzen. »Es tut mir leid.« Dann wurde die Verbindung unterbrochen und meine Zimmertür sprang auf. Alison, Leon und Valentin kamen hineingestürmt. Verwirrt betrachtete ich sie. Ich fühlte mich gerade, als wäre ein SWAT Team bei mir eingebrochen. »Was wollte ihr?«, fragte ich und versuchte meine Angst und Wut irgendwie zu verdrängen.

»Eric möchte dich kennenlernen«, begann Alison. »Er ist unser Alpha, wir müssen auf ihn hören.« In ihrem Blick spiegelte sich sowas wie Mitleid, doch ignorierte ich ihren bittenden Unterton.

»Das wagt ihr nicht!«, knurrte ich die drei an. »Ich komme nicht mit zu eurem Rudel!«, fauchte ich.

»Willst du nicht deine Mutter kennenlernen? Oder deine Cousine? Sie ist ein wahrer Goldschatz und kann für diese Situation am allerwenigsten.«, fragte Alison und versuchte an mein Gewissen zu appellieren.

»Nein, will ich nicht. Sie hat sich jahrelang nicht blicken lassen und dann soll ich zu ihr kommen? Eric kann mich mal! Ich bin kein Mitglied seines Rudels! Also lasst mich in Ruhe und geht zu eurem Herrchen!«

Alison sah zwischen Valentin und Leon hin und her. Sie alle fühlten sich unwohl, wenn sie mich gegen meinen Willen mitzerren würden. »Wir wollen dir wirklich nicht wehtun«, meinte Valentin und sah mich nachdenklich an.

»Dann lasst mich einfach hier in Ruhe«, wiederholte ich stur.

»Das können wir nicht. Eric hat uns befohlen dich mitzubringen«, erklärte Leon.

»Ich werde nicht mit euch kommen«, beharrte ich.

»Bitte, Emilia, damit wir unsere Mission erfüllen können. Dann lernst du endlich deine richtige Familie kennen!«, versuchte Valentin mich zu überreden und kam langsam näher.

Ich merkte, wie mein Körper sich in die Ecke gedrängt fühlte und in meinem Inneren regte sich etwas. Etwas, das ich nicht kannte und mir noch mehr Angst bereitete, als die drei, die mich gerade bedrängten.

Es war meine Wölfin. Sie wollte mich beschützen und meinen Willen verteidigen. Über diese Erkenntnis war ich so überrascht, dass ich meine Umgebung komplett vergaß. Aber Alison riss mich aus meinem Erstaunen. »Emilia, deine Augen haben sich verändert!«, keuchte sie.

Meine Augen? Ich wollte zum Spiegel schauen, doch Valentin kam noch einen Schritt näher. »Sie sehen wirklich toll aus«, murmelte er.

Ich knurrte ihn warnend an. »Vergesst es!«, spie ich und drückte mich an die Wand, an der mein Bett stand.

»Ich hab da keine Lust mehr drauf«, grollte Leon und stampfte zu mir. Ich versuchte nach ihm zu schlagen, doch er fing meine Fäuste auf, bevor sie ihn trafen. »Emilia, keiner von uns will dir wehtun. Aber du machst es uns nicht leicht«, sagte Leon warnend.

Ich versuchte mich zu verteidigen, aber Leons Hände waren wie Stahl. »Weil ich nicht mitkommen will, vielleicht?«

Ich sah, wie Valentin seine Augen verdrehte und auf Leon und mich zukam. Ich würde ganz sicher nicht mit ihnen mitgehen! Ich versuchte weiterhin meine Fäuste aus Leons Griff zu befreien, scheiterte aber kläglich an seinen Stahlhänden. Valentin umfasste meine Hüfte und hob mich hoch, legte sich mich über die Schulter, als wäre ich irgendeine Neandertalerin, die er in seine Höhle schleppen wollte. Ich versuchte nach ihm zu treten, aber Alison packte vorher meine Beine. Ich fühlte mich wie eine Schwerverbrecherin, als sie mich so ins Auto frachteten.

Den ganzen Weg über knurrte, fluchte und versuchte ich, mich aus den Griffen zu befreien, aber scheiterte – jedes verdammte Mal. Meine Augen wurden immer schwerer und die Erschöpfung machte meine Bewegungen träge. Irgendwann sackte mein Kopf zur Seite und ich schlief ein.

Kapitel 11

Langsam hob ich meine Augenlider. Zunächst blinzelte ich in ein helles Licht. »Hey, ich glaube, sie wacht auf!«, rief eine fremde, viel zu quietschige Stimme direkt neben mir. Bei der Tonlage wollte mein Kopf fast zerbersten und ich knurrte vor Schmerzen. Das Leuchten legte sich und die Umrisse eines Kopfes erschienen. Ich erkannte ein kleines blondes Mädchen, das aussah wie ein Engel. Sie strahlte mich an und zeigte so, dass ihr ein Schneidezahn fehlte. Sie musste an die sechs Jahre alt sein. Grüne, strahlende Augen blickten mir aus einem von Sommersprossen übersäten Gesicht entgegen. »Hi! Schön, dass du endlich wach bist, Cousine!«

Ich starrte sie einfach an, ihre Stimme war auf der Frequenz einer Quietschente. Sie schnippte vor meinen Augen. »Oder schläfst du mit offenen Augen? Aber du hast gerade schon geknurrt und du guckst mich verwundert an, nein, du schläfst nicht mehr. Ach, ich bin so aufgeregt, dich endlich kennenzulernen! Tante Lena hat so oft von dir erzählt!«

Hände umgriffen ihren kleinen Körper. »Sascha, lass sie erst einmal Luft bekommen! Wie wäre es, wenn du Alison ein wenig auf die Nerven gehst? Sie ist gerade in die Küche gelaufen.« Das Mädchen rannte quietschend davon und Isabelle setzte sich auf den Stuhl neben dem Bett, auf dem Sascha gerade gesessen hatte. »Alles gut? Oder tut dir etwas weh?«

»Meine Kehle ist ausgedörrt, sonst ist alles gut.« Im Stillen schwor ich, dass die drei das bereuen würden, mich gegen meinen Willen, nur mithilfe ihrer übermenschlichen Kräfte, hierher geschleppt zu haben. Isabelle lächelte mich an und reichte mir ein Glas Wasser, das ich in einem Zug austrank.

»Die drei wollen die Aufträge, die sie von ihrem Alpha bekommen, gut ausführen, das darfst du ihnen nicht übelnehmen.«

Ich sah Isabelle böse an. »Wenn sie mich deshalb entführen, doch, dann darf ich das.«

Sie kicherte wieder. »Kannst du schon aufstehen? Es gibt jemanden, der dich kennenlernen möchte.«

Ich nickte und setzte mich auf. Mir wurde kurz schwindelig und ich hielt mich am Bettrahmen fest. *Sie werden so was von leiden*, schwor ich mir im Stillen. Gemeinsam gingen wir hinaus auf den Flur. Ich sah mich um, der Flur hatte keinerlei Fenster und dunkles Parkett auf dem Fußboden. Die Wände waren weiß gestrichen und mit vielen Bildern behängt, teils Fotografien, teils Zeichnungen. Schweigend gingen wir zum Ende des Flures, eine Treppe hinunter und einen weiteren dunklen Gang entlang. Während vom ersten Flur jedoch nur sechs Türen abgegangen waren, waren es hier eindeutig mehr.

»Mein Gott, sind wir hier in einem Schloss?«, fragte ich erstaunt.

»Nein, es ist ein großes Landhaus, das in der Nähe des Waldes steht. Hier wohnt fast das ganze Rudel, dementsprechend groß musste es sein. Ein großer Teil der Rudelmitglieder hat hier ein eigenes Zimmer, jedoch besitzen die meisten Familien zusätzlich ein Haus oder eine Wohnung in der Nähe. Wenn wir Besuch haben, wird der auch hier untergebracht. In den oberen Etagen wohnen nur die Familienmitglieder der Rudelführer, also du und deine Mutter, sowie Sascha, Eric und ich.«

Böse blickte ich sie an. »Ich bin definitiv noch kein Teil dieses Rudels. Was sollen wir jetzt hier? Und warum hast du mir nicht gesagt, dass meine Mutter noch lebt, als du letztens im Internat warst? Ich habe gedacht, sie sei tot!«

»Ich habe nie gesagt oder irgendwie angedeutet, dass sie tot wäre. Du hättest ja auch fragen können«, meinte sie mit einem Lächeln.

Jetzt war ich sprachlos, *fragen*? Mir wurde gesagt, dass ich ein Werwolf bin und dann hätte ich fragen sollen, ob meine Mutter noch lebt? Ich schnaufte, sagte aber nichts dazu.

Wir gingen zu einer Flügeltür und Isabelle stieß sie auf. Hinter diesen Türen verbarg sich ein großer Saal. Der Boden war aus Kirschbaumparkett und hatte hüfthohe Wandvertäfelungen aus demselben Holz. Darüber prunkte eine dunkelrote Tapete mit goldenen Ornamenten, aber nirgendwo sah ich Fenster. Ich sah mich nachdenklich um. So ein großer Saal, ohne Fenster? Eine Gänsehaut überkam mich. In dem Saal standen fünf Leute zusammen um einen runden Tisch herum. Isabelle und ich gingen direkt auf die Leute zu und ich erkannte Valentin, Alison und Leon, die mit dem Rücken zu mir standen. Die anderen beiden konnte ich nur im Seitenprofil sehen. Meine sogenannten ›Freunde‹ drehten sich um und lächelten mir zaghaft zu, ich schenkte ihnen einen bösen Blick.

Als wir den Tisch erreichten, stockte ich. Neben diesem Berg von Mann, den ich als den Mann aus der Vision wiedererkannte, stand sie. Meine Mutter.

Ich blieb stocksteif sehen.

Sie blickte von einer Karte auf und sah mich an, ihr Gesicht wandelte sich von einem Lächeln zu einem Ausdruck der Verwunderung. »Emilia?«, fragte sie.

In mir zog sich alles zusammen. Ich konnte das nicht! Meine Augen wanderten durch den Saal auf der Suche nach einem Fluchtweg, der mich so schnell wie möglich von hier wegbringen würde. Mir fiel es immer schwerer zu atmen.

Plötzlich spürte ich einen festen, warmen Druck an meiner

Hand und sah dorthin. Valentin war zu mir gekommen, hatte mich an der Hand genommen und drückte sie sanft. Unsicher schaute ich zu ihm hinauf und sah, dass er mich anlächelte.

Meine Mutter kam auf mich zu, mit Tränen in den Augen. Wir sahen uns wirklich ähnlich. Sie war einen halben Kopf kleiner als ich, hatte aber dieselben großen blauen Augen und ein paar Sommersprossen auf der Nase. Ihre schwarzen Haare, die auf dem Foto noch lang waren, waren nun im Pagenschnitt gestylt. Sie war braun gebrannt, als wäre sie sehr oft unter der Sonne. Ihre Arme, die aus einem blauen Top herausragten, waren muskulös … und genau diese Arme schlossen sich nun um mich. Sie drückte mich fest an sich.

»Du bist so groß geworden. Ich bin so froh, dass ich dich wiederhabe!«, flüsterte sie an meinem Hals. Ihre Stimme zitterte leicht. Ich wusste nicht, was ich davon halten sollte, ich war komplett überfordert.

Ich löste meine Hand aus Valentins und legte meine Arme steif um sie. Ihre Umarmung war so warm und ich fühlte mich seit Langem wieder von einem Elternteil geliebt.

All die Sorgen, vor allem meine Wut, waren wie verraucht, als sie mich umarmte.

Nach einer Weile löste sie sich von mir und legte ihre Hände um mein Gesicht. »Es ist so schön, dich wieder hier zu haben. Ich war so traurig, als ich dich weggeben musste.«

Der Mann, der neben ihr gestanden hatte, kam jetzt auf uns zu und legte eine Hand auf die Schulter meiner Mutter. »Ist ja alles schön und gut, aber können wir nun bitte weitermachen? Diese Besprechung ist wichtig.«

Sie knurrte ihn an. »Eric, du bist schuld, dass ich damals meine Tochter weggeben musste, jetzt kannst du uns wenigstens fünf Minuten in Ruhe lassen!«, knurrte sie ihn an.

Er hob beschwichtigend die Hände. »Krieg dich wieder ein. Ich meine ja bloß, dass die Sicherheit des Rudels auf dem Spiel steht.«

»Die Sicherheit des Rudels steht immer auf dem Spiel und wenn ich das Wiedersehen mit meiner Tochter fünf Minuten genieße, ist das Rudel nicht gleich dem Untergang geweiht. Also lass mich!«

Ich sah zwischen den beiden hin und her, hatte Finn nicht gesagt, dass meine Mutter nur eine Beta war? Das hier sah nicht danach aus.

Lena wandte sich wieder an mich. »Wie geht es dir? Und wie ist es dir bei deinem Vater ergangen? Welche Gabe hast du als Gefährtin? Hast du schon einen Freund? Bist du verliebt?«

Ich fühlte mich, als würde sie mich mit ihren Fragen erschlagen wollen. »Ähm … Ich bin gerade ein wenig überwältigt und habe dank den dreien …«, ich sah die angesprochenen wieder böse an, »… keine sehr gute Laune. Deine Fragen helfen da nicht gerade. Aber … ich empfange die Gedanken von Menschen. Valentin hat mir zum Glück beigebracht, wie ich sie ausblenden kann. Nein, ich habe weder einen Freund, noch bin ich verliebt. Sonst waren es keine Fragen, oder?« Verstohlen sah ich zu Valentin. Der auf den Boden starrte, als würde dort ein spannender Film laufen.

Sie grinste mich an und schüttelte den Kopf. »Das waren gerade die wichtigsten. Jetzt muss ich mich wieder meinem Alpha zuwenden, sonst wird er noch bissig. Wir reden später, ja?« Sie zwinkerte mir noch einmal zu und wandte sich wieder Eric zu. Verwundert sah ich ihr hinterher. Was war hier nur los? Unsicher gesellte ich mich zu den anderen. Zu siebt standen wir jetzt um den Tisch herum und starrten auf eine Gebietskarte. Ich konnte nicht erkennen von welcher Stadt, geschweige denn von welcher Umgebung. Auf der Karte war ein großes rotes X, wie bei einer Schatzkarte.

»Dass Finn jetzt auf eure Schule gekommen ist, beunruhigt mich. Besonders, nachdem viele aus unserem Rudel spurlos verschwunden sind. Es werden schon zehn unserer Leute vermisst. Darunter auch zwei Kinder. Die meisten von uns sind schon hier untergebracht, aber wir haben nicht die Kapazität für alle. Ganz abgesehen davon, dass wir den Männern nicht verbieten können arbeiten zu gehen«, erklärte Eric. Ich konnte heraushören, dass er sich unglaubliche Sorgen machte, aber irgendwie ließ ihn mir das nicht sympathischer werden.

Meine Mutter starrte auf die Gebietskarte. »Ich habe das Gerücht gehört, dass die Wesenjäger wieder aktiver sind. Was ist denn, wenn diesmal nicht die Kinder der Hati Schuld sind, sondern diese Jäger?«

Schockiert riss ich die Augen auf, wo war ich da nur reingeraten? »Wurden wir nicht – war das nicht gestern – auch von einem Jäger angegriffen?«, fragte ich Valentin.

»Wer war der Jäger?«, fragte Isabelle sofort, sie klang leicht panisch.

Alison schüttelte den Kopf. »Nicht er.«

»Unser Jäger hatte aber auch nicht die Ambitionen, uns gefangen zu nehmen, er wollte uns bloß tot sehen. Er hätte uns irgendwohin gelegt, wo unser Rudel uns gefunden hätte. Aber unsere Leute tauchen nirgendwo tot wieder auf, sondern bleiben verschwunden. Das ist für die Jäger nicht normal. Sie sind Arschlöcher und haben die falschen Einstellungen, aber sie lassen uns unsere Leichen, um diese bestatten zu können«, meinte Eric und ballte die Hände zu Fäusten.

Leon meldete sich zu Wort. »Was ist denn, wenn man sie gar nicht umbringt? Sondern möchte, dass sie leben? Die Kinder der Hati wollen uns immer lieber auslöschen als konvertieren, Blutlinien kann man schließlich nicht einfach ändern. Für die Entführungen muss es also ein anderes Motiv geben. Nur welches?«

Alle schauten konzentriert in die Runde.

»Gibt es denn irgendeine Auffälligkeit? Zum Beispiel die

ungefähre Tageszeit, zu der sie verschwunden sind? Oder haben sie alle etwas gemeinsam?«

Eric sah mich verwundert an. »Sie waren alle um circa 08.30 Uhr auf dem Weg zur Arbeit, keiner kam an. War aber alles an verschiedenen Tagen. Ich weiß nicht, welchen Zusammenhang es zwischen ihnen sonst noch gab, ich halte mich aus dem Privatleben meiner Rudelmitglieder so gut es geht heraus.«

Wieder umfing uns alle Stille. Isabelle brach sie als Erste. »Hier herumzustehen und zu grübeln bringt nichts. Lasst uns in der Küche etwas essen. Ihr habt doch bestimmt alle Hunger.«

Sie führte uns auf der anderen Seite des Saals hinaus. Mein Kopf war wie leer gefegt, die Begegnung mit meiner Mutter hatte mich aufgewühlt, und dass wir so gar keine Zeit hatten uns zu unterhalten, nahm mich irgendwie mit, obwohl ich immer noch am liebsten fliehen wollte.

Ich seufzte und lief hinter der Gruppe her. Der Flur sah genauso aus wie der davor. Dann gingen wir zwei Treppen nach oben und standen in einer großen hellen Küche.

Staunend sah ich mich um, betrachtete das helle Holz der Möbel, die Terrakottafliesen des Fußbodens und die auch hier weißen Wände mit vielen Fotos. Die Küche war wunderschön und so anders, als ich es bisher kannte. In der Mitte stand ein großer Esstisch, an dem mindestens zwanzig Leute Platz hätten.

Ich setzte mich neben Alison und Isabelle holte ein Tablett voller Sandwiches aus dem Kühlschrank und stellte es vor uns auf den Holztisch. Durch die zwei kleinen Sprossenfenster fiel oranges Abendlicht in die Küche. Lena, Isabelle und Eric sah man an, dass sie sich Sorgen um ihre Rudelmitglieder machten. Sie bissen lustlos auf ihre Sandwiches, während der Rest der Meute sich die Bäuche vollschlug. Auch ich aß mich voll, ich hatte keine Ahnung, wie lange ich geschlafen hatte. Ich stupste Alison an. »Sag mal, wie lange war ich eigentlich weggetreten?«

»Einen ganzen Tag. Wir sind die komplette Nacht

durchgefahren.« Ich sah sie überrascht an. War ich so müde gewesen?

Beim Essen fielen mir plötzlich wieder die Wölfe in der Nacht meines Geburtstages ein. »War dieses Rudel vor fünf Tagen vor unserem Haus?«

Eric sah mich an, während er zu Ende kaute. »Nein, wir haben niemandem jemals gesagt, dass du existierst. Da wäre es merkwürdig gewesen, wenn wir Wölfe soweit vor unserem Gebiet stationiert hätten. Wieso?«

Ich rutschte unbehaglich auf der Bank herum, erzählte ihnen aber von meiner merkwürdigen Geburtstagsnacht. »Ich fand es damals schon komisch, dass die Wölfe so systematisch vorgegangen sind. Ich denke, dass das auch Werwölfe waren, aber wenn es nicht dieses Rudel war, welches dann? Und warum sollten sie diese Männer angreifen, die einen Deal mit meinem Vater hatten?«

Alle hatten mir konzentriert zu gehört, Eric sah mich nachdenklich an. »Was macht dein Vater denn? Dass ein Deal platzen könnte?«

Ich zuckte mit den Schultern. »Genau weiß ich das auch nicht. Ich weiß nur, dass Leute ihn anrufen, wenn sie etwas Besonderes haben wollen, zum Beispiel antike Möbelstücke oder so. Er beschafft das dann.«

Eric nickte, meine Mutter sah mich skeptisch an. »Das hat er aber nicht immer gemacht. Als ich ihn kennengelernt habe, hat er Bankmanagement studiert und dann auch bei einer Bank gearbeitet.«

»Seit ich denken kann, macht er das. Was er vorher gemacht hat, weiß ich nicht. Ich habe auch erst vor vier Tagen erfahren, dass meine Mutter Lena heißt und ein Foto bekommen.«

Meine Mutter knurrte und sprang auf. »Was? Er hat dir nie von mir erzählt? Dieser Bastard! Hat er dir den Brief gegeben, den er für dich aufbewahren sollte?«, fuhr sie mich an.

Vor Schreck zuckte ich zusammen und schüttelte langsam mit dem Kopf. Sie knurrte noch mehr. »Wenn ich ihn wiedersehe, kann er sich auf etwas gefasst machen!« Sie stürmte aus der Küche, wir blickten ihr alle hinterher.

Eric fasste sich als erster wieder. »Meinst du, die Wölfe vor deiner Haustür könnten etwas mit Finn zu tun gehabt haben?«

Ich zuckte mit den Schultern. »Ich weiß es nicht, vielleicht. Sie waren wirklich aggressiv, haben ihm aber nichts getan.«

Jetzt sah er Valentin an. »Wir müssen ihn befragen. Dann hat es doch etwas Gutes, dass er an unserem Internat ist. Wir brauchen seine Antworten.«

»Die Antworten kann wahrscheinlich am besten Emilia aus ihm heraus bekommen«, warf Valentin ein und in seiner Stimme klang irgendwie etwas, das ich nicht zuordnen konnte. War er etwa eifersüchtig?

Ich sah ihn bestürzt an. Wie kam er denn auf so etwas? Ich hatte das Gefühl, seitdem Finn mich und Valentin zusammen gesehen hatte, hasste er mich.

Wieder sah Eric mich studierend an. »Ah ja, und wie kommt Valentin darauf, dass er dir gerade die Antworten geben wird?«

Irgendwas hatte er an sich, was mich nervös machte. »Finn scheint etwas für mich zu empfinden, aber ich glaube, seit er mich mit Valentin gesehen hat, hasst er mich.«

Eric lächelte. »Wenn er wirklich denkt, du wärst seine Gefährtin, dann glaub mir, wäre Hass das Letzte, was er für dich empfinden würde.« Er wandte sich wieder an alle, die noch um den Tisch saßen. »Gut, Emilia, du wirst versuchen von Finn Antworten zu bekommen, egal wie. Valentin und Leon, ihr werdet ihn beschatten. Alison, du passt auf Emilia auf.« Alle nickten, ich sah mich ein wenig unsicher um. Mir wurde das alles ein wenig suspekt.

Erst wollte er mich unbedingt kennenlernen, nur um mir dann irgendwelche Befehle reinzudrücken, auf die ich keine Lust hatte? Die ich wahrscheinlich nicht einmal ausführen konnte?

»Kommt Peter wieder mit ins Internat?«, fragte Alison und ihr trauriger Blick lag auf Eric.

»Nein, und es wäre besser, wenn du ihn dir aus dem Kopf schlägst«, murrte Eric und schaute sie böse an.

Sie zuckte bei seinen Worten zusammen. Isabelle sah sie mitfühlend an, stand aber zusammen mit Eric auf und gemeinsam gingen sie aus dem Zimmer.

Ich sah in die Runde. »Ist es verwerflich, wenn ich sage, dass ich ihn nicht mag?« Die anderen fingen an zu lachen.

»Nein, ist es nicht, es ist sogar verständlich. Willst du noch mal mit deiner Mutter reden?« Valentin sah mich fragend an.

Ich rutsche nervös über die Bank. »Ich weiß es nicht. Ja, nein … Vielleicht?«

Er lachte wieder, fasste mich bei der Hand und zog mich mit nach oben. Vor einer Zimmertür blieben wir stehen. Er drehte mich zu sich. »So, tief durchatmen«, befahl er.

Mein Puls raste, ich war tierisch nervös. Wir hatten uns jetzt gerade kurz gesehen, aber das war so oberflächlich gewesen …

»Du schaffst das, okay? Und wenn es dir doch zu viel wird, stehe ich unten mit dem Auto bereit.« Ich nickte, Valentin nahm mich in den Arm, drückte mich und gab mir einen Kuss auf die Stirn. Noch einmal atmete ich tief ein. Und klopfte. Ich hörte ihre Schritte hinter der Tür und kurz wollte ich schon wieder losrennen, aber Valentin hielt mich fest.

Als Lena die Tür öffnete, sah sie mich an und lächelte. »Willst du reinkommen?«

Ich nickte, warf noch einen letzten Blick zu Valentin, der mir aufmunternd zuzwinkerte, und betrat ihr Zimmer. Es war groß und gemütlich eingerichtet.

»Setz dich doch.« Mir schien, dass ich nicht die Einzige war, die nervös war. Wir setzten uns in die zwei Sessel, die in der Mitte des Raumes standen. »Der Ausbruch gerade war ein wenig übertrieben. Tut mir leid«, sagte sie.

Ich zuckte nur mit den Schultern. »Das mach ich auch so, wenn mich etwas aufregt. Es ist irgendwie leichter. Und man sagt nichts, was man im Nachhinein bereuen könnte.«

Erleichtert sah sie mich an. »Ich denke, du wirst einige Fragen an mich haben, oder?«

Langsam nickte ich, die Situation fühlte sich komisch an. Man war sich so fremd, aber doch war man miteinander verbunden. »Ja, ich denke, die habe ich. Warum hast du mich damals abgegeben?«

Traurig blickte mich meine Mutter an. »Das ist nicht so einfach. Zu dem Zeitpunkt waren die Kinder der Hati extrem aggressiv. Als würden sie merken, dass jemand Besonderes geboren wurde. Sie griffen immer öfter an und entführten mich sogar. Eric hatte Angst um das Rudel. Ich hatte aber nur dich im Kopf. Ich wollte dich behalten. Wollte, dass du eine echte Kindheit erfährst, dass du glücklich bist und weißt, wer du bist. Aber Eric hatte in einem Punkt recht. Wenn ich dich behalten hätte, würden wir wahrscheinlich immer noch gegen die Hatis kämpfen und du wärst in einem Käfig aufgewachsen. Denn sie sehen in dir eine Möglichkeit auf Erlösung. Sie finden ihre Gefährten seltener als wir. Wahrscheinlich war die Aufhebung des Fluches durch Odin doch ein wenig besser, aber das ist nun unwichtig. Sie hätten dich entführt. Und du hast starkes Blut in dir. Es ist kaum verwässert, das hätten sie ausnutzen können, um sich fortzupflanzen, und der Stärkste hätte dich zur Gefährtin machen können. Sie sind abscheuliche Wesen. Deswegen habe ich dich weggegeben. Und deinen Wolf bannen lassen.«

Ich wurde hellhörig. »Du hast was mit meinem Wolf gemacht?«

Verzweifelt sah sie mich an. »Ich habe ihn von einer Hexe bannen lassen. Damit die Hatis deinen Duft nicht aufspüren können. Ich habe dich so in Sicherheit geglaubt.

Es ist keine Entschuldigung, ich weiß. Aber es war für mich, als würde ich dich schützen. Es tut mir leid.« Betreten schaute Lena auf den Fußboden.

Ich verstand meine Mutter. Die Kinder der Hati hätten mich niemals bei einem Menschen vermutet und solange sie mir nicht ins Gesicht blickten, war alles gut. »Ich verstehe dich, irgendwie. Wahrscheinlich hätte ich nicht anders gehandelt. Aber anscheinend lässt dieser Bann nach. Ich merke die Wölfin in mir. Sie ist irgendwie immer noch am Schlummern, aber schon näher an der Oberfläche.«

»Was?« Ruckartig schaute sie zu mir auf. »Der Bann löst sich auf? Das kann nicht sein, es sei denn …« Ein Funke stahl sich in ihre Augen. »Hast du deinen Gefährten gefunden?«

»Nicht, dass ich wüsste, außer dass sich Valentin und Finn dafür halten.«

»Darf ich dich auch etwas fragen?«, ihre Stimme klang unsicher und sie spielte nervös an ihren Fingern.

»Ja«, meinte ich, überrascht über ihre Frage.

»Wie war das Leben bei deinem Vater?«

Ich wusste, die Wahrheit würde ihr nicht gefallen. »Nun ja. Am Anfang, bis zu meiner Einschulung, war alles super. Er hatte Zeit für mich und im Nachhinein betrachtet hat er mich wohl auf Händen getragen. Aber irgendwas hat sich plötzlich verändert. Er war nicht mehr derselbe. Wir haben uns kaum noch gesehen, er stellte eine Haushaltshilfe ein, die immer mehr zu meiner Familie wurde, weil sonst keiner da war. Er vergaß all meine Geburtstage. Und heiratete eine Frau, die einfach … kalt ist. Weder Henrietta, das war die Haushaltshilfe, noch ich mochten sie. Ich hatte bloß eine Freundin, Susan, aber wirklich viel gemeinsam hatte ich auch mit ihr nicht. Ich habe mich einfach drangehängt. Erst einen Tag nach meinem Geburtstag ist ihm eingefallen, dass ich achtzehn geworden bin. Und da hat er mir auch das erste Mal von dir und ihm erzählt. Während er mich zum Internat brachte. Er meinte, dass er und seine Frau Zeit für sich bräuchten, um einander wiederzufinden.« Ein Schnaufen entfloh mir. »Das war aber Bullshit. Die Ehe besteht doch nur, weil es gerade so günstig ist. Liebe ist da nicht im Spiel. Was mein Vater auch selber zugegeben hat. Er meinte, er liebt dich immer noch.«

Meine Mutter sah mich mit großen Augen. »Immer noch? Das ist doch schon so lange her!«

Ich zuckte mit den Schultern, was sollte ich darauf auch noch großartig sagen? Nach diesem Thema verebbte unser Gesprächsfluss. Wir beide hingen unseren Gedanken nach und überlegten, was das Gesprochene zu bedeuten hatte. Konnten wir wirklich eine richtige Familie werden? Vielleicht sogar mit Sascha, Isabelle und Eric?

»Weißt du eigentlich, dass ich riesig froh bin, dich endlich kennengelernt zu haben?«, fragte meine Mutter mich nach einer Weile.

Überrascht sah ich zu ihr auf, ein Lächeln schlich sich auf mein Gesicht und ich nickte. »Ja Ich bin auch froh. Auch wenn ich auf meinen Onkel hätte verzichten können.« Lena lachte und nahm mich in die Arme. Dann ging ich zu meinen neuen Freunden hinunter.

Kapitel 12

Die Fahrt zurück ins Internat verlief ruhig, obwohl ich diesmal wach war – zumindest noch.

Nachdem ich aus dem Zimmer meiner Mutter gekommen war, standen meine Freunde schon am Auto, startklar. Eric, Isabelle und Sascha waren auch dabei und verabschiedeten sich von mir. Sascha und Isabelle umarmten mich stürmisch und drückten mich fest an sich, während Eric mir kühl die Hand reichte. Anscheinend war ich nicht die Einzige, die unsere erste Begegnung nicht gelungen fand. Ich saß neben Valentin auf der Rückbank, Alison saß auf dem Beifahrersitz und Leon fuhr uns zurück.

»Und, wie war es, deine Mutter zu treffen?«, fragte Valentin mich.

Ich sah ihn zunächst schweigend an und überlegte. »Eigentlich nicht so schlimm. Ich verstehe ihre Sicht der Dinge und wieso sie mich abgegeben hat. Aber jetzt erklärt mir mal bitte, wieso ich nicht im Internat bleiben konnte?«

»Wir wollten nicht, dass du alleine da bleibst. Aus mehreren Gründen«, meinte Valentin und sah mich bedrückt an.

Ich stutze. »Ich bin ein großes Mädchen, ich kann auch ein paar Tage alleine bleiben.«

»Aber du wärst mit Finn alleine gewesen und wir wissen noch nicht, was er vorhat.«

Skeptisch sah ich zu Valentin auf. Es war lieb, dass sie so auf mich achten wollten. Trotzdem fühlte ich mich sehr bevormundet von ihnen und wusste nicht, ob mir das gefiel. Ich gab ein »Hm« von mir und kuschelte mich während der Fahrt an Valentin.

»Dornröschen, aufwachen. Wir sind wieder im Internat.«

Ich gähnte und streckte mich. »Schon?« Alle lachten mich aus, ich grummelte und stakste im Halbschlaf in mein Zimmer, fiel ins Bett und schlief dort weiter.

Am nächsten Morgen wurde ich von einem lauten Klopfen an der Tür geweckt. »Emilia! Wach auf, wir haben etwas vor!« Ich grummelte und versuchte einfach weiter zu schlafen, warum war ich bloß so müde?

»EMILIA!«

Ich zuckte zusammen, neben meinem Bett stand jemand und hatte mir gerade ins Ohr gebrüllt. Langsam hob ich den Kopf und sah in Alisons Gesicht, sie sah mich etwas besorgt an. »Kommst du immer so schwer aus dem Bett?«

Ich schüttelte den Kopf, ich war sonst eigentlich immer jemand, der schnell aufstand, egal ob der Wecker oder mein Schlafrhythmus mich weckten. Jetzt grinste sie mich an, Während ich verschlafen zurück blinzelte.

»Dein Wolf schlummert nicht mehr so tief wie sonst und jetzt will er an die Oberfläche, dadurch wird deine menschliche Seite müder. Aber das legt sich wieder. Du wirst sehen, bald verhältst du dich auch bei anderen Sachen anders. Seit sich vorgestern deine Augen verändert haben, schläft deine Wölfin nicht mehr. Vielleicht sollten wir dich noch mal in die Ecke drängen, dann verwandelst du dich bestimmt eher«, meinte Alison amüsiert.

Ich knurrte. »Wagt euch das lieber nicht, sonst habe ich demnächst Wolfsfell vor meinem Bett liegen«, knurrte ich und war von ihrer Idee nicht sehr begeistert.

Alison lachte und schmiss mich aus dem Bett. Ich grunzte bei der Landung, das war unschön. Langsam rappelte ich mich auf und schlurfte ins Bad, um eine kalte Dusche zu nehmen. Vielleicht weckte mich diese.

Zunächst wusch ich mich auf einer angenehmen Temperatur, doch ich hatte richtig Mühe, wach zu bleiben. Böse starrte ich den Temperaturregler an und drehte mit einem Ruck auf kalt. Als plötzlich eiskaltes Wasser aus dem Duschkopf kam, quietschte ich auf und merkte, wie ich wach wurde. Schnell drehte ich es ab. Schwer atmend und bibbernd stand ich noch kurz in der Duschkabine, wenigstens hatte es geholfen.

Meine Augen gingen ganz auf und mein Kopf war wieder klar. Wenn Alison sagte, dass das alles dafür sprach, dass meine Wölfin zum Vorschein kam, was hatte es dann mit dem Bann meiner Mutter auf sich? Abgetrocknet ging ich wieder ins Zimmer und zog mich an.

Alison hatte mich die ganze Zeit schweigend beobachtet. »Können wir jetzt endlich frühstücken?«

Ich sah auf die Uhr auf meinem Nachttisch und stellte fest, dass es schon zehn Uhr war. »Gibt es nicht nur Frühstück bis neun?«

Alison schüttelte den Kopf. »Heute ist Samstag, da fängt es erst um zehn an. Also hopp!«

»Hetz mich nicht so«, grummelte ich und folgte ihr durch das Internat.

In der Mensa angelangt trafen wir den Rest der Bande, bis auf Peter, der leider immer noch Probleme zu lösen hatte.

Wir setzten uns an unserem Tisch und Alison fing direkt an zu erzählen, dass ich heute Morgen so schlecht aus dem Bett gekommen war – von da an wurde jede meiner Bewegungen verfolgt. Genervt verdrehte ich die Augen und aß mein Brot.

Als ich gerade nach der nächsten Scheibe greifen wollte, war der Teller leer. Verdutzt starrte ich auf meinen Teller. Hatte ich etwa schon alles aufgegessen? Normalerweise war ich nach einem Brot schon satt, aber mein Sättigungsgefühl hatte heute nicht einmal ansatzweise eingesetzt.

Ich runzelte die Stirn, als sich eine Hand in mein Blickfeld schob und noch zehn Scheiben Brot und Wurst auf meinen Teller legte. Ich schaute auf und alle grinsten mich so fröhlich an, wie man es machte, wenn es wirklich gute Neuigkeiten gab.

»Lasst mich raten, noch ein Zeichen, dass ich mich demnächst verwandle?« Alle nickten begeistert, ich seufzte und aß schweigend weiter, während mich alle anderen beobachteten. Dass meine Mutter meine Wölfin gebannt hatte, verriet ich nicht, auch nicht, dass mein Gefährte der Grund dafür war, dass der Bann aufgehoben wurde. Das Schweigen am Tisch machte mich tierisch nervös. »Was haben wir denn heute vor?«

Valentin rutschte auf seinem Teil der Bank unruhig hin und her, Leon grinste und Alison sah mich schadenfroh an.

»Nun ja, Valentin hat deiner Mutter gegenüber vielleicht den Kampf im Freibad bemerkt und gesagt, dass du keinerlei kämpferische Ausbildung hast. Und das sollen wir nun ändern. Deswegen haben wir uns den Schlüssel der Sporthalle ausgeliehen und bringen dir den Nahkampf bei.«

Ich sah ihn unschlüssig an. »Das ist ein Scherz, oder?«

Alle schüttelten gleichzeitig den Kopf. Ich seufzte, aber gab mich ohne Widerworte geschlagen, sie hatten irgendwo recht. Wenn wieder so etwas passierte wie im Freibad, musste ich wirklich besser ausgebildet sein, ich wollte nicht von den anderen abhängig sein. Nach dem Essen machten wir uns direkt zur Sporthalle auf, doch ich stoppte. »Sollte ich nicht irgendwie Sportsachen anziehen?«

Wieder fingen alle gleichzeitig an zu lachen – jetzt im Ernst, warum immer gleichzeitig?

»Meinst du, wenn dich einer von den Jägern angreift, lässt er dich erst nach Hause, damit du dich umziehen kannst?«

Ich grummelte und lief ihnen wieder hinterher, meinen Blick auf den Boden gerichtet.

Plötzlich stieß ich gegen Valentins Rücken. »He –« Als ich aufsah, verstand ich, warum Valentin stehen geblieben war.

Mit verschränkten Armen, an die Turnhallenwand gelehnt, stand Finn vor uns. »Ihr wollt ihr Kampftechniken beibringen? Da bin ich mit von der Partie.«

Valentin knurrte und baute sich vor seinem Bruder auf. »Ich denke nicht, dass das eine gute Idee ist.«

Mit einem sarkastischen Grinsen lehnte sich dieser jedoch vor, sodass sich ihre Nasen fast berührten. »Ich denke doch. Immerhin habe ich einen Beruf, in dem man sich selbst verteidigen muss. Und das muss sie lernen. Nicht, wie sie jemanden umbringt. Das später auch, ja. Aber zunächst sollte sie wissen, wie sie jemanden ausknockt, um dann zu rennen.«

Eine Weile standen sie sich mit grimmigem Blick gegenüber. Doch dann nickte Valentin widerstrebend. Finn stieß sich von der Wand ab. »Ist das nicht wunderschön, jetzt wird alles wie früher«, sagte er sarkastisch.

Beim Klang seiner Stimme stellten sich mir die Nackenhärchen auf. Dies konnte nicht derselbe Mensch, okay, eher Wolf, sein, der mir an meinem Geburtstag einen Cupcake mitgebracht hatte. Finn ließ sich zurückfallen, damit er auf meiner Höhe war, dann legte er mir seinen Arm um die Schultern. »Ist das nicht schön?«, fragte er süffisant.

Ich schüttelte seinen Arm ab und sah zu ihm hoch. »Was ist bloß passiert, dass du auf einmal so ein Arsch bist? Ich habe dir nichts getan, und, soweit ich weiß, die anderen auch nicht. Du bist abgehauen, nachdem Valentin dich angegriffen hatte, wegen seiner Verwandlung, aber meinst du nicht, so etwas kann man verzeihen?«

Er schnaufte, was ich wohl als ›Nein‹ interpretieren konnte. Schweigend liefen wir nebeneinander her.

Ich wusste nicht warum, aber bevor ich die anderen kennengelernt hatte, generell als ich noch zu Hause lebte, war er netter gewesen. Freundlicher … einfach wärmer. Jetzt, wo ich neben ihm herlief, war er eiskalt. Ich erkannte ihn nicht wieder.

In der Sporthalle stellten sich die anderen vor mich. »Der Herr hat leider recht damit, dass du gut weglaufen können musst. Lauf, bis du nicht mehr kannst.«

Ich schaute Valentin zweifelnd an, lief aber los. Sie hatten recht, ich konnte mich nicht immer hinter ihnen verstecken, wenn ich wirklich ein Werwolf war. Gut, dass ich schon immer eine passable Läuferin war, obwohl ich nie trainiert hatte. Runde um Runde lief ich in einem angenehmen Trott.

Nach der gefühlt hundertsten Runde pfiff Valentin in eine Pfeife und ich trottete auf die Gruppe zu. Als ich ankam, war ich ein wenig außer Atem, aber alles in allem war ich noch fit.

»Okay, wir haben gesehen, du bist gut in Form. Wie sieht es denn mit kämpfen aus?« Er nickte Alison zu, diese stellte sich mir gegenüber auf und ich sah fragend zu Valentin, er nickte mir zu. Als Alison sich breitbeinig vor mich stellte, tat ich es ihr gleich. Überrascht merkte ich, dass ich so einen viel sicheren Stand hatte. Alison lächelte mich siegessicher an, ich grummelte. Plötzlich spannten sich ihre Muskeln an und sie sprang auf mich zu. Ohne zu wissen, was ich tat, drehte ich mich weg. Sie landete hinter mir, drehte sich um und ein ironisches, wölfisches Lächeln trat auf ihre Lippen. »Gut ausgewichen.«

Ein Gefühl der Überlegenheit machte sich in mir breit und ich lächelte, behielt sie aber weiter im Blick. Ich hatte noch nie gekämpft, folgte bloß meinem Instinkt. In mir erwachte etwas, während ich Alison im Ring gegenüberstand.

Ihre Augen fingen an zu glühen. Eigentlich hatte sie hellbraune Augen, doch plötzlich sah es so aus, als würden hinter ihnen Taschenlampen aufleuchten. Jetzt sahen sie aus wie Bernstein. Ich legte den Kopf schief, war das eine automatische Reaktion darauf, dass sie in einen Kampf verwickelt war, oder setzte sie das Leuchten ein, um mich abzulenken?

Es irritierte mich tatsächlich, sodass Alison mich mit ihrem nächsten Sprung überraschte und ich nicht rechtzeitig ausweichen konnte. Sie rammte gegen mich und gemeinsam fielen wir zu Boden. Wir rollten über den harten Hallenboden, doch sie behielt die Obermacht. Sie setzte sich mit gespreizten Beinen auf meine Hüften und hielt meine Arme in ihrem festen Griff. Ich knurrte sie an, in mir drückte sich etwas nach außen, kämpfte darum, an die Oberfläche kommen zu dürfen. Ich versuchte mich gegen Alison aufzulehnen und gleichzeitig gegen dieses Etwas, doch es gelang mir nicht. Mit einem Ruck merkte ich, wie durch meinen Körper mehr Adrenalin gepumpt wurde. Mein Herz schlug schneller, mein Blick wurde schärfer, neue Kraft floss durch meine Adern und ich konnte Alisons Arme mit Leichtigkeit hoch drücken und mich aufsetzen.

Sie sah mich schockiert an, doch ich grinste nur und stieß ihr mit meiner Stirn ins Gesicht. Das Knacken ihrer Knochen hallte laut in meinen Ohren wider und rief mich wieder zur Besinnung. Alison hielt ihre Hände vor die Nase und stieg eilig von mir herunter. »Em! Scheiße, tut das weh!«, fluchte sie.

Ich war wie versteinert, was war nur mit mir los gewesen? Wieso brach ich einer Freundin die Knochen? Sie ging hinüber zu Leon und zeigte ihm ihre Nase. Er strich darüber, um den Bruch zu erfühlen, dann richtete er ihn mit einem Knacken wieder. Mein Magen zog sich zusammen und ich musste nach draußen spurten. Dort aß ich mein Frühstück rückwärts. Es gab eindeutig Schöneres.

Schritte näherten sich mir und eine warme Hand legte sich auf meinen Rücken. »Das hast du gut gemacht da drin.«

Ich sah zu Finn auf. »Nein, das denke ich nicht! Ich habe einer Freundin die Nase gebrochen!«

»Bei einem Übungskampf unter Werwölfen passiert das

manchmal. Ich habe da schon Schlimmeres gesehen.«

Ich schnaufte. »Das macht mir nicht gerade Mut.« Über die Schulter sah ich zu Finn hoch. Die Sonne stand direkt hinter ihm, sodass das Licht einen Kranz um seinen Kopf bildete. Er sah aus wie Jesus und ich musste mir ein Lachen verkneifen, ein schelmisches Grinsen schlich sich dennoch auf meine Lippen.

»Warum grinst du jetzt so?«, hakte er nach.

Ich zuckte mit den Schultern und richtete mich wieder auf. »Nicht so wichtig. Trotzdem fand ich das nicht okay, was ich mit Alison gemacht habe, dieses Knacken …« Mir lief ein kalter Schauer über den Rücken, als ich an das Geräusch zurückdachte.

Finn schüttelte genervt den Kopf. »Als ich das erste Mal, ich glaube, wir waren gerade zehn, mit Valentin geübt hatte, habe ich ihm den Kiefer gebrochen und er hat mir eine Gehirnerschütterung verpasst. Also ist diese kleine gebrochene Nase nichts, worüber du dir Gedanken machen müsstest. Verstanden?«

Erstaunt sah ich ihn an. Ja, ich gab zu, das war schlimmer als eine gebrochene Nase. Ich nickte und gemeinsam gingen wir zurück in die Sporthalle, wo die anderen drei uns schon erwartungsvoll entgegensahen.

KAPITEL 13

Wieder in der Turnhalle hatten wir das Training fortgesetzt. Ich musste Seile hochklettern, Alisons Schlägen ausweichen oder sie kontern, wobei mir das nicht immer gelang und ich ein paar üble Treffer abbekam. Danach tat mir einfach alles weh.

Zu fünft gingen wir zurück zum Internat. »Und was machen wir heute noch?«, fragte Leon mit einem sadistischen Grinsen.

Ich sah ihn giftig an. »Ich denke, ich werde heiß duschen und mich dann ins Bett schmeißen und nicht mehr bewegen.«

Alison kicherte. »Wie wäre es denn, wenn wir zwei Mädels in die Entspannungslounge gehen?«

Ich wurde hellhörig. »Entspannungslounge?«

Sie nickte, in mein Gesicht wanderte ein Lächeln.

Alison und ich verabredeten uns vor meinem Zimmer, damit wir eben Badeanzüge anziehen konnten, um dann hinunter in den Keller zu gehen. Nur mit Bikini und Handtuch gingen wir hinunter, trafen aber auch niemanden.

»Wow! Das sieht ja toll aus! Wie kommt es, dass es hier unten so etwas gibt?«, murmelte ich staunend. Meine Augen wurden immer größer, als ich all diese wundervolle Pracht in mich aufnahm.

Alison lächelte. »Auf dieses Internat gehen auch Nixen und Phönixe. Die Nixen brauchen das Wasser und die Phönixe die Saunen, sie kommen nämlich aus den Wüstengebieten und brauchen die Hitze, damit sie nicht eingehen. Wenn sie keine

Hitze bekommen, verdorren ihr Körper. Ziemlich komisch, oder?« Ohne auf eine Antwort zu warten, zog sie mich in Richtung der Whirlpools.

Zu zweit genossen wir die Ruhe und die Wärme des sprudelnden Wassers. Meine Muskeln entspannten sich zusehends. Wir waren in einem Kellerraum, der aber oben kleine Fenster hatte, sodass man ein wenig Sonnenlicht hatte, wenn man hier tagsüber schwimmen ging. Die Decken waren mit Mosaiksteinen verziert, die das Logo der Schule bildeten, umrankt von Dschungelpflanzen. Die Wände waren aus verschieden Blautönen zusammengesetzt. In der Mitte lag ein riesiger Pool, der anscheinend sehr tief war. Alison sagte, dass der Pool mit echtem Meerwasser gefüllt war, damit sich die Nixen wohler fühlten. Der Whirlpool lag direkt neben dem Schwimmbecken. Die Bodenfliesen waren aus Sandstein und strahlten eine angenehme Wärme aus.

Als wir schrumpelig wurden, entschieden wir uns, noch ein wenig in die Sauna zu gehen.

Als ich aus der Umkleide kam, saß aber nicht Alison auf der Bank in der Sauna, sondern Finn. Nur mit einem Handtuch bekleidet, genau wie ich. Hitze stieg in meine Wangen, ich wusste, dass mein Gesicht rot wurde. Und das nicht wegen der Wärme.

»Wo ist Alison?«, fragte ich und setzte mich ihm gegenüber, sodass ich ihn im Blick hatte, aber auch nah am Ausgang saß. In seiner Gegenwart fühlte ich mich momentan ziemlich unwohl. Obwohl dieses Gefühl irgendwie zwiegespalten war. Irgendwas hatte er zurzeit an sich, das mich verängstigte.

»Sie ist beschäftigt«, sagte er mit einem anzüglichen Grinsen.

Mich schauderte es. »Du hast ihr nichts angetan, oder?«

Er sah mich mit gespieltem Entsetzen an. »Natürlich nicht. Nein, ich habe ihr nur gesagt, dass ich ein wenig Zeit mit dir verbringen möchte. Und das hat sie respektiert.«

Vorsichtig nickte ich, aber wirklich glauben wollte ich ihm

nicht. »Warum möchtest du mit mir Zeit verbringen?«

»Warum stört es dich auf einmal? Das wolltest du doch vorher auch, als du von dem hier«, er machte eine ausholende Handbewegung, »noch nichts wusstest.«

Ich zuckte mit den Schultern. »Da hast du dich auch anders verhalten.«

Er nickte nachdenklich. »Wir haben uns beide wohl ein wenig verändert, aber ich will dir immer noch helfen, eine Alpha zu werden.«

Ich sah ihn mit hochgezogenen Brauen an. »Dein vorheriges Ziel war es, mich zu beschützen, damit ich niemals mehr einsam sein sollte und nicht mehr traurig. Ich habe dir schon mal gesagt, dass ich auf deine Hilfe verzichte. Ich bin keine Alpha und mache bestimmt niemandem Konkurrenz.«

Er schnaubte bei meiner Aussage, stand auf und kam auf mich zu, mit langsamen, bedrohlichen Schritten. Er beugte sich über mich, sodass unsere Nasen fast aneinanderstießen. »Ich habe dich seitdem ich dich kennengelernt habe beschützt. Das ist dir gar nicht aufgefallen, oder?«

Ich sah ihn stirnrunzelnd an. »Wie meinst du das?«

Er grinste mich arrogant an und plötzlich fing er an zu schimmern, wie Alison, als sie sich verwandelt hatte. Seine Konturen fingen an zu verschwimmen.

Vor mir stand ein grauer Wolf mit grünen Augen, den ich nur geschockt anstarren konnte.

Finn war der Wolf nachts vor unserem Haus. Er hatte mich vor dem Lieferanten … »Du hast mich gerettet!«, keuchte ich.

Finn verwandelte sich zurück, wickelte sich das Handtuch wieder um und lächelte mich an. »Ja. Die Wölfe, die du gesehen hattest, die an uns vorbeigeschlichen sind. Erinnerst du dich?« Ich nickte atemlos. »Das war mein Rudel. Deswegen sind sie einfach an uns vorbeigelaufen. Einen der Männer, die dich entführen wollten, konnten wir sogar schnappen. Und mit ein wenig Druck hat er uns so manches verraten.«

»Was habt ihr herausgefunden?«, fragte ich skeptisch.

Er blickte ernst auf mich hinunter. »Dass dein Vater ein ziemlicher Hurensohn ist.«

»Wie bitte?« Es war okay, wenn ich über meinen Vater herzog. Aber dass Finn sowas sagte, fand ich nicht gut. Besonders, weil er meinen Vater gar nicht kannte.

»Er arbeitet mit den Eisdämonen zusammen. Die sind schon immer hinter uns her, sie wollen alle anderen Wesen zu ihren Sklaven machen. Und dein Vater sammelt uns Wesen ein. Er entführt sie, bringt sie zu den Eisdämonen, die an uns Experimente durchführen. Die uns unseren Willen nehmen sollen, damit wir ihnen bedingungslos gehorchen.«

Mein Hirn versuchte diese Information zu verarbeiten. »Das meinst du ernst, oder?« Ich konnte es nicht fassen. Mein Vater, ein Bösewicht? Er nickte langsam.

Das war echt viel. Ich stöhnte und lehnte mich gegen die erhitzte Wand.

Finn hockte immer noch vor mir. »Geht's?«, fragte er mich. Plötzlich wirkte seine Stimme nicht mehr hart und kalt, sondern wirklich interessiert.

Ich schüttelte den Kopf. »Das ist furchtbar. Wir müssen ihn irgendwie aufhalten«, sage ich und war vollkommen verwirrt über meine eigenen Worte. Ich wollte gegen meinen Vater arbeiten?

Finn nickte und lächelte mich an. »Genau das denke ich auch. Aber ohne dich kann ich ihn nicht aufhalten.«

»Warum brauchst du mich dafür?«, fragte ich skeptisch. Ich ahnte schon, dass mir das nächste nicht gefallen würde. Aber sollte ich einfach zusehen und abwarten, während um mich herum die Familien meiner Freunde verschwanden?

»Weil du die Einzige bist, der er nicht zutrauen würde, dass sie ihn hintergeht.«

»Aber wie soll ich das deiner Meinung nach im Internat machen?«

Er grinste mich an. »Das habe ich mich auch gefragt. Das Beste, was du machen kannst, ist dir sein Vertrauen zu erarbeiten, um ihn dann zu hintergehen.«

»Okay. Das verstehe ich, aber er ist in Spanien. Ich kann ihm nur E-Mails schreiben.«

Finn runzelte die Stirn. »Spanien also … Ich werde ein paar von meinem Rudel nach Spanien schicken, um deinen Vater zu suchen, damit wir ihn beschatten können.«

Ich nickte und plötzlich fiel mir etwas ein. »Du sagtest Eisdämonen? Können sie eine menschliche Hülle haben?«, erkundigte ich mich. Denn wenn jemand eine Eisdämonin sein könnte, dann jemand, der eiskalt war.

»Sie sehen so oder so aus wie normale Menschen, aber sie sind eiskalt, blasse Haut, eiskalte blaue Augen und hellblondes Haar.«

Ich musste hart schlucken. »Mein Vater. Ich glaube, er lebt mit einem Eisdämon zusammen. Deswegen konnte ich ihre Gedanken auch nicht lesen!«

Finn machte große Augen. »Ich muss sofort weg, ich muss das mit meinen Leuten besprechen.« Er gab mir einen kurzen Kuss auf die Lippen, ich war zu überrascht, um etwas dazu zu sagen, und Finn war viel zu schnell weg.

Ich seufzte auf und lehnte mich zurück. Das war wirklich zu viel. Mein Vater sollte Wesen entführen, um diese dann Eisdämonen auszuliefern, die diese Wesen seelisch brechen wollten, um den ultimativen Sklaven zu erhalten. Wir mussten ihn stoppen, aber wie? War mein Vater wirklich so geldbezogen, dass er so was tat? Konnte das alles nicht doch eher ein Missverständnis sein?

Kapitel 14

In dieser Nacht hatte ich trotz des Entspannens am Abend schlecht geschlafen. In meinem Kopf kreiste immer noch der Gedanke, dass mein Vater ein Kidnapper war, der die Wesen dazu verdammte, in Knechtschaft und Folter zu leben. Bei der Vorstellung, was die Wesen aushalten mussten, wurde mir schlecht.

Ich streckte mich und zuckte zusammen, jeder meiner Muskel schmerzte von gestern. *Vielleicht sollte ich den ganzen Sonntag liegen bleiben,* überlegte ich und lächelte bei dem Gedanken, den ganzen Tag zu lesen, zu entspannen und alles zu vergessen, was gerade um mich herum passierte. Ich seufzte, das wäre egoistisch und das war ich nicht. Knurrend und mit schmerzverzerrtem Gesicht stand ich auf. Ich hatte nicht einmal gewusst, dass ich so viele Muskeln besaß!

Nach einer heißen Dusche ging es mir schon ein wenig besser, aber ich humpelte immer noch. *Nie wieder Sport!* So gut es ging zog ich eine gemütliche Hose an und ein weit ausgeschnittenes T-Shirt.

Danach sah ich auf mein Handy. Eine SMS von meinem Vater. Ich runzelte die Stirn, er hatte mir noch nie eine SMS geschickt.

Hallo, meine Kleine,

ich hoffe, dir gefällt es nun im Internat und du hast dich gut eingelebt.

Alice hat mich verlassen … Ich werde in Deutschland bleiben. Aber du solltest trotzdem das Internat weiterhin besuchen. Dort ist es sicherer.

LG, Emil

Ich stutze. Das war merkwürdig, aber ich vergaß nicht, was er anderen Wesen antat und schrieb Finn.

Hey Finn,

mein Vater hat mir gerade eine SMS geschrieben (er schreibt mir sonst nie SMS). Er fährt nicht mehr nach Spanien, sondern bleibt hier in Deutschland in unserem Haus.

Ich schüttelte mich, komisch alles. Mein Handy vibrierte.

Morgen Sonnenschein,

geht klar. Sage meinem Team Bescheid. Sag du Valentin und seinem Rudel nichts!

Warum sollte ich ihnen nichts sagen? Sie waren meine Freunde. Und irgendwo hatten sie doch auch das Recht zu erfahren, was mit ihrem Rudel geschah, oder etwa nicht?

Es klopfte an meiner Tür und Leon trat ein. »Morgen! Und, wie geht es dir?«

Ich versuchte ihn anzugrinsen, aber ich merkte, wie mir dieses Grinsen entglitt. »Na ja, mir tun Stellen weh, von denen ich dachte, dort hätte man keine Muskeln. Sag mal, hast du Alison heute schon gesehen?«, fragte ich.

Leon sah mich fragend an. »Nein, wieso?«

»Wir waren gestern unten in diesem Spa und plötzlich war sie weg. Statt ihr saß mir dann Finn gegenüber. Aber ich glaube nicht, dass sie mich freiwillig mit ihm alleine gelassen hätte.«

Leon nickte nachdenklich und winkte mich hinter sich her. Gemeinsam liefen wir den Gang hinunter zu Alisons Zimmer.

Er klopfte an ihre Tür, aber auf der anderen Seite war nichts zu hören. Er zog die Stirn kraus, als er die Tür öffnen wollte, doch sie war abgeschlossen. Nun hämmerte er dagegen. »Alison?! Bist du da?« Wieder nichts. Ich wurde unruhig, was hatte Finn mit

Alison gemacht? Meine Handflächen fingen an zu schwitzen. Hatte er mich angelogen, hatte er ihr etwas angetan?

»Leon, ich geh' unten gucken. Da habe ich sie zuletzt gesehen!« Bevor er eine Antwort geben konnte, rannte ich schon los. Unterwegs lief ich Valentin in die Arme. Er sah mich kritisch an, doch ich beachtete ihn nicht weiter und lief schnurstracks an ihm vorbei in Richtung Spa. Ich hörte Schritte hinter mir, ignorierte sie aber.

Unten im Keller angekommen sah ich mich um, aber fand Alison nirgends.

»Was ist hier denn los?«, fragte Valentin hinter mir, als er mich einholte.

»Gestern Abend, nach dem Training, war ich mit Alison hier. Und als wir in die Sauna gehen wollten, war sie nicht mehr da. Stattdessen saß mir ein halb nackter Finn gegenüber. Er sagte mir, dass er ihr nichts angetan hätte, aber ich glaube nicht, dass Alison mich ohne Widerstand mit ihm alleine gelassen hätte. Jetzt ist sie nicht auf ihrem Zimmer und ich mache mir Sorgen.«

Valentin nickte. »Dreh dich wieder um.«

Ich rollte genervt die Augen. »Warum willst du dich denn unbedingt jetzt in einen Wolf verwandeln?«

Er sah mich verständnislos an. »Vielleicht wegen der besseren Nase und so? Nimm gleich meine Anziehsachen mit, ich versuche Alison zu wittern. Vielleicht kannst du irgendwelche Gedanken hören?« Ich nickte und drehte mich um, schloss die Augen und ließ meine innere Kuppel sinken.

Ich hörte … nichts.

»*Und, hörst du irgendwas?*«, fragte Valentin mich in seiner Wolfsgestalt. Kopfschüttelnd drehte ich mich zu ihm. Nebeneinander suchten wir auf unsere Weise nach Alison.

»*Riechst du irgendwas?*«, fragte ich ihn. »*Ich höre sie nicht. Aber ich kann sie in ihrer menschlichen Gestalt auch nicht hören.*«

»*Nein, ich rieche nichts. Nicht die kleinste Spur, als wäre sie nie hier gewesen.«*

»*Aber wir waren gestern noch hier*«, meinte ich skeptisch.

Schweigend gingen wir weiter. Wir durchsuchten das ganze Internat, aber nirgendwo eine Spur von ihr.

Als wir wieder vor ihrem Zimmer standen, war Leon schon drinnen und durchsuchte alles. »Ich habe nichts gefunden. Sie ist wie vom Erdboden verschluckt, nur ihre Sachen sind noch hier.«

Ich knurrte. »Das muss Finn gewesen sein.« Ich zog mein Handy aus der Hosentasche und rief ihn an.

Nach dem zweiten Klingeln hob er ab. »Was gibt es?«

Ich knurrte noch lauter. »Was hast du mit Alison gemacht?!«

»Em? Ich habe gar nichts mit Alison gemacht, sie ist wirklich freiwillig gegangen. Ich habe ihr geschworen, dass ich dir nichts zuleide tue. Danach habe ich sie nicht mehr gesehen, wirklich nicht.«

Valentin nahm mir in seiner menschlichen Form seine Anziehsachen ab.

»Und warum ist sie ausgerechnet jetzt wie vom Erdboden verschluckt? Nachdem du als Letzter mit ihr geredet hast? Was hast du zu ihr gesagt? Und was hat sie daraufhin gemacht?«, stellte ich ihn zur Rede.

»Whoa, krieg dich ein. Ich habe sie, als sie zur Sauna gehen wollte, abgefangen und ihr gesagt, dass ich mit dir reden muss, dass ich dir aber nichts tun würde. Weder psychisch noch physisch. Danach ging sie wieder in die Umkleide und ich ging in die Sauna, wo ich dann auf dich gewartet habe. Ich habe sie danach wirklich nicht mehr gesehen oder angefasst.«

»Und was ist mit einem deiner Leute? Kannst du das von ihnen auch sagen?«

Er seufzte. »Ja, kann ich. Meine Leute waren nicht im Internat, sondern alle meilenweit entfernt und haben im Wald gewartet.«

Ich knurrte, aber ich glaubte ihm. Er hatte nicht diesen neuen eiskalten Tonfall, sondern klang wieder wie der alte Finn. Ich legte ohne eine Verabschiedung auf und sah von Valentin zu Leon. »Was wollen wir jetzt machen? Ich kann sie weder hören noch empfangen. Und ihr könnt sie nicht wittern.«

Sie sahen fragend in die Runde, scheinbar wussten sie auch nicht, was wir noch machen konnten.

»Ich rufe Eric an … Vielleicht weiß er noch was und ihr seht euch draußen noch mal um, ja?«, schlug Valentin vor. Leon und ich sahen uns an und nickten. Leon fing an sich auszuziehen und ich ging vor die Tür. Dass ich nun Valentin nackt gesehen hatte, reichte meinem Hormonhaushalt. Als ich an seine Muskeln dachte, überlief mich ein wohliger Schauer, ich schüttelte mich. Falsche Zeit für solche Gedanken.

Als Leon in seiner Wolfsgestalt herauskam, sah er mich fragend an. *»Können wir los?«*

Ich nickte und wir trotteten nach draußen. »Wir sollten uns am besten aufteilen. Ich weiß zwar nicht, wie weit mein«, ich deutete auf meinen Kopf, »Radius ist. Aber wir können es ja ausprobieren, okay?«

»Okay. Du joggst im Uhrzeigersinn um das Internat und ich in der entgegengesetzten Richtung. Bleib einfach bei der Waldgrenze.«

Ich nickte und wir gingen los. Als ich an meinem Ziel angekommen war, konzentrierte ich meine Gedanken auf Leon. *»Hörst du mich noch?«*, fragte ich und war ein bisschen Nervös.

Seine Antwort kam direkt. *»Klar und deutlich.«*

Erleichterung kam in mir auf, und ein wenig bewunderte ich nun doch diesen Fluch. Leon musste meilenweit weg von mir sein und ich konnte ihn immer noch hören, sogar fühlen. Ich schickte ihm ein Lächeln und trottete weiter.

Dadurch, dass ich Leon immer noch fühlen konnte, müsste ich Alison, wenn sie in ihrer Tiergestalt war, auch empfangen können, wenn ich mich nur etwas konzentrierte.

Meine Gedanken stellte ich mir als Sucharme vor, die sich über das weite Gelände des Internats erstreckten. Ich hörte oder fühlte nichts. Bei der Hälfte trafen Leon und ich uns.

»*Hast du irgendetwas gespürt?*«, erkundigte er sich.

Ich schüttelte deprimiert den Kopf, er seufzte und unsere Wege trennten sich wieder.

Ich vertiefte mich vollkommen in meine Suche nach Alison. Meine ›Gedankenarme‹ griffen weiter nach außen und versuchten etwas von ihr zu empfangen, aber ich ertastete nichts.

Ich blieb stehen und fühlte in mich hinein, irgendetwas musste ich doch machen können. Ich atmete tief ein und lauschte in den Wald, konzentrierte mich auf das Leben darin.

Meine Arme griffen nach jedem Lebewesen, das ich spüren konnte. Meine Gabe überraschte mich, denn ich konnte nicht nur Menschen spüren, sondern auch die ganze Natur um mich herum. Eine Eule hockte über mir in ihrer Baumhöhle und hielt ein Nickerchen, eine Maus verkroch sich gerade eine Meile von mir entfernt in ihrem Loch, ein Falke suchte die Gegend nach etwas Fressbarem ab. Die ganze Natur um mich herum brach auf mich ein, ich nahm jeden Baum, jeden Grashalm, jede Blume um mich herum war. Ich spürte, dass der Wolf in mir stärker an die Oberfläche drängte. Jetzt war ich froh, dass meine Mutter diesen anscheinend gebannt hatte und er so nicht rauskonnte. Es war noch nicht die Zeit dafür. Alison brauchte uns.

Plötzlich merkte ich, dass etwas die Idylle störte. Da war eine Präsenz, in deren Nähe sich die Bäume und anderen Pflanzen unwohl fühlten. Die Stelle war nicht weit weg, vielleicht 15 Minuten Fußmarsch tiefer in den Wald.

Ich sah in die Richtung, in der ich Leon vermutete. »*Ich glaube, ich habe etwas. Dafür muss ich aber tiefer in den Wald*«, teilte ich ihm mit und begann schon, auf diesen Fleck zuzulaufen.

»*Em, warte bitte auf mich, du kannst da nicht alleine hin!*«, hörte ich Leons Stimme, doch ignoriere ich ihn. Ich würde sicherlich keine kostbare Zeit verschwenden und auf ihn warten. Immer tiefer stapfte ich in den Wald. Meine Gedanken ließ ich ausgestreckt, damit ich jede Veränderung der Natur bemerkte. Selbst auf mich reagierte sie. Sie wurde neugierig auf mich, fragte sich, was ich hier zu suchen hatte. Ich lief das erste Mal in meinem Leben wirklich mit geöffneten Augen durch die Natur, spürte sie zum ersten Mal wirklich. Sie akzeptierte mich und nahm mich auf. Ich fühlte mich in ihren Armen geborgen, fühlte mich trunken durch ihre Anwesenheit. Doch ich näherte mich der Stelle, welche sie abstieß. Hier wurde die Natur zorniger, zog sich zurück, versuchte mich zu warnen, mich daran zu hindern, dorthin zu gehen. Die Wölfin in mir sträubte sich, sie fletschte die Lefzen und zeigte die Zähne, auch sie wollte nicht hierher. Sie überraschte mich, dass sie sich auf einmal so deutlich mitteilte. Aber was, wenn Alison hier irgendwo war? Ich musste ihr helfen.

Schließlich stand ich im Zentrum dieser Präsenz, sah aber nichts. Ich runzelte die Stirn, hier muss doch etwas sein! Plötzlich legte sich ein großer Schatten über mich und etwas fiel von oben auf mich herab. Ein sehr schweres Gewicht drückte meinen Körper zu Boden und hielt mich fest.

»Du hast die Grenzen überschritten!« Erklang eine bedrohliche Stimme von oben.

Ich grunzte, denn der Mann, der mich am Boden festhielt, drückte mein Gesicht in die Erde. Mit meinen Gedanken versuchte ich nach ihm zu greifen, aber außer diesem störenden Gefühl war da nichts. Als würde die Person nicht existieren. Er lockerte seinen Griff um meinen Nacken, sodass ich wieder richtig Luft bekam, ohne den Boden mit einatmen zu müssen.

»Warum hast du die Grenze überschritten?«, erkundigte er sich.

Ich knurrte. »Was für eine verdammte Grenze? Ich weiß

nichts über eine doofe Grenze. Seit 1989 ist Deutschland ein freies Land!«

Ich hörte ein unterdrücktes Glucksen. »Du stehst jetzt mit mir auf. Aber langsam, ist das klar?«, befahl er.

Ich nickte widerwillig. Als das Gewicht von meinem Körper verschwand, richtete ich mich langsam auf, wie der Angreifer es wollte, und stellte mich ihm gegenüber.

Ich war sprachlos, mein Kiefer klappte nach unten und ich wollte nicht glauben, was da vor mir stand.

Vor mir stand ein Engel. Er sah mich studierend an sowie ich ihn. Er hatte blondes Haar, strahlend grüne Augen, die tatsächlich hell leuchteten, und ein weiches Gesicht, das sehr jung wirkte. Doch als mein Blick an ihm hinabwanderte, erkannte ich, dass er schon lange kein Junge mehr war. Er trug eine schwarze Lederweste, die seinen Oberkörper kaum verdeckte und all die Narben zeigte, die eine Geschichte erzählen wollten. Seine Beine verdeckte eine lockere, schwarze Stoffhose, wie sie typisch in Arabien waren. Doch das Atemberaubendste waren seine strahlendweißen Flügel. In der Hand hielt er eine schwarze Sense wie der Tod.

Nun sah ich ihm wieder ins Gesicht. »Was zum Teufel bist du?«

Er grinste mich an. »Ich, meine Schöne, bin ein Cherub. Dazu bestimmt, die Welt vor euch Schattenwesen zu beschützen.«

Mit diesen Worten hob er seine Sense und bevor ich reagieren konnte, schlug er mir den Stil mit solcher Kraft an den Kopf, dass es um mich herum schwarz wurde.

Kapitel 15

Als ich das Dunkel um mich herum verließ, ließ ich meine Augen trotzdem geschlossen. Mein Kopf tat tierisch weh!

Plötzlich fiel mir das Geschehene ein und ich setzte mich ruckartig auf. Ein stechender Schmerz bohrte sich in meinen Kopf. »Wo ist das Hühnchen?«, knurrte ich und wollte, trotz der Schmerzen, aufstehen.

Valentin sah mich grinsend an. »Du meinst den Cherub? O Mann … Dir muss ich noch ganz viel zeigen.«

Ich knurrte ihn an. »Was soll das denn nun wieder heißen?« Er saß neben mir auf meinem Bett. Ich war wieder in meinem Zimmer, wusste aber nicht, wie ich hierhergekommen war.

»Ein Cherub ist ein Wächter-Engel. Was Engel sind, weißt du? Christopher ist dazu abgestellt worden, das Internat zu schützen. Niemand soll hier hereinkommen, der hier nicht hingehört. Seine Aufgabe ist es aber auch, dafür zu sorgen, dass niemand von hier verschwindet.«

In meinem Kopf ratterte es. »Wie konnten wir denn dann zum Freibad gehen? Und Moment, heißt das nicht, dass er eigentlich wissen müsste, wer auf das Internatsgelände kommt und wieder geht?«

Seine Augen leuchteten kurz auf. »Warum bin ich da nicht eher draufgekommen?!« Er gab mir einen schnellen Kuss. »Ich bin gleich wieder da! Leon, pass du auf, dass sie nicht wieder irgendwas Dummes macht.«

Ich runzelte die Stirn, *wieder*? Das fand ich übertrieben. Leon, der in einer Ecke meines Zimmers stand, kam aus dem Schatten getreten und setzte sich auf einen Stuhl neben meinem Bett. Als Valentin weg war, sah Leon mich strafend an. »Ich habe doch gesagt, du darfst dort nicht alleine hin.«

Ich sah ihn abschätzig an. »Woher sollte ich denn wissen, dass dort ein tollwütiges Hühnchen herumfliegt, das einen direkt mit einer Sense niederschlägt?«

Leon gluckste. »Der Cherub hat dich nur mit dem Stiel verhauen.«

Ich grunzte. »Toll, von einem Huhn verhauen.«

Ich fasste mir an den Kopf und bemerkte eine große Beule, direkt an der Schläfe. Leon nahm meine Haare zur Seite und sah sich die Beule an.

»Wenn du dich schon mal in einen Wolf verwandelt hättest, würde sie schon längst geheilt sein.«

»Ich glaube, als ich im Wald war, war ich verdammt nah dran mich zu verwandeln«, bemerkte ich.

Leon sah mich fragend an. »Wie kommst du darauf?«

»Ich habe die Wölfin in mir gespürt. Sie wollte raus, aber weil ich mir um Alison Sorgen gemacht habe, habe ich sie zurückgedrängt. Aber sie war ganz nah an der Oberfläche.«

»Vielleicht können wir sie noch mal so hervorlocken«, überlegte Leon.

Ich schüttelte den Kopf. »Erst müssen wir Alison finden! Das ist das Wichtigste momentan. Sie kann nicht einfach so weg sein. Wie lange war ich denn weggetreten?«, fragte ich.

»Nur ein paar Stunden, alles gut. Wir haben nur ein Problem: Wir müssen Alison noch heute finden. Wenn wir morgen nicht zum Unterricht erscheinen, lassen sie die Cherubim auf sie los.«

Ich runzelte die Stirn. »Wie meinst du das?«

Er räusperte sich. »In den Augen des Rates sind wir noch minderjährig. Erst mit 21, wenn sich unser Alterungsprozess verlangsamt, sind wir volljährig. Und jede Schattenwesenfraktion hat zugestimmt, seine Minderjährigen auf ein Varg-Internat in ihrer Nähe zu schicken, damit sie lernen, mit den Menschen zu leben und sich anzupassen. Wenn wir nicht hier sind, kommen die Cherubim, jagen uns und wenn sie uns fangen, töten sie uns. Weil man die Menschen vor unkontrollierten Wesen beschützen möchte.«

»Was? Das ist ja grauenvoll! Sie können einen doch nicht einfach töten!«, sagte ich. Der Schock saß mir tief in den Knochen.

»Doch. Schon immer. Wir kennen es nicht anders.« Leon zuckte mit den Schultern.

»Was ist denn, wenn Alison und Peter bis morgen nicht wieder hier sind?«

»Peter ist heute Mittag angekommen. Wenn Alison bis morgen nicht auftaucht, wird Eric sich dafür einsetzen, dass sie zwar gesucht, aber nicht getötet wird. Dass dies als Sonderfall eingestuft wird, weil sie nicht freiwillig abwesend ist. Peter hat schon den ganzen Tag außerhalb der Grenze nach Alison gesucht, aber bis jetzt noch nichts gefunden.« Er seufzte.

Ich wusste, wie er sich fühlte. Diese Unbeholfenheit war fürchterlich, schnürte mir die Luft zum Atmen ab. Ich fühlte mich hilflos und das gefiel mir gar nicht. Besonders, da ich nun die Angst hatte, dass sie vielleicht in die Hände der Eisdämonen gefallen war. Ich wurde wieder hibbelig und wollte weitersuchen.

»Können wir nicht wieder zu zweit weitersuchen? Ich geh auch diesmal nicht alleine zu dem Huhn.«

Leon lachte. »Lass uns zumindest noch auf Valentin warten, okay?«

Ich zog eine Schnute, aber irgendwo hatte er recht. Wir konnten nicht einfach in eigener Regie etwas unternehmen.

»Sag mal, auch wenn ich jetzt vielleicht zu neugierig bin, was ist das eigentlich zwischen dir und Valentin?«

Meine Wangen wurden heiß, wieso wurde ich rot? Es war doch gar nichts passiert! Na gut, fast nichts.

»Ähm … Na ja. Das ist nicht so einfach. Anscheinend bin ich ja eine Gefährtin, laut dem Mal unter meinem Auge.« Ich deutete mit meinem Finger darauf. »Und er sagt, ich bin die Seine. Ich muss zugeben, da ist schon eine bestimmte Anziehung zwischen uns. Aber sich für die Ewigkeit zu binden ist schon ziemlich lang. Und da möchte ich doch einfach hundertprozentig sicher sein, dass es wirklich das Richtige ist. Besonders, da Finn meint, zwischen uns sei auch etwas. Und dann auch noch, dass ich auch ein Werwolf bin, das ist alles momentan ein wenig viel.«

»Das kann ich verstehen«, sagte Leon einsichtig. »Da musst du wohl durch.« Er lächelte mich zaghaft an, ich lächelte zurück. Stumm warteten wir auf die Rückkehr von Valentin.

Endlich kam Valentin rein, mit einem Gesichtsausdruck, der mir nicht gefiel. »Was ist los?«, fragte ich direkt.

Er schüttelte den Kopf. »Christopher hat außer Finn niemanden auf das Gelände kommen und niemanden hinausgehen sehen. Es ist zum Verzweifeln!« Er lehnte sich gegen die Wand und ließ den Kopf hängen. Ich stand auf, ging zu ihm und nahm ihn in den Arm. Leon ging an uns vorbei aus dem Zimmer und schloss die Tür hinter sich. Als Valentin die Tür hörte, die geschlossen wurde, ließ er sich fallen und drückte sich fest an mich.

»Ich weiß nicht mehr, wo ich noch suchen soll«, flüsterte er nach einiger Zeit. »Sie ist Mitglied meines Rudels. Meine Aufgabe ist es, alle meine Leute zu schützen, und ich habe versagt.«

In mir regte sich das schlechte Gewissen. Ich musste ihm sagen, was ich wusste! »Finn hat etwas herausgefunden«, begann ich.

Valentin wurde in meinen Armen steif, er löste sich von mir. »Was?«, fragte er bissig.

Ich sah ihm in die Augen. »Sei nicht böse. Ich weiß es selbst erst seit gestern Abend, okay?« Er nickte grimmig, setzte sich aber auf mein Bett und sah mich erwartungsvoll an. »Also, an meinem 18. Geburtstag war ich feiern, dort habe ich Finn kennengelernt. Aber das weißt du ja schon. Nun ja, die Wölfe, die dort waren, haben mir und Finn geholfen. Das war sein Rudel. Sie konnten einen Mann gefangen nehmen und ein paar Informationen bekommen. Es hat sich herausgestellt, dass mein Vater nicht durch Antiquitäten sein Vermögen verdient, sondern dadurch, dass er Schattenwesen entführt.« Ich machte eine kurze Pause, um Valentins Reaktion zu lesen, der schaute mich aber nur erwartungsvoll an. »Diese liefert er dann an die Eisdämonen aus. Seine Frau ist sehr wahrscheinlich so ein Eisdämon. Ich wollte es dir schon eher sagen, aber Finn meinte, ich solle es lieber lassen. Es tut mir leid.«

Valentin saß mir stumm gegenüber. Ich ging zu ihm und kniete mich vor ihn. »Valentin, ich wollte es dir wirklich sagen. Ich möchte vor dir nichts verbergen. Aber Finn meinte, ich solle euch nichts sagen. Es tut mir leid!«

Valentin sah mich aus traurigen Augen an. »Du hast dich schon entschieden, oder?«

Ich sah ihn fragend an. »Was meinst du? Ich habe gar nichts entschieden. Wie kommst du darauf?«

»Du hast mir etwas verheimlicht. Aber mit ihm hattest du ein Geheimnis.«

Ich schnaufte und griff nach seinen Händen. »Valentin, das hat wirklich gar nichts zu bedeuten. Ich habe Angst! Ich bin mit jemandem aufgewachsen, der anscheinend wusste, was ich bin. Aber andere Schattenwesen verkauft er an den meistbietenden Eisdämon. Das macht mir alles eine Scheißangst und ich bin verunsichert. Aber ich habe noch niemanden gewählt. Finn macht mir teilweise auch Angst. Als ich ihn kennengelernt habe, war er richtig nett. Dann habe ich gesehen, wie er dir gegenüber ist, und habe ich ihn nicht wiedererkannt, so kalt war er. Ich weiß nicht, woran ich bei ihm bin. Bei dir bin ich sicher. Auch wenn du manchmal die falschen Entscheidungen triffst. Bei dir bin ich das Problem. Ich mag dich, sogar sehr. Aber es ist zu viel. Diese Gefühle zu dir machen mir Angst. Sie sind so stark. In deiner Gegenwart möchte ich mich einfach nur an dich kuscheln, deine Wärme genießen und deinen Duft einatmen. Aber ich brauche eine gewisse Zeit. Ich habe gedacht, dass Werwölfe, Dämonen und Engel nur Hirngespinste von Menschen seien, die einfach ein langweiliges Leben haben. Und jetzt? Bin ich selber ein Werwolf. Ein Engel hat mir gerade mit einer Sense eine übergebraten und Dämonen bedrohen meine Familie. Was kommt als nächstes? Götter, die auf die Erde kommen? Ich möchte es langsam angehen und die Zeit trotz allem genießen. Aber zuerst müssen wir Alison finden. Und wenn wir sie heute nicht finden, rufe ich meinen Vater an und sage ihm, dass ich alles weiß und frage ihn nach Alison. Aber das alles hat wirklich nichts mit uns zu tun. Okay?«

Er nickte. Seine Hände umfassten mein Gesicht, er zog mich näher zu sich und gab mir einen langsamen, zärtlichen Kuss. Er steckte all seine Liebe in diesen Kuss und ich gab ihm alles, was ich für ihn empfand.

Ich löste mich zuerst von ihm. »Lass uns noch ein wenig nach Alison suchen, ja?«

Er nickte. »Sie müsste noch auf dem Gelände sein. Christopher hat nichts gesehen. Es sei denn …« Valentin riss die Augen auf.

»Was ist los?«, fragte ich.

Er sprang bloß auf, murmelte etwas, das wie ›Keller‹ klang, und rannte hinaus. Ohne lange zu überlegen, rannte ich ihm hinterher.

Im Keller angekommen lief Valentin immer noch weiter. Als er endlich anhielt, standen wir vor einer Mauer.

Mein Blick wanderte von der Wand fragend zu Valentin. »Und jetzt?«

Valentin sah sich die Wand genauer an und fuhr mit seinen Händen über die grauen Steine. Zweifelnd sah ich ihm zu, dann kam ein »Klick« von der Wand und sie bewegte sich zur Seite. Mein Mund klappte auf und plötzlich fiel es mir wie Schuppen von den Augen. Christopher war ein Cherub und konnte nur das sehen, was auf der Erde passiert. Alles, was unter der Erde geschah, blieb vor ihm verborgen.

Valentin sah mich an und lächelte. »Deswegen kann es sein, dass wir oberhalb nichts gerochen haben und du nichts gehört. Lass es uns jetzt noch mal versuchen, ja?«

Ich nickte und drehte mich um.

Eine kalte Wolfsschnauze drückte sich in meine Handfläche und gemeinsam gingen wir in den dunklen Gang. Meine Hand lag in Valentins schwarzem Fell. Als ich versuchte meine Schilde zu senken, war dort eine Barriere. Ich schürzte die Lippen, wie konnte das denn sein? Dann fiel mir etwas ein. Ich löste meine Hand aus seinem Fell und sofort spürte ich den Stein, der mich umgab.

»Alles gut?«, fragte Valentin.

»Ja. Aber wenn ich mich an dir festhalte, kann ich keine Geräusche empfangen. Jetzt kann ich die Steine um mich herum und dich spüren.«

Ich merkte, dass Valentin nicht sehr begeistert davon war, es aber akzeptierte. Ich konzentrierte mich wieder auf meine Umgebung und fuhr meine geistigen Arme aus, tastete die Wände ab. Valentin lief ein Stück vor mir und achtete darauf, sich nicht weit von mir zu entfernen. Im Stillen dankte ich ihm dafür. Es war schon irgendwie merkwürdig, dass ich meine Umgebung nicht sah, sondern viel eher spürte. Es fühlte sich an wie im Wald, nur dass die Umgebung nicht so weitläufig war.

»Riechst du sie?«, fragte ich Valentin. Ich hörte, wie er

schnaufte.

»Ich rieche sie ganz leicht, als wäre ihre Spur schon viel älter als von gestern Abend.«

Ich seufzte. Es konnte doch nicht sein, dass Alison einfach vom Erdboden verschluckt wurde. Schweigend gingen wir weiter den Gang entlang. Dann merkte ich, wie der Gang sich vor uns spaltete. *»Sollen wir uns trennen?«*

»Nein, wir bleiben zusammen. Wer weiß, ob das, was Alison verschleppt hat, nicht noch hier ist«, argumentierte Valentin.

»Riechst du denn ihre Spur?«, fragte ich.

»Sie geht in beide Gänge«, gab Valentin widerstrebend zu.

Ich schnaufte. *»Wenn wir uns trennen, können wir besser nach ihr Ausschau halten«*, versuchte ich meine Meinung durchzusetzen.

Er seufzte. *»Du hast ja recht, aber ich will nicht, dass dir etwas passiert.«* Er blieb stehen und ich holte zu ihm auf, kraulte ihm den Nacken und lehnte meine Stirn an seine. *»Ich möchte auch nicht, dass dir etwas geschieht. Aber um Alison zu finden, müssen wir das machen. Jede Minute, die wir warten, ist schlecht für sie. Ich spüre dich noch, wenn wir weit getrennt sind, und kann dich erreichen. Genauso wie du mich und wenn wir uns nicht mehr spüren können und nichts von Alison wahrnehmen, kehren wir um. Wenn etwas merkwürdig erscheint, melde ich mich sofort bei dir.«*

Plötzlich ging ein leichtes Leuchten von ihm aus und seine Form veränderte sich unter meinen Händen. Ich spürte wieder einen menschlichen Körper in meinen Armen, schlang meine Arme um seine Taille und er nahm mich in seinen Arm. Kurz standen wir eng umschlungen da, Valentins Kinn ruhte auf meinem Scheitel.

»Du versprichst mir, dass du dich wirklich sofort meldest, wenn dir etwas komisch erscheint?«

Ich nickte an seiner nackten Brust. »Wenn du mir dasselbe

versprichst.«

Er gluckste. »Ja, mache ich.«

Ich drückte ihn an mich, dann löste ich mich von ihm. »Dann los.«

Doch bevor ich mich abwenden und den zweiten Gang entlanggehen konnte, umfassten Valentins Finger mein Kinn und ich spürte seine Lippen auf meinen. Ich ließ mich gegen ihn fallen, umschlang seinen Nacken mit den Armen und erwiderte den Kuss leidenschaftlich. Als wir uns voneinander lösten, waren wir ein wenig außer Atem. Ich ließ meine Hände über seine Brust wandern. »Wir sehen uns wieder, Valentin.«

Er ließ seine Stirn gegen meine sinken. »Ich weiß.«

Ich ließ von ihm ab und wandte mich in Richtung des zweiten Ganges. Ich spürte, wie Valentin sich wieder verwandelte und in den anderen Gang trottete.

In meiner Brust lag ein beklemmendes Gefühl. Das hatte sich angefühlt wie ein Abschied und ich wusste nicht, wieso. Vor allem wollte ich nicht, dass dies ein Abschied war.

Ich behielt Valentin die ganze Zeit im Auge, damit er mich und ich ihn erreichen konnte, falls etwas sein sollte.

Tiefer und tiefer ging ich in den dunklen Gang und spürte … nichts. Keinen Hauch von Alison, keinerlei Gedanken von irgendjemandem. Nur die Steine um mich herum, die mich leiteten.

Dann nahm ich plötzlich Schmerzen wahr. Aber es waren nicht meine, sondern Valentins Gefühle. Alarmiert blieb ich stehen. »*Valentin? Alles okay?*« Ich bekam keine Antwort. Sofort drehte ich mich um und rannte zu ihm. Ich rannte, wie ich noch nie im Leben gerannt war. Angst war alles, was mein Tun leitete, Angst um Valentin. Ich versuchte immer wieder Valentin zu erreichen, aber er antwortete nicht. Ich kam zu der Abzweigung, an der wir uns getrennt hatten, rannte in seinen Gang und kam ihm immer näher. Plötzlich roch ich etwas Metallisches.

Ich erstarrte. Das war Blut!

Auf einmal schärfte sich meine Sicht, mein Geruchssinn erfasste noch mehr Nuancen und es schien, als könne ich Valentins Puls hören. Trotz der Dunkelheit erkannte ich plötzlich etwas auf dem Boden liegen, nur ein paar Meter entfernt. Das musste er sein! Ich rannte zu ihm, beugte mich über Valentin und tastete ihn nach Verletzungen ab. Der Wolf gab ein ersticktes Jaulen von sich.

»Tsch, ich bin es, Valentin. Bleib ruhig liegen. Kannst du dich verwandeln? Dann sehe ich besser, wo du verletzt bist.« Valentin atmete immer schwerer, aber er atmete und fing auf einmal an zu knurren. Ich ließ ihn los und horchte, aber hier war nichts. »Valentin, hier ist nichts. Bitte verwandle dich zurück.« Ich spürte Tränen, die hochkommen wollten. Wieso verwandelte sich der sture Hund nicht?

Doch dann spürte ich einen Schlag auf den Hinterkopf, der mich in die Dunkelheit katapultierte.

Kapitel 16

Mein Bewusstsein kämpfte sich langsam wieder an die Oberfläche. Ich stöhnte gepeinigt, fühlte nichts als Schmerz. Ich lag auf einem kalten Untergrund. Als ich meine Hände darüber streichen ließ, erfühlte ich, dass es Steine waren. Kurz wunderte ich mich darüber, doch dann fielen mir die letzten Ereignisse ein und ich seufzte.

Schon wieder hatte mich jemand besinnungslos geschlagen. *Wieso denn immer mein Kopf?* Versuchsweise öffnete ich ein Auge. Um mich herum herrschte trübes Dämmerlicht einzelner Fackeln. Nun schlug ich beide Augen auf und sah mich um. Ich lag in einer kleinen quadratischen Zelle. Alle Seiten außer einer waren aus Stein, genauso wie der Boden, und in die offene Wand war ein Gitter eingelassen. Ich saß in einem Kerker, ganz allein in einer Zelle. Panik kam in mir auf, wo war Valentin?

Als ich mich aufrichten wollte, sah ich, dass an meinen Füßen und Handgelenken Ketten befestigt waren, die mit der hintersten Wand verbunden waren. Ich stand vorsichtig auf, meine Bewegungen wurden von dem unheimlichen Klirren dieser Ketten begleitet. Ich stellte mich an die Zellentür im Gitter und sah den halbdunklen Flur entlang. Meine Zelle war nicht die einzige, es reihten sich viele nebeneinander. In der gegenüberliegenden Zelle bewegte sich etwas.

»Emilia?«

Ich versteifte mich, das konnte nicht sein! »Papa?«

»O nein, Emilia. Es tut mir so leid«, schluchzte mein Vater. Er erschien an seiner Zellentür und wir standen uns gegenüber. Ich war sprachlos. Das passte irgendwie nicht zu dem, was wir herausgefunden hatten. »Wie kann es sein, dass du hier bist?«, fragte er und in seinen Augen glitzerten Tränen.

»Ich habe meine Freundin Alison gesucht. Valentin und ich waren in einem dunklen Gang unterwegs, dann bekam ich einen Schlag auf den Kopf und bin hier aufgewacht. Aber was machst du hier?« Ich versuchte meinen Geist nach ihm auszustrecken, aber ich fühlte nichts. Ich konnte meine Gabe nicht fühlen. Verwirrt runzelte ich die Stirn. Wieso konnte ich sie nicht anwenden?

»Weißt du, was du bist?«, fragte mein Vater. Er wirkte traurig. Sein Anzug war zerknittert und dreckig, seine Haare standen vor Fett und er sah aus, als wäre er schon länger als ein paar Tage hier. Ich nickte zaghaft. »Okay, dann lass mich dir alles erklären. Alice ist eine Eisdämonin. Das sind die Wissenschaftler unter den Dämonen, sie haben es sich zum Ziel gesetzt, den perfekten Sklaven zu entwickeln … und das haben sie geschafft. Meine Aufgabe war es, Schattenwesen zu fangen und ihnen zu liefern. Damals, als deine Mutter im Regen in meiner Tür stand, hat sie mir einen Brief gegeben, den ich dir an deinem 18. Geburtstag geben sollte. Ich habe ihn eine Woche vorher gelesen und herausgefunden, dass auch du zu diesen Schattenwesen gehörst. Um dich zu schützen, habe ich dich auf das Internat geschickt. Aber Alice hat den Brief gefunden und mich hierher geschleppt, damit ich ihr sage, wo du bist. Ich habe ihr nichts gesagt, wirklich nicht, ich wollte dich doch vor alldem hier schützen! Es tut mir so leid, meine Kleine.« Er brach in Tränen aus.

Ich wusste nicht, was ich sagen sollte. Er hatte mich in dieses Internat geschickt, weil meine Mutter das in dem Brief geschrieben hatte. Das alles geschah nur, weil er mich hatte schützen wollen!

»Aber warum hast du dich auf das mit den Schattenwesen überhaupt eingelassen? Du musst doch wissen, dass das falsch war«, erwiderte ich und konnte nicht glauben, was hier gerade alles offengelegt wurde.

Er nickte und Tränen rannen über seine Wangen. Ich hatte meinen Vater noch nie so aufgelöst gesehen. »Du kannst dich daran vielleicht nicht mehr erinnern, aber kurz bevor du eingeschult wurdest, wurdest du schwer krank. Du hattest das Pfeiffersche Drüsenfieber in einer sehr schweren Form. Keiner der Ärzte konnte dir helfen, du wachtest nicht mehr auf. Dann kam Alice auf mich zu. Sie sagte, sie könnte dich retten, wenn ich ihr helfe. Natürlich habe ich zugesagt. Ich konnte nicht noch dich verlieren … Aber danach konnte ich dir nicht mehr in die Augen sehen. Ich fühlte mich mies und das schlechte Gewissen holte mich immer wieder ein. Es tut mir so leid, dass du die letzten Jahre immer alleine warst.«

Ich war gerührt. An diese Krankheit konnte ich mich nicht mehr erinnern, aber dass mein Vater das alles meinetwegen durchgemacht hatte, bedeutete mir viel. Auch wenn seine Taten trotzdem falsch waren. »Hast du Alice das Internat verraten?«

Er senkte betrübt den Kopf. »Nicht absichtlich. Sie hat sich Zugriff zu meinen Erinnerungen beschafft.«

Mir wurde eiskalt. Das hieß, dass Alice Alison entführt haben könnte. »Weißt du, was sie mit uns sonst noch vorhaben?«

Er schüttelte den Kopf. »Nein, leider nicht. Aber ich werde nun nicht mehr benötigt. Ich weiß, ich bin nicht in der Situation, dich um etwas zu bitten. Aber wenn du fliehen kannst, geh. Wenn du in unser Haus kommst, habe ich dir unter meinem Bett etwas hinterlassen, bitte hole es dir. Ich möchte, dass du es bekommst.«

»Danke, Papa«, murmelte ich und musste einen schweren Klumpen herunterschlucken. »Aber wir werden gemeinsam fliehen.« Heiße Tränen quollen hervor und liefen über mein

Gesicht, als ich daran dachte, meinen Vater als Sklaven hier zu lassen, während ich floh. Würde ich das wirklich können?

Plötzlich hörte ich das Geklacker von Pumps auf dem Steinboden und sah zu beiden Seiten. Von rechts kam uns Alice entgegen, mit einem süffisanten Lächeln auf den Lippen. Oh, wie gern wollte ich ihr das aus dem Gesicht schlagen.

»Na? Hattet ihr eine schöne Familienzusammenführung?«, fragte sie.

Ich knurrte bei ihren Worten und wollte ihr am liebsten die Augen auskratzen. Mein Vater zog sich wieder in seine Zelle zurück. Alice blieb vor meiner Zellentür stehen und sah mich mit erhobenem Haupt an.

»Ich bin so froh, dass sich meine Vermutungen bewahrheitet haben. Ich wusste schon bevor ich dich geheilt hatte, dass du etwas Besonderes bist. Werwolf und Gefährtin zugleich. Du wirst eine ganz besondere Aufgabe bekommen, ist das nicht toll?«

Mir wurde schlecht. »Ja, total«, murrte ich und versuchte, mir nichts anmerken zu lassen. Sie lächelte mich an, zog einen Schlüssel hervor und öffnete meine Zellentür.

»Ich möchte dir nun etwas zeigen. Wenn du nett bist, wird dir und deinem Vater nichts passieren, aber wenn du aufmuckst, werde ich dich foltern und dein Vater wird sterben. Ist das klar?«

Widerwillig nickte ich. Sie nahm die Ketten von der Wand und zog mich aus dem Kerkerraum. Mein Vater hatte sich in die hinterste Ecke gehockt und wirkte verschüchtert und verängstigt.

Ich lief hinter Alice her und sah in die verschiedenen Zellen. Überall hockten Menschen, die wie ich mit Ketten gefesselt waren. Mein Vater trug solche Ketten nicht, wahrscheinlich war er der Einzige hier unten, der kein Schattenwesen war.

Der Kerkergang war sehr lang, dementsprechend viele Zellen hatten sie zur Verfügung. In einer von ihnen kauerte Alison. Als ich sie sah, stockte ich. Sie hob den Blick, als hätte sie mich bemerkt. Aber er war leer, als wäre sie nur noch eine Marionette. Ich zuckte zusammen, als ich sie so sah. Ich hätte sie eher suchen sollen, nicht erst bis zum nächsten Morgen warten.

Jetzt war es zu spät. Sie war nur noch eine Hülle ihrer selbst. Tränen traten mir in die Augen. Es war meine Schuld, dass Alison hier hockte. Gäbe es mich nicht, wäre sie niemals in diese Situation gekommen. Alice zog mich ungestüm weiter und ich folgte ihr weiterhin, auch wenn sich alles in mir dagegen sträubte.

»Diese Ketten verhindern, dass wir unsere Kräfte einsetzen können, oder?«

Alice sah mich über ihre Schulter lächelnd an. »Allerdings. Du bist ja so ein schlaues Mädchen.«

»Und was möchtest du mir zeigen?«

Sie ignorierte die Frage und schleifte mich einfach weiter.

Ich fragte mich, was aus Valentin geworden war. Hatten sie ihn mitgenommen? Oder lag er immer noch in den Gängen und verblutete dort? Als ich an diese Möglichkeit dachte, überzog eine Eiseskälte mein Herz. Ihm durfte nichts passiert sein. Ich versuchte die erneut aufkommenden Tränen zu unterdrücken. Trotzdem spürte ich, wie ein paar Tropfen über mein Gesicht liefen. Doch wollte ich Alice nicht nach Valentin fragen. Vielleicht hatten sie ihn vergessen und das wäre seine Chance, frei zu sein. Ich schaute in jede Zelle, aber nirgendwo sah ich Valentin und ich hoffte, dass Leon ihn gefunden und gepflegt hatte.

Als wir an einer Tür ankamen, legte sie ihre Hand darauf, ein verschlungenes Emblem leuchtete kurz bläulich auf. Danach öffnete sie sich, aber dahinter stand niemand. Ob diese Dämonen auch Magie beherrschten? Wir gingen eine Treppe nach oben und als wir durch eine zweite Tür gingen, standen wir auf einer Plattform.

Der Anblick machte mich sprachlos. So hatte ich mir die Hölle immer vorgestellt. Um die Plattform herum lag ein schwarzer

See, der nach Schwefel roch. Drum herum waren kleine Halbinseln, auf denen jeweils drei Menschen mit einer Kette um den Hals eine Hacke in den Boden rammten. Sie hatten nichts weiter am Leib als einen knappen Lendenschurz. Über mir sah ich nur von Höhlen unterbrochenes Steingewölbe. In jeder dieser Höhlen taten Menschen dasselbe: auf den Boden einhacken.

»Wonach suchen sie?«, fragte ich Alison.

»Nach einem wertvollen Erz, das uns dabei hilft, die Menschen oder die Schattenwesen ihres eigenen Willens zu berauben. Lieber sind uns allerdings Schattenwesen, weil sie älter werden, gesünder sind und eindeutig mehr aushalten können.« Sie sagte es so, als wäre es das Natürlichste der Welt.

Mich schauderte, so viel Grausamkeit auf einem Haufen war kaum auszuhalten. Ein wenig genoss Alice den Ausblick noch, dann drehten wir uns um. Wieder blieb mir die Sprache weg. Vor uns erhob sich eine riesige Wand, aus der Türme hervorragten und in die Fenster eingelassen waren. Es sah aus wie eine unterirdische Burg.

Wir liefen nach rechts zu einer Tür, durch die wir in eine große Halle kamen. Genau wie der Kerker war hier alles aus grauem Stein, sogar die Decken. Die Wände waren mit Wandteppichen behangen, die Szenen aus Folterkellern und Wissenschaftslaboren abbildeten. Mir wurde bei dem Anblick schlecht. Alice' Schritte hallten in der Halle laut wieder, wir liefen nach links auf ein Podest mit einem Thron zu. Davor kniete Alice sich nieder und zog mich auch auf die Knie.

»Herrin, hier habe ich die besondere Werwölfin.«

Der massige Thron schwebte leicht in der Luft und drehte sich wie von Zauberhand um seine eigene Achse, als die Stimme von Alice verklang. Die Frau, die Alice Herrin nannte, hatte schneeweißes Haar und einen blassen Teint. Aber ihre Augen stachen hervor, sie waren groß und blutrot. Die Frau stand auf und kam zu uns herunter. Sie hatte ellenlange Beine.

Sie fasste Alice am Kinn und zwang diese aufzusehen.

»Das hast du sehr gut gemacht, Schwester.« Dann wandte die Frau sich mir zu, ich sah ihr trotzig in die Augen. Sie belächelte mich. »Du hast einen sehr starken Geist. Es wird nicht einfach werden, ihn zu brechen.« Sie lief um mich herum, als würde sie mich begutachten. »Du wirst schöne Kinder zur Welt bringen«, murmelte sie. Ich knurrte, woraufhin sie lachte. »Bring sie in die Folterkammer, lehre sie Gehorsam.«

Alice nickte und sah mich mit einem strahlenden Grinsen an. Dann zog sie mich hoch und zerrte mich rechts vom Thron in einen Raum.

Hier brach mir der Angstschweiß aus. Ich sah Miniguillotinen, die schon benutzt aussahen und in deren Loch perfekt ein Finger passte, dann lagen dort verschiedene Messer, die alle noch blutbefleckt waren, und in der Mitte der Decke waren Haken eingelassen, damit man die Ketten dort anbringen konnte. Genau dorthin zog Alice mich, warf meine Ketten über einen Balken und zog sie hoch.

Meine Arme streckten sich immer weiter, bis ich gerade nur noch so mit den Zehenspitzen den Boden berührte. Die Ketten zogen an meinen Armen, ich hatte das Gefühl, sie würden langsam meine Schultern auskugeln. Eiskalter Schweiß drang mir aus jeder Pore. Alice stellte sich provokant vor mich, verschränkte die Arme vor der Brust und sah mich mit einem satanischen Blick an. Ich knurrte, versuchte meine Angst vor ihr zu verstecken, doch anscheinend gelang es mir nicht ganz.

»Emilia«, schnurrte sie. »Weißt du, wie lange ich mir das schon vorgestellt habe?« Ich schluckte, sie strich über meinen Körper und mir wurde schlecht. »Aber wir fangen langsam an. Erst nur ein paar Hiebe hier und da, dann vielleicht mal ein paar Schnitte und dann vielleicht sogar mal ein Experiment mit der Guillotine.« Bei dem Wort Guillotine verdrehte sie amüsiert die Augen. Die Panik in mir gewann immer mehr die Überhand.

Ich zitterte unkontrolliert und mein Atem ging immer schneller.

Wie konnte ich von hier nur wegkommen? Ich versuchte die Panik wieder zu kontrollieren, den Genuss wollte ich ihr einfach nicht schenken. Doch Alice sah mir meine Panik an.

»Hast du etwa Angst? Keine Sorge, ich lass dich nicht sterben. Immerhin bist du sehr wichtig für uns. Würde ich dich sterben lassen, wäre meine Herrin sehr böse auf mich. Und das möchte ja keiner.« Sie zwinkerte mir zu und ich fragte mich, wie sie in all den Jahren, die sie bei uns gelebt hatte, ihr schreckliches Wesen hatte geheim halten können.

Sie drehte sich zu dem Tisch um, auf dem die ganzen Folterinstrumente lagen, und wiegte nachdenklich den Kopf hin und her. Dann hielt sie zwei Messer in die Höhe und betrachtete diese. Sie entschied sich für das lange Fleischermesser und kam auf mich zu. Schweiß durchtränkte mein T-Shirt. Ich hatte tierische Angst, von ihr verletzt zu werden. Sie grinste mich hämisch an und rammte mir das Messer in meinen rechten Unterarm. Ich schrie auf vor Schmerz, Alice fing an zu lachen.

»Sag mal, mein kleines Goldkehlchen, hast du dich eigentlich schon verwandelt?«

Ich schüttelte wahrheitsgemäß den Kopf. Wenn ich log, wäre das nur zu meinem Nachteil. Warmes Blut rann meinen Arm herunter und tropfte auf den dunklen Steinboden. Gierig starrte Alice den Tropfen hinterher. Meine Stimmung verdüsterte sich. Sie durfte mich nicht töten, aber wie konnte ich ihr entfliehen? Ich musste irgendwie entkommen. Hunderte von Fragen schwirrten durch meinen Kopf, aber auf keine einzige fand ich eine Antwort. Ich musste stark bleiben, durfte ihr nicht zeigen, wie sehr mich die Schmerzen quälten, vielleicht hatte sie dann nicht mehr so viel Spaß daran.

Als Nächstes nahm sie meinen Fuß in die Hand und hielt ihn eisern fest. Ich versuchte mein Bein aus ihrem Griff zu befreien, doch ich scheiterte. Mit einem Grinsen rammte sie mir das Messer in meinen Unterschenkel. Obwohl ich mir fest vorgenommen hatte zu schweigen, schrie ich auf.

Ich war müde, kraftlos und mein ganzer Körper schmerzte. Alles fühlte sich an, als wäre ich in einer Wolke aus Schmerz gefangen. Ich bekam abgesehen vom Schmerz kaum etwas mit.

»Damit du uns nicht im Kerker wegstirbst«, hörte ich dumpf Alice' Stimme und ein Stechen begleitete ihre Worte. Schreien konnte ich schon lang nicht mehr, obwohl selbst dieser kleine Stich höllisch schmerzte. Meine Haut war übersensibel, jede kleinste Berührung sandte eine Schmerzwelle durch meinen Körper.

Als ich wieder in meine Zelle geschmissen wurde, war ich mehr tot als lebendig. Unzählige Stichwunden, Einschusslöcher und Peitschenstriemen brannten auf und in meinem Körper. Die Peitsche war eindeutig die schlimmste Foltermethode gewesen. Sie hatte Alice auch am meisten vergnügt und war daher recht ausführlich ausgefallen. Ich war sicher, mein ganzer Rücken hing in Fetzen.

»Emilia? O mein Gott, was haben sie mit dir gemacht?« Die Stimme meines Vaters drang durch dichten Nebel zu mir, erschöpft hob ich meine Augenlider und sah ihn an. Er hockte hinter seinem Gitter, Tränen rannen über seine Wangen und er fuhr sich nervös durch seine Haare. »Mein Kleines, was haben sie mit dir gemacht?«

Zum Sprechen fehlte mir die Kraft. Ich fühlte mich bis in die letzte Faser ausgelaugt, mein Körper bestand nur noch aus Schmerzen. Die Welt um mich herum drehte sich und dann sank ich dankbar in die Dunkelheit.

Als ich meine Augen wieder öffnete, war mir heiß und kalt zugleich. Ich schwitze und klapperte mit den Zähnen. Ich wusste nicht, wo mein Schmerz aufhörte oder begann.

Vor Übelkeit stöhnte ich auf, als ich versuchte mich aufzurichten.

»Emilia? Bist du wieder wach?« Kalte Hände berührten meine Stirn und halfen mir, mich in eine aufrechte Position zu bringen. »Wie geht es dir?«, fragte mich die Stimme, ich machte die Augen auf und sah meinem Vater ins Gesicht. Ich wunderte mich darüber, dass wir in einer Zelle waren.

»Mir geht's scheiße«, röchelte ich, weil mein Hals stark ausgetrocknet war.

»Du hast verdammt hohes Fieber. Zum Glück haben sich deine Wunden wieder geschlossen. Ich hatte Angst, dass du mir hier verblutest.«

Ich hustete. »Ist schon okay. Ich glaube, mein Körper will eine Entzündung loswerden.« Ich seufzte und lehnte meinen Kopf gegen die kühle Steinwand. »Wie kommt es eigentlich, dass wir zusammen in einer Zelle sitzen?«, erkundigte ich mich.

»Ich weiß es nicht. Darüber mache ich mir gerade aber auch keine Gedanken.«

Ich nickte und hustete wieder. Mein Vater setzte sich neben mich und nahm mich in den Arm, versuchte, mich warm zu halten. Das war das erste Mal seit Jahren, dass ich mich in seiner Gegenwart wohlfühlte. Ich kuschelte mich noch enger an ihn und genoss seine Nähe.

»Wie konnten sie dich eigentlich schnappen?«, flüsterte ich an seiner Brust.

Er räusperte sich. »Alice hat mir etwas zu trinken gegeben, darin war ein Betäubungsmittel.« Er zuckte mit den Schultern. Weitere Details wollte er nicht preisgeben, ich ließ es so stehen und schlief ein.

»Was wollt ihr denn noch von ihr?! Ihr habt doch alles, was ihr wolltet! Lasst sie gehen!«

Ich wurde davon wach, dass mein Vater irgendjemanden

anschrie. Vorsichtig öffnete ich meine Augen.

»Du weißt genau, was wir von ihr wollen«, erklang eine kühle Stimme. Vor der Zellentür stand die Dämonin, die auf dem Thron gesessen hatte.

»Aber es muss doch noch jemand anderen geben, den ihr dafür verwenden könnt, außer meiner Tochter!«, verlangte mein Vater. Seine Stimme überschlug sich fast, so verzweifelt war er.

Sie schnaufte, schüttelte den Kopf und sah mich an. »Du bist wach. Emilia, du kommst heute mit mir mit.«

Ich schluckte, stand aber vorsichtig auf, da ich auf meinen Beinen immer noch wackelig war. Ich lief auf sie zu, weil ich wusste, ich konnte so nichts ausrichten. Auch wenn die Wunden verheilt waren, war ich immer noch zu schwach. Mein Vater versuchte mich aufzuhalten, doch ich schüttelte den Kopf. Die Frau nahm meine Ketten und führte mich aus dem Kerker.

Diesmal schaute ich mich nicht um, der Anblick der leeren Gesichter machte mich nur noch hoffnungsloser. Doch plötzlich hörte ich ein zaghaftes, dünnes Stimmchen. »Emilia?«

Ich drehte mich nach der Stimme um und erstarrte.

Das konnte nicht wahr sein. Saschas kleine Hände umfassten die Gitter ihrer Zelle. Sie sah mich mit ihren großen grünen Augen an, doch eines davon war zugeschwollen. Ihre kurzen blonden Haare waren dunkel vor Dreck und sie hatte blaue Flecken im Gesicht. Als ich meine Cousine so sah, brach es mir das Herz.

Hass brandete in mir auf. Wie konnte man nur ein kleines Mädchen entführen und dann auch noch foltern? Was erwarten sie von einem so jungen Ding? Mein Hass auf die Eisdämonen stieg noch weiter. Aber wenn ich zeigte, dass sie etwas mit mir zu tun hatte, würde ich ihr Leben nur noch mehr gefährden. Ich wandte mich schnell wieder von ihr ab und hoffte, sie verstand, dass ich mich nicht so geben konnte, wie ich gerne wollte. Mit gesenktem Kopf lief ich hinter der Dämonin her.

Wieder standen wir auf der Plattform, die den Kerker vom

Rest der Burg trennte. Die Dämonin schaute lächelnd auf die Arbeiter. »Weißt du, warum wir das machen?«, fragte sie mich. Ich schüttelte den Kopf, sie lächelte mich mitleidig an. »Du denkst wahrscheinlich, wir seien verrückte, machtgierige Dämonen.« Worauf wollte sie hinaus? »So sind wir nicht. Das Erz, nach dem diese Arbeiter suchen, hilft uns, euch zu unterwerfen. Aber das ist nicht unser Hauptziel. Wir versuchen euch zu retten.«

»Retten?«, fragte ich skeptisch. Ich bezweifelte, dass es uns rettete, wenn sie uns versklavten.

»Ja. Ihr seid keine Menschen, aber auch keine Götter. Ihr seid ein Zwischending. Und euch fehlt euer König.«

»Unser König?« Ich stand komplett auf dem Schlauch.

»Derjenige, der euch das Leben geschenkt hat. Derjenige, der für eure Existenz verantwortlich ist. Der Einzige, der euch den richtigen Weg weisen kann.«

»Von wem sprichst du?«

»Vom Gott des Chaos«, sagte sie.

»Redest du von Loki? Ihr könnt zu den Göttern sprechen? Ich dachte, Loki sei gefangen?« Mein Kopf begann zu schwirren.

»Natürlich. Aber Loki hat uns erschaffen, daher haben wir eine besondere Bindung zu ihm.«

Ich nickte zaghaft, irgendwas war faul an der Sache. »Aber ich dachte, Dämonen sind gefallene Engel?«

Sie lachte. »Ja, sind wir auch. Aber wer, meinst du, hat Luzifer eingeredet, dass Gehorsam nicht das ganze Leben ist?«

Ich bekam große Augen. »Also wollen Sie mir erzählen, dass sowohl die nordischen Götter als auch *der Gott* existieren?«

»Du weißt wirklich nicht viel. Jeder Gott, an den geglaubt wird, existiert. Die römischen, griechischen, nordischen und so weiter. Und da wir es Loki zu verdanken haben, heute so zu leben, waren wir ihm noch einen Gefallen schuldig. Diesen lösen wir ein, indem wir die Kinder des Skalli und der Hati wieder zu dem machen, was sie einst waren. Fenriswölfe. Nicht der jämmerliche Abklatsch, den sie heute abgeben. Und du bist dazu unser Werkzeug.«

Ich erinnerte mich wieder, dass Valentin erwähnt hatte, dass es die nordischen und griechischen Götter tatsächlich gab. »Ich, ein Werkzeug? Ich habe mich noch nicht einmal verwandelt«, wandte ich ein, aber sie lächelte mich nur weiter an.

»Gerade das ist es, was wir brauchen. Deine Wölfin wird stark sein, wenn sie sich zeigt, und dann können wir dein menschliches Ich besser herausschneiden. Aber dafür müssen wir dich dazu bekommen, dass du dich freiwillig verwandelst. Wenn du das getan hast und dein menschliches Ich nicht mehr existiert, wirst du unsere Zuchtwölfin. Du hast großes Glück, mit beidem gesegnet zu sein. Als Gefährtin und als Werwölfin bist du für Loki, Fenrir und uns ungemein nützlich, wenn du zusagst. Wir können es auf die leichte oder auf die harte Tour machen. Das ist deine Entscheidung. Bei der harten Tour wirst nicht nur du leiden müssen. Wir haben genug Wesen hier, die dir etwas bedeuten, und wie du weißt, scheuen wir nicht davor zurück, sie miteinzubeziehen.«

Ich schluckte. Sie wussten alles über mich, aber woher nur? Sie zog mich weiter in die Burg.

»Ich werde dir jetzt jemanden vorstellen. Ich verlange von dir, dass du ihr mit Respekt entgegentrittst, verstanden?« Wieder nickte ich. Ich musste mir unbedingt etwas einfallen lassen.

In der Halle angekommen sah ich schon von Weitem eine großgewachsene Person auf dem Podest stehen, auf dem gestern noch die Dämonin stand, der ich jetzt stumm folgte. Als wir vor dem Podest ankamen, kniete sich die Dämonin nieder und zog mich mit nach unten. Ich ächzte bei dem Aufprall, ließ meinen Kopf aber unten.

»Angrboda, meine Herrin. Hier ist die Werwölfin, die Ihr sehen wolltet.«

Ich blickte auf. Angrboda? Der Name sagte mir etwas.

»Steht auf, ich will sie betrachten«, sagte sie. Ihre Stimme hatte einen angenehmen Klang, sehr rauchig und beruhigend. Die Dämonin zerrte mich wieder auf die Beine. Angrboda umkreiste mich. Momentan stand vor ihr eine junge Frau in einem viel zu großen, zerschnittenen, blutigen T-Shirt und verdreckten, kaputten Jeans. Im Gesicht sah ich wahrscheinlich nicht viel besser aus, trotzdem bekam sie einen sehnsüchtigen Blick, als sie mich ansah.

Auch ich nutzte die Chance und betrachtete sie genauer. Sie sah nicht sehr alt aus, eher wie Ende zwanzig–Anfang dreißig, ihre Nase lief sehr spitz zu und hatte einen Höcker, der sie wie einen Habicht aussehen ließ. Allgemein war ihr Gesicht zierlich, doch ihre langen, lockigen honigfarbenen Haare machten dies ein wenig wett. Sie hatte schmale goldene Augen, selbst ihr Körperbau war mager. Sie trug einen marineblauen Hosenanzug, der perfekt an ihr saß. Als sie mit ihrer Begutachtung fertig war, stieg sie wieder auf das Podest. »Sie ist in keinem sehr guten Zustand, aber hat an sich einen guten Körperbau und unter diesem Dreck verbirgt sich ein hübsches Gesicht. Warum habet ihr sie so dreckig zu mir gebracht?«, verlangte sie zu wissen.

Die Dämonin räusperte sich. »Meine Herrin, sie hat noch nicht zugestimmt, Euren Plan zu unterstützen. Ich habe sie gerade eben aus dem Kerker geholt. Aber wenn sie zustimmt, werde ich sie von ihren Ketten befreien und sie in ihr Zimmer geleiten.« Sie beugte untertänig den Kopf.

Erwartungsvoll sah Angrboda mich an. »Warum hast du noch nicht zugestimmt? Es wäre doch auch für dich vom Vorteil. Du bist eine Werwölfin und Gefährtin, die auf jeden Wolf zugeschnitten ist. Das heißt, du kannst jedem Wolf Welpen schenken. Im Gegensatz zu dem Rest deiner Sippschaft, die auf ihren Gefährten warten müssen, um fruchtbar zu werden. Fenrir braucht neue Nachfahren, Skalli und Hati haben nichts zustande gebracht.«

Erstaunt sah ich die Frau vor mir an. »Nun ja, mich hat keiner gefragt.« Mein Blick wanderte strafend zu der Dämonin. »Ich wurde direkt gefoltert. Ihr wollt also, dass ich die Gefährtin des Oberwolfes werde, aber als richtiger Wolf, ohne meine menschliche Seite?«

Sie nickte und sah mich erwartungsvoll an. Ich überlegte. Konnte ich so vielleicht meine Freunde und meine Familie davor bewahren, dass die Eisdämonen sie weiter zur Sklaverei verurteilten? Ich räusperte mich. »Bevor ich auf diesen Vorschlag eingehe, hätte ich Bedingungen.«

Ein Lächeln umspielte Angrbodas Lippen und interessiert sah sie mich an. Mit einer Handbewegung bedeutete sie mir, ihr zu folgen. Schnell befreite die Eisdämonin mich von meinen Ketten und dann folgte ich der Asin.

Sie leitete mich zu einer Ecktür, die zu einer Treppe führte. Gemeinsam stiegen wir hinauf. Dass ich am Ende meiner Kräfte war, versuchte ich zu verbergen.

Als wir oben angekommen waren, ging mein Atem schwer und Schweißtropfen liefen an meiner Stirn hinab. Ich wischte sie mit dem Saum meines ohnehin schon dreckigen T-Shirts weg.

Wir waren in einem runden Raum am höchsten Punkt der Burg. Ich trat auf eines der kleinen Fenster zu und konnte nun die Höhle überblicken, durch die ich beide Male gelaufen war. Ich drehte mich wieder um, im Raum befanden sich außer einem großen Schreibtisch mit zwei Stühlen und einem großen Himmelbett keinerlei Möbel. Dennoch war es ein gemütlicher Raum. Angrboda setzte sich auf die eine Seite des Schreibtisches und bedeutete mir, mich ihr gegenüber zu setzen. Dann lächelte sie mich an.

»Was sind deine Bedingungen?«, erkundigte sie sich. Ihre Augen glitzerten, als wäre sie begeistert von meinem Mut, den ich etwas tollkühn fand.

Ich räusperte mich, spielte nervös mit meinen Fingernägeln.

»Ich möchte, dass meine Familie, Freunde und alle anderen Schattenwesen nicht mehr für Experimente genutzt werden. Diese Werwölfe werden irgendwann aussterben und ich werde mich auf Fenrir einlassen. Diese Welpen werden seine neuen Nachfahren. Ihr seid unsterblich, Ihr werdet Euch nicht mit ihnen beschäftigen müssen und mit der Zeit werdet Ihr sie vergessen. Ich werde mit meinen Welpen die Scham von Hati und Skalli bereinigen. Deswegen verlange ich, dass alle anderen Schattenwesen in Ruhe leben können.« Ich sah ihr fest in die Augen und versuchte, mir meine Nervosität nicht anmerken zu lassen.

Sie beugte sich über den Schreibtisch und stützte ihr Kinn auf die Hände. »Das ist ein ziemlich großes Anliegen.« Sie sah mich durchdringend an. Ich wusste, ich durfte jetzt nicht schwach werden, sonst würde ich verlieren.

»Ich denke, dafür, dass ich mein Leben und meine Gebärmutter Fenrir zur Verfügung stelle, um einen jahrhundertealten Fehler wiedergutzumachen, ist nichts zu viel.« Ich feierte, dass meine Stimme sich fest anhörte und nicht so nervös, wie ich mich fühlte.

Angrboda klatschte in die Hände. »Gut, dann ist es beschlossene Sache. Die Schattenwesen, die zu deiner Familie gehören und noch keine Sklaven sind, werden wieder freigelassen, die anderen werden in Ruhe gelassen.«

Das war das Beste, das ich mir hatte erhoffen können. Erleichtert lächelte ich und nickte. Mein Leben für das meiner Familie und Freunde. Gemeinsam gingen wir wieder nach unten, dort wartete die Dämonin auf uns.

»Lydia, bringe …«, sie sah mich an. »Wie heißt du eigentlich?«

Ich räusperte mich. »Emilia.«

Sie sah wieder die Dämonin an. »Bringe meine Schwiegertochter, Emilia, auf ihr Zimmer. Und lasse umgehend jedes noch lebendige Schattenwesen frei.«

Lydia starrte Angrboda ziemlich entsetzt an. »Aber Herrin, Loki wird damit nicht einverstanden sein!«

Angrboda sah sie zornig an. »Er muss damit einverstanden sein. Wenn es ihm nicht passt, was soll er machen? Er ist an einen Felsen gefesselt.«

»Aber es gehört nicht zu seinem Plan!«, bestritt Lydia. Ich konnte sehen, dass ihre Treue nicht Angrboda galt, sondern dem Gott des Chaos, der verhindert war.

Auf einmal änderte sich Angrbodas Aussehen. Sie wurde immer größer und breiter, doch bevor sie die Verwandlung beenden konnte, kuschte Lydia. »Natürlich, meine Herrin. Ich werde alles veranlassen.«

Angrboda grunzte und schrumpfte wieder. Mir fiel wieder ein, woher ich ihren Namen kannte. Valentin hatte ihn erwähnt, als er mir die Geschichte der Werwölfe erzählte. Angrboda war Fenrirs Mutter.

Ich hatte mein Leben, meine Liebe verkauft, an meine Schwiegermutter. Aber meine Familie würde leben. Das war ein Grund zum Freuen, oder etwa nicht? Ich würde meine Familie nie wieder sehen, ich würde meine Mutter, meinen Onkel, meine Cousine, meine Tante niemals wirklich kennenlernen. Leon, Peter, Finn und Valentin … Als ich an Valentin dachte, stiegen heiße Tränen in mir hoch, doch ich schluckte sie runter, ich wollte jetzt nicht weich werden.

Nie konnte ich sie wiedersehen. Nie würde ich sie richtig kennenlernen. Und nie würde ich wissen, was das Leben für mich und Valentin bereitgehalten hätte.

Lydia fasste mich am Arm und zog mich mit in einen Gang, der von Türen gesäumt war. Wir hielten auf die ganz am Ende zu. Dahinter befand sich ein modernes Zimmer, was mich in dieser Burg überraschte. Die grauen Steine, die die sonstigen Zimmer dominierten, waren verputzt worden und weiß gestrichen.

An der einen Wand stand ein großes rotes Himmelbett, ein großer Kleiderschrank an der anderen.

Außerdem befanden sich hier zwei Sessel, ein Bücherregal und eine Badewanne. Eine Badewanne mitten in einem Schlafzimmer. Ich musste lächeln. Das Zimmer war schön. Auch wenn es komisch klang, ich freute mich darüber. Sogar ein kleines Fenster gab es. Erstaunt wich ich bei dem Ausblick zurück. Ich hatte gedacht, wir seien in einer Höhlenfestung. Aber als ich jetzt aus dem Fenster sah, erstreckte sich unendliches Weiß vor meinen Augen.

»Das ist dein Zimmer. Hier wirst du bleiben, es sei denn, man erwartet etwas anderes von dir, verstanden?«, erklärte Lydia. Ich nickte und sie verschwand.

Endlich war ich alleine. Erschöpft sackte ich auf dem Bett zusammen. Was hatte ich mir da nur eingebrockt? Tränen liefen über mein Gesicht. Endlich konnte ich meine Schwäche zugeben, zumindest vor mir selbst. Aber dadurch hatte ich meine Familie gerettet, auch wenn ich sie kaum kannte und sie wirklich sehr merkwürdig war, fühlte ich mich ihr verbunden. Lag das an meiner Wölfin? Ich schüttelte mich, diese Gedanken brachten mir nun auch nichts mehr.

Energisch stand ich auf. Ich würde mir meinen letzten Rest Würde bewahren. Ich würde nicht zusammenbrechen und erhobenen Hauptes meinen Gegnern gegenübertreten. Das hieß, dass ich als erstes aus meinen versifften Kleidern raus musste.

Ich lief zum Kleiderschrank und sah hinein. Staunend betrachtete ich die Anziehsachen, sie waren alle in meiner Größe! Als ich dann aber ein Kleidungsstück hervorzog, dämpfte sich mein Staunen. Es war einfach nur nuttig. Ein trauriges Lächeln stahl sich auf meine Lippen. Ich schnappte die Sachen, die noch am wenigsten aufreizend waren, legte sie auf den Stuhl neben der Badewanne und ließ das Wasser ein.

Als ich in der Badewanne lag, genoss ich die Wärme, die

meinen Körper umspielte und mich reinigte. Ich dachte an Valentin. Tränen liefen an meinen Wangen hinab, ich hoffte so sehr, dass es ihm gut ging. Hoffte, dass er die Erlösung durch eine Gefährtin erfuhr. Doch während ich dies dachte, fuhr ein heißer Stich der Eifersucht in mein Herz. Ich schob ihn beiseite, er hatte dieses Glück verdient. Genauso wie jeder andere von ihnen. Ich hatte ihnen die Möglichkeit gegeben, dieses Glück zu erleben. Und das sollte mich glücklich stimmen. Ich hatte unendlich viele Leben gerettet und nun weinte ich um Dinge, die ich nie mehr erfahren würde.

Kapitel 17

Als ich aus der Badewanne gestiegen war, hatte ich mich sofort ins Bett gelegt und war wohl direkt eingeschlafen. Denn als ich aufwachte, saß Angrboda auf einem der zwei Sessel. Erschrocken setzte ich mich auf.

»Guten Morgen. Hast du gut geschlafen?«

Ich hatte tatsächlich gut geschlafen, was ich ihr auch sagte. Sie nickte zufrieden. »Du wirst heute Fenrir in seiner menschlichen Form kennenlernen.«

»Menschlichen Form?«, fragte ich irritiert.

»Seine Eltern haben beide eine menschliche Form, warum er nicht auch?«

Dann stutze ich. »Wenn er eine menschliche Form hat, warum wollt ihr, dass ich meine aufgebe? So können wir uns doch viel besser verständigen. Davon gehe ich zumindest ganz stark aus. Und wurde er nicht an einen Felsen gefesselt?«

Sie sah mich lächelnd an. »Deswegen will ich, dass du Fenrir kennenlernst. Ihr sollt euch verstehen. Alles andere wird dann entschieden. Vielleicht strengst du dich dann ein wenig mehr an. Er konnte damals fliehen und hat sich bis jetzt in seinem Wald verkrochen, abseits der Asen. In zwei Stunden ist er hier.« Sie deutete auf einen Haufen Wäsche. »Das wirst du anziehen.«

Ich nickte und sie verschwand aus meinem Zimmer. Ich würde den Urwolf kennenlernen, sollte ich mich da freuen oder vor Angst bibbern? Ich wusste es nicht, ich würde mich überraschen lassen müssen.

Skeptisch sah ich die Anziehsachen an, die Angrboda mir rausgelegt hatte. Es war ein schwarzes, tief ausgeschnittenes Top und eine schwarze Lederhose mit kniehohen Stiefeln. Niemals! Verzweifelt sah ich in den Kleiderschrank, doch Fehlanzeige. Darin hingen genau solche Sachen wie die, die da auf dem Bett lagen. Angewidert sah ich auf den Haufen Wäsche. Niemals würde ich das anziehen und nur mit einem Handtuch bekleidet würde ich mich nicht vor einen Gott stellen. Nach dem Baden zog ich daher die Anziehsachen an, in denen ich geschlafen hatte. Schnell flocht ich mir noch einen seitlichen Zopf und dann wartete ich nervös.

Plötzlich klopfte es an der Tür. Mein Herz setzte aus. Wie würde wohl so ein Gott sein? Wie würde er aussehen? Wie würde er mich behandeln?

Ich öffnete die Tür und starrte auf eine breite Brust. Mein Blick wanderte nach oben zu einem markanten Kinn, auf dem ein leichter Bartschatten lag, weiter zu einer breiten Nase, die an die eines Wolfes erinnerte, zu große goldene Augen, umrahmt von langen schwarzen Wimpern, hin zu langen schwarzen Haaren, die zu einem Zopf gebunden waren. Seine goldenen Augen starrten auf mich hinab. »Emilia?«, fragt er.

Bei seiner Stimme überlief mich ein Schauer wie warmer Whiskey. »Ja«, piepste ich und räusperte mich. »Ja.«

Er lächelte mich an. »Ich bin Fenrir. Aber nenn' mich Fen. Ist einfacher.« Er zwinkerte mir zu, ich lächelte zurück und ließ ihn rein.

»Wenn du magst, kannst du mich auch nur Em nennen.«

Fen ließ sich in einen der Sessel sinken. Er war bestimmt an die zwei Meter groß und sehr muskulös, er begrub den Sessel unter sich. Er erinnerte eher an einen Wrestler als an einen Gott. »Em also. Setzt du dich zu mir?« Er deutete auf den Sessel, auf dem noch die Auswahl seiner Mutter lag. Als sein Blick darauf fiel, hob er die Sachen an und betrachtete dann kurz mein jetziges Outfit. »Meine Mutter?«, fragte er mich mit einem Grinsen auf den Lippen. Ich nickte und schmiss die Sachen aufs Bett, dann setzte ich mich neben ihm auf den freien Sessel. Erwartungsvoll sah er mich an.

»Okay, diese Situation ist ziemlich seltsam«, sagte Fenrir mit gerunzelter Stirn. Ich lachte über seinen Gesichtsausdruck, während er meine Hand nahm und sanft darüber strich. Es war nicht unbedingt unangenehm, aber ich fühlte mich unwohl bei dieser vertraulichen Berührung.

»Erst einmal möchte ich sagen, dass es mir leidtut, wie wir zusammengefunden haben. Ich wusste bis gestern nichts davon.«

Ich sah ihn erstaunt an. »Wie, du wusstest nichts davon?«

»Na ja, ich weiß, dass Loki mit meinen Nachfahren nicht zufrieden ist. Und dass er deswegen eine Gefährtin für mich finden wollte. Aber dass er das so organisieren würde, dass diese Gefährtin gezwungen wird, mich zu treffen, damit hatte ich nicht gerechnet.« Er sah mich bewundernd an. »Aber ich muss sagen, ich bin froh dich kennenzulernen.«

Ich grinste, er schien wirklich freundlich zu sein. Vielleicht war er ja doch nicht so gefühlskalt, wie die Geschichten behaupteten. Dennoch nahm ich mir vor in seiner Gegenwart vorsichtig zu sein, immerhin war er ein Gott.

»Ich kann noch nicht dasselbe behaupten. Aber ich bin froh, dass meine Familie, Freunde und die anderen Schattenwesen endlich frei sind«, erwiderte ich mit einem zaghaften Lächeln.

Er nickte. »Das kann ich verstehen. Magst du mir etwas über dich erzählen? Ich möchte gerne, dass wir uns näher kennenlernen. Reden scheint dabei unabkömmlich zu sein.«

Kurz überlegte ich. »Hm, etwas wirklich Interessantes gibt es über mich eigentlich nicht zu sagen. Alles, was wichtig bei uns ist, ist nun nicht mehr relevant.«

Er lächelte mich bedauernd an. »Ich verstehe, was du meinst, trotzdem möchte ich gern alles über dich wissen. Bitte.«

Er bat mich? Da konnte ich nicht Nein sagen, also überlegte ich. »Nun ja, ich bin vor Kurzem achtzehn geworden. Meine Fähigkeit ist die Telepathie, ich kann Menschen, Pflanzen und andere Wesen um mich herum erspüren. Die Gedanken kann ich aber nur von Menschen auffangen, was am Anfang ziemlich ätzend war, aber Val… – ähm, ein Wesen hat mir gezeigt, dass ich mich von diesen Gedanken abschotten kann. Seitdem klappt das super. Meine Lieblingsmusik ist Rockmusik, ich lese für mein Leben gerne und hatte eigentlich mal vor, Lektorin zu werden.«

Ich sah ihm in die Augen. Er wirkte wie erstarrt, dann sah er mich mit einem wehmütigen Blick an. »Warst du schon einmal verliebt?«, fragte er mich.

Ich war erschrocken über diese Frage. War ich schon mal verliebt gewesen? War ich es noch?

»Ich weiß es nicht. Ich hatte noch nie einen wirklich festen Freund. Um das zu erfahren, war ich wohl noch nicht lange genug ein Mensch. Aber es soll sich toll anfühlen. Man soll Schmetterlinge im Bauch haben, wenn man denjenigen sieht, Ruhe empfinden, wenn man bei ihm ist, und Freude, wenn man sich nach einer langen Zeit wiedersieht.« Ich lächelte Fen an. »Magst du mir auch etwas über dich erzählen?«

Er sah mich erstaunt an, doch er räusperte sich. »Na ja, ich bin ein Gott, der schon vergessen hat, wie alt er ist.« Ein Grinsen bildete sich auf seinen Lippen. »Aber ich habe mal den eisernen Wald gemocht, genutzt, aber nicht geliebt. Dadurch sind Hati und Skalli auf die Welt gekommen. Am Anfang waren sie Prachtexemplare, aber die Zeit hat sie schwächer werden lassen. Sie haben mehr vom Wald als von mir, sie sind nicht …«, er suchte nach dem richtigen Wort, »… wirklich intelligent. Der Instinkt in ihnen ist größer. Sie denken nicht, sondern beschließen intuitiv, was sie tun werden. Auch wenn Hati sich wirklich anstrengt, den Vorstellungen ihrer Großeltern gerecht zu werden, hat Skalli sich schon lange von uns abgeschottet. Deswegen denkt Loki, Welpen mit dir könnten es wieder richten. Du bist intelligent und entscheidest nicht intuitiv, sondern denkst nach, bevor du etwas tust – zumindest wurde mir das so mitgeteilt. Keines meiner beiden Kinder hätte sich für sein Volk geopfert. Du hingegen schon. Du bist weich, hast Herz und Verstand.« Er lächelte mich traurig an, stand auf, beugte sich über mich und streifte mit seinen Lippen über meine. Ich war so erschrocken über sein Vorpreschen, dass ich mich versteifte.

»Ich hoffe wirklich, kleine Lia, dass du mir zeigen kannst, was Liebe bedeutet. Dass wir beide das finden, was wir verdienen«, flüsterte er mir ins Ohr. Mit diesen Worten ging er und ließ mich sprachlos im Sessel zurück.

Als ich mich endlich wieder gefasst hatte, stand ich auf und lief im Zimmer auf und ab.

Was sollte ich denn nun davon halten? Fenrir hatte noch nie geliebt und nichts von den Plänen seiner Eltern gewusst? Ein jahrhundertealter Gott, der sich noch so bevormunden lässt? Wie sollte das alles gut gehen? Ich spielte nervös mit meinen Haaren, so ganz konnte ich die Situation einfach nicht fassen. Warum wollte er mich als Mensch kennenlernen, wenn mein Menschsein mir ausgetrieben werden sollte, sobald ich mich einmal verwandelt hatte? Ich verstand den ganzen Sinn der Sache nicht. Sollte ich sie überhaupt verstehen wollen? Sollte ich nicht lieber alles über mich ergehen lassen? Hoffen, dass ich in meinem Leben eine Zufriedenheit erreichte?

Ich ließ mich frustriert aufs Bett fallen. Als ich so dalag, wünschte ich mir, Valentin wäre bei mir. Er würde mir raten können, wie ich mich verhalten sollte. Ich knurrte frustriert und versenkte meinen Kopf im Kissen. Je länger ich von ihm getrennt war, desto mehr fiel mir auf, wie sehr er mir fehlte, wie wohl ich mich in seiner Gegenwart gefühlt hatte. Endlich konnte ich den Tränen, die ich so lange zurückgehalten hatte, freien Lauf lassen.

Irgendwann war ich wohl eingeschlafen, denn ich erwachte mit dicken und verquollenen Augen. Ich zog meine Anziehsachen aus und ließ Badewasser einlaufen. Nur mit einem Handtuch bekleidet stand ich in dem Zimmer und wartete darauf, dass die Wanne vollllief.

Als ich gerade das Handtuch fallen ließ, öffnete sich die Tür und Fenrir stand vor mir. Ich erschrak und versteckte mich hinter der Badewanne. Ich wusste, er hatte alles gesehen. Eine heiße Röte stieg mir in die Wangen und beschämt wandte ich das Gesicht ab.

»Entschuldige. Ich wusste nicht, dass du baden willst«, meinte er und ein entschuldigendes Lächeln lag auf seinen Lippen

»Man hätte auch klopfen können!«, knurrte ich.

Fenrir grinste schelmisch. »Ja, natürlich, aber dann hätte ich nicht das gesehen, was ich gesehen habe. Darf ich bleiben? Ich drehe mich auch um, wenn du in die Badewanne hinein- und wieder aussteigst.«

Ich sah ihn böse an, nickte jedoch. Als er sich umdrehte, stieg ich schnell in die Badewanne und war froh über den ganzen Schaum, der meine Blöße verdeckte. Er zog den Sessel neben die Wanne, sodass wir uns gemütlich unterhalten konnten.

»Wie kommt es eigentlich, dass ein jahrhundertealter Gott sich von seinen Eltern eine Gefährtin vorschreiben lässt?«, fragte ich ihn direkt.

Er brach in schallendes Gelächter aus. »Meinst du wirklich, sie haben nach meiner Meinung gefragt? Nein, es hieß ›Fenrir, komm aus deinem Wald heraus und schau das Mädchen an, das ich für dich gefunden habe.‹ Wirklich gefragt wurde ich nicht, im Gegenteil. Meine Mutter brachte mich sogar dazu, erst einmal die heutigen Menschen zu studieren, bevor ich dich traf. Gerade meine Sprache war etwas … Sagen wir einfach, zurückgeblieben. Aber ich freue mich wirklich, dass ich für dich den Wald verlassen habe. Ich finde, du bist etwas Besonderes. Ich wünschte nur, wir hätten uns unter anderen Voraussetzungen getroffen. Ich finde dich wirklich sehr interessant.«

Ich lächelte ihn zaghaft an. »Aber wenn du die ganze Zeit in einem Wald warst, wie hätte jemand anderes dich finden sollen?«

Er lachte und sah mich nachdenklich an. »Das ist ein gutes Argument.«

Ich fummelte im Wasser nervös mit meinen Fingern herum. »Kann ich dich etwas fragen?«, fragte ich leise. Er sah mich erwartungsvoll an, deutete aber mit einer Handbewegung an, dass ich fortfahren sollte. »Sind wirklich alle Schattenwesen aus dem Kerker entlassen worden? Ich würde deiner Mutter ja gern vertrauen, aber … nun ja, sie wirkt nicht sehr vertrauenswürdig.«

»Da hast du recht. Und weil du nicht raus kannst, möchtest du, dass ich diese Untersuchung für dich führe?«

Ich bekam wieder rote Wangen, nickte aber.

Er durchbohrte mich mit seinem Blick. »Also gut.« Mir fiel ein Stein vom Herzen. »Aber nur unter einer Bedingung.«

Ich sah erschrocken auf. »Welche?«

Er kam bedrohlich auf mich zu. Ich fühlte mich unwohl, aber irgendwie zog mich etwas zu ihm.

»Ich will einen richtigen Kuss von dir.«

Ich machte große Augen. »Darf ich mir davor wenigstens etwas anziehen?«, fragte ich unsicher. Ein Kuss dafür, dass ich erfuhr, ob der Deal funktioniert hatte, erschien mir ein kleiner Preis. Oder?

Er musste wieder lachen, nickte aber gnädig und drehte sich um. Schnell stieg ich aus der Wanne, trocknete mich ab und zog wahllos einen halbwegs normalen Pullover und eine Hose an.

Räuspernd drehte ich mich wieder zu ihm um und stand ein wenig nervös auf meinem Fleck. Fenrir kam langsam auf mich zu, wie ein Raubtier, das seine Beute fixierte, auch wenn dieser Vergleich ihm nicht ebenbürtig war. Als er direkt vor mir stand, sah ich zu ihm hoch. Er umfasste mit seinen Händen meine Taille, ich hob meine Hände, stellte mich auf die Zehenspitzen, um meine Hände in seinem Nacken miteinander verschränken zu können. Langsam beugte ich mich vor, genau wie er. Kurz bevor unsere Lippen sich berührten, hielten wir die Spannung und zwischen uns knisterte es.

Verflucht noch mal! Wieso konnte es nicht sein, als würde ich einen Fisch küssen? Er überbrückte die restliche Distanz und als sich unsere Lippen berührten, explodierte in mir eine Vielzahl an Gefühlen. Ich verlor mich in diesem Kuss, genoss die Weichheit seiner Lippen. Er wurde fordernder und ich gab ihm alles, was ich hatte. Er hob mich hoch auf seine Hüften, meine Finger fuhren durch seine langen, weichen Haare. Seine Arme umschlangen mich immer fester, als hätte er Angst, mich zu verlieren. Dabei kannte er mich gar nicht. Ich spürte eine Dunkelheit in ihm, die ihn verschlingen, ihn vereinnahmen wollte. Ich versuchte ihm etwas von meiner Zuversicht abzugeben, von meiner Liebe für meine Familie, versuchte, ihm diese Gefühle zu übermitteln. Er presste mich gegen die Wand, aber es machte mir nichts aus.

Fenrir löste sich von mir. Wir waren beide außer Atmen, klammerten uns immer noch aneinander, um nicht umzufallen. Ich saß immer noch auf seinen Hüften und war auf Augenhöhe mit ihm.

»Das nenn ich mal einen Kuss«, keuchte Fenrir atemlos.

Ich grinste ihn an und schlug ihm aus Spaß auf die Schulter. »Mit so etwas prahlt man nicht«, rügte ich ihn lachend.

Er tat richtig niedergeschlagen. »Es tut mir leid. Aber wow, so etwas hatte ich noch nie in meinem ganzen Leben.«

Meine Wangen färbten sich wieder rot. Fen beugte sich zu mir, sanft strichen seine Lippen wieder über meine. Und irgendwas war zwischen uns beiden. Wie bei Valentin und mir. Oder lag das nur daran, dass er ein Gott war?

Nach diesem Kuss setzte er mich wieder auf meine eigenen Beine, die noch ein wenig wackelig waren. Ich sah zu ihm hoch. »Noch nie? Aber du lebst nun schon so lange.«

Er streichelte mit seiner Hand liebevoll meine Wange. »Zwischen dem Leben und dem Existieren einer Person liegt ein großer Unterschied, meine kleine Lia.«

Ich lächelte verlegen.

»Ich werde mich unten umhören, ob alle freigekommen sind, versprochen. Und wenn nur noch eine Seele hier ist, werde ich es dir sagen und mich darum kümmern, dass diese freigelassen wird. Versprochen.«

»Ich danke dir.« Ich gab ihm einen leichten Kuss auf die Wange, er wuschelte mir durch mein offenes Haar und verschwand durch die Tür.

Ich schüttelte mich. Was war bloß mit mir los? Erst warf ich mich Finn an den Hals, dann Valentin und jetzt direkt einem Gott! Ich war frustriert und vermisste mein altes Leben, in dem ich zwar eine Ausgestoßene gewesen war, aber immerhin hatte ich gewusst, was aus mir werden würde. Ich ließ mich in den Sessel plumpsen und vergrub mein Gesicht in den Händen. Was tat ich hier nur?

Den Tag verbrachte ich damit, die Bücher auf dem Regal zu durchstöbern und fand tatsächlich etwas Interessantes, das ich lesen mochte. Ich las eine ganze Zeit lang, bis es an meiner Tür klopfte. Eine kleine unscheinbare Frau trat ein. »Entschuldigen Sie die Störung, ich soll Ihnen das Essen bringen.« Ich nickte und sie stellte das Tablett auf den Tisch, der zwischen den Sesseln stand.

Ich beobachtete sie genau. War sie auch eine Sklavin? Doch dann blickte sie mich lächelnd an, sie sah lebendig aus.

»Darf ich Sie etwas fragen?« Sie sah mich überrascht an, nickte aber. »Sie sind keine Sklavin, oder? Wie kommt das?«

Sie lächelte. »Da haben Sie recht. Ich bin selbst eine Eisdämonin.« Damit überraschte sie mich, denn sie sah überhaupt nicht so aus. Sie hatte hellbraunes Haar, dunkelbraune Augen und wirkte einfach nicht kalt genug. Sie lachte leise. »Ich weiß, ich sehe nicht aus wie eine und verhalte mich auch nicht so. Das liegt daran, dass mein Vater ein normaler Mensch war. Ich bin eine niedere Eisdämonin, deswegen verrichte ich die niederen Aufgaben.«

Sie verbeugte sich und verließ das Zimmer. Staunend sah ich ihr nach. Als ich den Deckel, der das Essen verdeckte, anhob, lief mir das Wasser im Mund zusammen. Es gab Schweinebraten mit Bratkartoffeln in einer deftigen Bratensoße und Speck.

Kapitel 18

Die nächsten Tage vergingen im Schneckentempo. Ich versuchte die Tage mit Lesen zu füllen, aber dennoch vergingen diese einfach nicht. Ich wartete darauf, dass Fenrir mit einer Nachricht zu mir kam, ob alle Schattenwesen frei waren oder ob irgendein anderer mich besuchen kommen würde. Aber außer der Dämonin, die mir täglich das Essen brachte, bekam ich niemanden zu Gesicht. Leider wollte sie auch nicht mehr mit mir reden und so saß ich alleine in dem Zimmer und starrte gelangweilt an die Decke.

Irgendwann, als ich wach wurde, saß Fenrir auf dem Bett neben mir. Ich gähnte und streckte mich.

»Hi«, murmelte ich verschlafen und grinste ihn an.

Er grinste zurück. »Es ist mitten am Tag, warum schläfst du?«

Ich sah mich theatralisch im Raum um. »Sag mir, was ich sonst tun soll? Ich darf nicht aus dem Raum raus. Ich langweile mich zu Tode, was bleibt mir anderes übrig, als zu schlafen?«

Fen lachte mich tatsächlich aus. »Na gut, das ist tatsächlich ein Grund.«

Ich sah ihn erwartungsvoll an. »Hast du etwas über die Schattenwesen herausbekommen?«

Sein Gesichtsausdruck verwandelte sich von heiter zu besorgt, doch er kaschierte dies schnell mit einem Lächeln. »Wie wäre es, wenn ich dich ein wenig aus deiner Langeweile entführe?« Er zwinkerte mir zu und ich hatte das Gefühl, dass er mir hier nicht sagen konnte, was ihm auf dem Herzen lag. Also sagte ich zu.

Fenrir zog aus dem Schrank einen dicken Mantel und schmiss mir Wollmütze und Handschuhe entgegen. Als ich die Sachen anhatte, fühlte ich mich ein wenig wie ein Michelin-Männchen, aber die Hauptsache war, dass ich nicht fror.

Wieso auch immer ich im Sommer frieren sollte. Er selbst hatte nichts anderes an als einen Kapuzenpullover und eine schwarze Jeans. Fenrir nahm mich bei der Hand und gemeinsam verließen wir das Zimmer. Ich freute mich auf den Ausgang, denn ich hatte nun schon Tage in diesem Zimmer verbracht und meine Gedanken verliefen nur im Kreis. Wir liefen durch das Schloss und standen schließlich vor einer kleinen Tür. Fenrir sah mich grinsend an und öffnete sie.

Ich war sprachlos. Vor uns erstreckte sich ein eisiger Schneegarten, überall standen Eisskulpturen. Fen zog mich weiter in den Schnee hinein. Es war wunderschön, der Schnee glitzerte im Schein der Sonne und verzauberte mich. Die Skulpturen stellten alle Schattenwesen dar, ich sah Phönixe mit Flammen in den Augen, Wölfe sowie Löwen und atemberaubende Vögel.

»Gibt es auch andere Wesen, die sich in Tiere verwandeln können?«, fragte ich Fenrir. Er nickte bloß und zog mich weiter. Wirklich umsehen konnte ich mich nicht, denn er hatte es eilig. Wir entfernten uns immer weiter vom Schloss. Ich merkte, wie ich plötzlich freier atmen konnte. Genüsslich zog ich die frische, reine Luft ein. Diese Luft war besser als alles, was ich bisher geatmet hatte. Fenrir zog mich zu einer Eismauer. Ich betrachtete sie nachdenklich. Als wir durch ein kleines Tor gingen, merkte ich, dass wir in einem Labyrinth standen.

»Ich mag dieses Labyrinth. Hier geht fast keiner rein.« Fenrir lächelte mich an, ich grinste etwas unsicher zurück.

Wir liefen tiefer in das Labyrinth hinein. Alles war aus Eis. In den Mauern waren filigrane Muster, die aussahen wie

Blumenranken, die sich durch das Eis schlängelten. Es war ein Meisterwerk, so viel Schönheit aus etwas Kaltem zu erschaffen. Als wir die Mitte des Labyrinths erreichten, setzten wir uns auf eine Bank aus Eisplatten. Die Bank stand mitten in dem kleinen Kreis, zu dem vier Wege führten. »Es ist wirklich schön hier«, gab ich zu und hoffte, dass er mir bald sagen würde, was Sache war. Dieses Hinausschieben machte mich mürbe.

Er lächelte mich an. »Ja, genau deswegen wollte ich dir das zeigen. Und hier können wir ungestört reden.« Bei den letzten Worten erschien ein bedrohlicher Unterton in seiner Stimme, der mir ein wenig Sorgen bereitete. Fenrir nahm meine Hände in seine und betrachtete mich mit ernstem Blick. »Es sind nicht alle freigekommen.«

Bei diesen Worten gefror mein Herz. Angrboda hatte mich doch wirklich übers Ohr gehauen. Ein Knurren stieg aus meiner Kehle, Wut brodelte in mir hoch.

»Wie kann sie es wagen, mich so zu betrügen! Wenn ich diese Schlampe sehe, kann sie sich warm anziehen!« Ich fluchte und brodelte vor mich hin, während Fenrir mir sprachlos dabei zusah, wie ich durch das Rondell stampfte. Ich hatte gewusst, dass ich ihr nicht vertrauen konnte! Wieso hatte ich mich bloß darauf eingelassen!

»Möchtest du Namen wissen?« Ich nickte bloß grimmig. »Der eine ist dein Vater, dann noch ein Finn und ein Valentin.«

Mein Herz setzte aus, die Welt um mich herum schien still zu stehen. Meine Knie ließen mich im Stich und ich fiel in den kalten Schnee. Valentin und Finn. Sie waren noch hier, sie saßen hier in der Falle. Nur meinetwegen. Ich hatte sie nicht retten können. Wie hatten sie Finn in ihre Klauen bringen können? Diejenigen, die ich unbedingt in Freiheit wissen wollte, waren noch gefangen. Tränen liefen über meine Wangen und ich konnte nicht mehr an mich halten, aus tiefster Seele ließ ich meinen Schmerz heraus, ich schrie.

In meinem Leben hatte ich noch nie solchen Schmerz empfunden wie jetzt, als ich hörte, dass sie immer noch gefangen waren.

»Was ist mit einem kleinen blonden Mädchen? Ist sie frei?« In Gedanken betete ich, dass es Sascha gut gehen möge. Sie sollte nicht ihr Leben hier fristen.

Fenrir nickte. »Ein kleines blondes Mädchen ist freigekommen. Aber sie hat nach dir gerufen.«

Noch mehr Tränen rannen über meine Wangen. Ich würde meinen Entschluss nicht bereuen, dafür hatte ich einfach zu viele gerettet. Ich durfte jetzt nicht egoistisch werden.

»Du kennst die anderen beiden, oder?«, erkundigte er sich. In seinen Augen sah ich Mitleid, das ich nicht wollte.

Ich war nicht mehr in der Lage, vernünftige Worte zu Sätzen zu bilden und nickte bloß. Plötzlich merkte ich, wie Fenrir mich in den Arm nahm, darauf kamen noch mehr Tränen. »Sie müssen freigelassen werden. Sie haben das hier nicht verdient«, flüsterte ich unter Tränen.

»Ich werde alles tun, was ich kann, um alle zu befreien. Das verspreche ich dir.« Er umschloss mich mit seinem Körper. Sein Kinn lag auf meinem Kopf, seine Arme umgaben mich ganz. Hoffnungsvoll nickte ich. In seinem Kokon fühlte ich mich geborgen, sicher, als wenn mir nichts etwas anhaben könnte. Auch wenn die Wahrheit ganz anders aussah.

»Darf ich sie sehen? Einmal noch, alleine?«, fragte ich leise. Meine Stimme klang gebrochen, leise und schwach.

Fen schob mich sanft ein Stück von sich weg. »Ich kann dir das leider nicht versprechen, aber ich versuche etwas zu arrangieren, ja?«

Ich nickte. Fenrir war meine letzte Möglichkeit, Valentin und Finn noch einmal zu sehen und zu befreien. Ich musste ihn weiter von mir überzeugen, damit er seine Versprechen tatsächlich hielt. Ich kuschelte mich wieder an ihn. Teilweise, weil ich seine

Nähe genoss – aber auch die Tatsache, dass ich ihn brauchte, spielten eine Rolle. Nicht nur seine Chancen, sondern auch seine Wärme. Es schien, als würde sie die Kälte dämpfen, die von mir Besitz ergreifen wollte.

»Darf ich dich noch etwas fragen?«, fragte ich an seiner Brust, ein zustimmendes Brummen antwortete mir. »Warum möchtet ihr denn eigentlich, dass meine menschliche Seite verschwindet? Warum kann ich nicht einfach so bleiben wie ich bin?«

»Wer sagt denn, dass wir deine menschliche Seite eliminieren?«

Ich schaute zu ihm hoch. »Deine Mutter.«

Er verdrehte die Augen. »Ich sag es dir noch mal. Du sollst meine Gefährtin werden. Ich werde mit Angrboda reden, damit du dein menschliches Sein behältst. Mir gefällst du so nämlich, sogar sehr gut.«

Ich lächelte ihn durch meinen Tränenschleier hindurch an. Ich konnte mir einfach nicht vorstellen, dass er der Böse in der ganzen Geschichte sein sollte, er war so lieb und verständnisvoll. Ich bettete mein Gesicht wieder an seine starke Brust und ließ mich noch ein wenig von ihm trösten.

Als die Sonne anfing unterzugehen, standen wir auf, und gemeinsam machten wir uns auf den Weg zurück. Doch plötzlich verließ mich meine Kraft und ich klappte einfach zusammen. Bevor meine Knie den Boden trafen, hatte Fenrir mich schon hochgehoben, in seine Arme geschlossen und trug mich zu meinem Zimmer, während ich an seiner Brust weiter weinte.

Wieder im Zimmer setzte Fenrir mich auf mein Bett. Meine ganzen Hoffnungen lagen auf ihm. Nur er konnte meine Liebsten befreien. Fenrir ließ sich neben mich sinken, nahm mich tröstend in den Arm und ich lehnte mich an ihn.

»Ich muss wieder los«, flüsterte er mir ins Haar. Ich wusste nicht, wie lange wir so beieinandergesessen hatten, aber ich wusste, dass ich ihn nicht gehen lassen wollte. Also tat ich das

Einzige, das mir einfiel, um ihn bei mir halten zu können: Ich setzte mich auf seinen Schoß, verschränkte die Arme in seinem starken Nacken, zog ihn zu mir und küsste ihn, steckte all meine Leidenschaft, meine Trauer in diesen Kuss. Er erwiderte ihn und lehnte sich nach hinten, sodass ich auf ihm lag.

Plötzlich hörten wir ein Räuspern aus der Tür. Verschreckt fuhren wir auseinander, im Türrahmen stand Angrboda. Sofort knurrte ich los. Fenrir zog mich zurück und sah mich warnend an. Ich zügelte mich. Sie sollte noch nichts davon wissen, dass ich wusste, dass sie ihr Versprechen gebrochen hatte.

»Fenrir, Sohn, ich habe auf dich gewartet. Du hättest längst bei unserer Besprechung sein müssen.«

»Ich war bei meiner baldigen Gefährtin, da wird man ein wenig Verspätung nicht schwer gewichten«, verteidigte sich Fenrir.

Sie schnaufte und ging aus der Tür. Fenrir gab mir noch einen schnellen Kuss, zwinkerte mir zu und ging seiner Mutter nach.

Wieder saß ich alleine in meinem Zimmer. Ich schaute mich um, wie lange sollte ich es hier noch aushalten? Wie sollte ich es aushalten, hier zu sitzen und nichts zu tun, wenn ich wusste, dass Valentin, Finn und mein Vater noch unten im Kerker saßen? Zutiefst frustriert und voller Kummer ließ ich mich auf das Bett sinken.

Acht Tage war ich nun schon in diesem Zimmer. Die Dämonin kam und ging wieder, ohne mit mir zu sprechen, ich hatte die Hälfte der Bücher aus dem Regal gelesen und langweilte mich tierisch. Die Minuten vergingen wie Stunden und Stunden wie Tage.

Nichts passierte, niemand kam und besuchte mich. Trist lag ich auf dem Bett und starrte an die Decke, zählte die Sekunden. Gerade war ich bei tausend angekommen, als es an der Tür klopfte. Ich freute mich unheimlich, dass sich endlich jemand dazu herabließ, mich zu besuchen. »Herein!«

Herein kam Angrboda. Sofort verflog meine gute Laune wieder, eher hätte ich mich noch über Alice gefreut als über sie. Ein Knurren entkam meiner Kehle, doch sie sah mich nur belustigt an. »Damit machst du mir keine Angst. Wie geht es dir?«

Ich sank in den Sessel. »Mir ist langweilig. Die Bücher habe ich schon fast alle durchgelesen.«

Sie lächelte mich verständnisvoll an. »Das habe ich mir fast gedacht. Deswegen komme ich dich besuchen.«

Ich versuchte zu lächeln, aber mir gelang nur ein verkorkstes Grinsen. »Das freut mich unglaublich.«

Sie lachte gekünstelt und setzte sich. »Und, wie findest du meinen Sohn?«

Ich räusperte mich. »Er ist sehr nett, freundlich und zuvorkommend.«

»Könntest du dir vorstellen, den Rest deines Lebens mit ihm zu teilen?«

Ich sah sie durchdringend an. »Ich werde es tun. Da gibt es kein Zurück mehr. Ich werde mein Versprechen dir gegenüber halten, keine Sorge«, versicherte ich ihr.

Sie lächelte wissend. »Gut, das freut mich zu hören. Weißt du, in einer Woche findet ein Fest statt, dort werden wir eure Verlobung bekannt geben. Hoffentlich hast du dich bis dahin schon einmal verwandelt. Hast du eigentlich schon versucht, es zu erzwingen?«

Fragend sah ich sie an. »Erzwingen? Soll ich etwa ein Stück rohes Fleisch vor mich hinlegen und rufen ›Hopp, Wölflein, komm und friss‹?«

»Nun ja, nicht direkt«, sagte sie und verzog verächtlich die Lippen. »Eher, dass du die Wölfin in dir hervorlockst. Sie innerlich rufst und ihr Platz machst.«

Zweifelnd sah ich sie an. »Ich denke, das wird nicht funktionieren«, sagte ich zuckersüß. Ich wollte nicht länger in ihrer

Nähe sein, doch bei meinen Worten sah sie mich neugierig an.

»Wie kommst du darauf?«

»Meine Mutter hat meine Wölfin bannen lassen. Von einer Hexe. Und diese hat eine Bedingung an meine Wölfin geknüpft. Sie wird sich erst zeigen, wenn mein Gefährte in der Nähe ist«, sagte ich mit einem Grinsen.

Angrbodas Blick ließ mich schaudern, sie machte mich nervös. Als hätte sie meine Gedanken gelesen stand sie auf, zwinkerte mir zu und ging aus der Tür. Erleichtert seufzte ich auf und genoss einen kurzen Moment die Ruhe nach dem Sturm. Dann fing ich jedoch wieder an mich zu langweilen.

Frustriert knurrte ich. Sollte ich wirklich mal versuchen meine Wölfin hervorzulocken? Genervt lief ich im Zimmer auf und ab. Aber wäre mein Schicksal denn dann nicht besiegelt? Wenn sie wussten, dass ich mich verwandelt hatte, hätte ich keinerlei Schutz außer Fenrir. Und der konnte sich anscheinend nicht richtig gegen seine Mutter auflehnen, sonst wäre sie wohl nicht mehr der Überzeugung, dass ich mein Menschsein aufgeben musste. Das alles frustrierte mich unendlich. Wie konnte ich es nur schaffen, Valentin, Finn und meinen Vater zu befreien? Ohne Fenrirs Hilfe ging es gar nicht. Vor lauter Wut und Frustration schlug ich mit der Faust gegen die Matratze, immer wieder, bis ich zu erschöpft war.

Ich legte mich hin und starrte an die Decke. Mir floss etwas Nasses ins Ohr, erst da bemerkte ich die Tränen, die mir über die Wangen liefen. Diese Hilflosigkeit machte mich fertig, aber ich war dazu verdammt, hier in meinem hübsch gestalteten Käfig zu sitzen und nichts zu tun. Ich musste auf ihn warten, ihn überzeugen, dass ich ihm treu war, auch ohne dass er mein menschliches Ich zerstören musste.

Wieder vergingen Tage, in denen mich außer der Dienerin niemand besuchen kam. Ich würde alles dafür geben, noch einmal mit meiner Familie sprechen zu können oder sie zumindest noch einmal zu sehen. In der Zeit hatte ich versucht, meine innere Wölfin zu locken, doch sie hatte sich zusammengerollt und reagierte nicht. Anscheinend hatte auch sie gemerkt, dass es zu gefährlich für mich war, wenn sie herauskam. Oder aber der Bann, von dem meine Mutter mir erzählt hatte, war wieder stärker geworden.

Gemütlich saß ich in der Badewanne und ließ mich komplett einweichen, was sollte ich auch sonst anderes tun?

Plötzlich klopfte es an der Tür. »Moment«, rief ich erstaunt und stieg schnell aus der Wanne. Ich zog mir eben etwas über und öffnete dann die Tür. In der Erwartung, dass es Fenrir wäre, sah ich nach oben. Doch da war nichts. Mein Blick wanderte weiter nach unten, bis ich Alice sah.

Sie grinste mich hämisch an. »Es ist so weit.«

Überrascht sah ich sie an. »Was ist soweit?«

Sie grinste noch breiter. »Wir werden deine Wölfin hervorlocken.« Sie ging in mein Zimmer und legte ein blütenweißes Kleid auf das Bett. »Dies wirst du anziehen. Ohne Widerrede.«

»Kann ich dafür ein wenig Privatsphäre haben?«, fragte ich genervt, doch Alice schüttelte nur den Kopf. Seufzend drehte ich mich um und zog mir meine anderen Anziehsachen aus, um dieses Kleid anzuziehen. Es war wirklich schön und aus einem leichten Stoff, der sanft meine Kurven umfloss. Es reichte bis zur Hälfte meiner Oberschenkel, hatte oben und unten Spitzenbesätze und saß wie angegossen.

Alice sah mich staunend an. »Darin siehst du ja gar nicht so schlecht aus. Setz dich vor den Tisch, ich werde dich schminken.«

»Warum sollte man mich schminken und in ein hübsches Kleid stecken, wenn es nur um meine Verwandlung geht?«, fragte ich irritiert.

»Du wirst dich heute verwandeln und gleichzeitig werden Fenrir und du verlobt. Da willst du doch sicherlich gut aussehen?«, fragte sie herausfordernd. Ich nickte widerstrebend und setzte mich auf den Stuhl, hielt still, bis Alice mich fertig geschminkt hatte.

Als ich wieder in den Spiegel sah, erkannte ich mich selbst nicht wieder. Meine störrischen Wellen hatte sie zu richtigen Locken geformt und die vordersten Strähnen nach hinten zu einem Zopf verflochten. Mit Rouge hatte sie meine Wangenknochen betont und mit Eyeliner meinen Augen ein geheimnisvolles Flair verliehen.

»Das sieht gut aus«, sagte ich aufrichtig zu ihr. Sie schnaubte nur und stieß mich in Richtung Tür.

Gemeinsam gingen wir den Gang entlang zum großen Hauptraum. Dieser war geschmückt mit tausenden weißen Blüten, die an Girlanden durch die Halle gespannt waren. An den Wänden standen lange Tische, mit einem reichhaltigen, vielfältigen Buffet gedeckt. Ein weißer Teppich lag in der Mitte des Ganges wie eine Straße, darauf lagen rote Rosenblätter verstreut. Der Raum war wirklich wunderschön hergerichtet. Mein Blick wanderte zu dem Podest und ich erstarrte.

Dort waren drei Pflöcke in die Steine gerammt worden. Eine Gänsehaut überzog meinen gesamten Körper, mir wurde schlecht. Ich wusste genau, für wen diese Pflöcke waren.

Heiße Tränen versuchten, sich ihren Weg zu bahnen. Doch ich musste sie zurückdrängen, damit niemand merkte, dass ich wusste, dass Finn, Valentin und mein Vater noch hier waren.

Alice führte mich auf die andere Seite des Podestes. Dort standen zwei große Stühle, die man schon fast Throne nennen konnte: ein großer, wuchtiger, mit vielen feinen Verzierungen, daneben ein kleiner, schmaler, ohne jegliche Verzierungen. Alice dirigierte mich zu dem kleinen, ich setzte mich und sie stellte sich rechts von mir neben meinen Stuhl. Nervös legte ich meine Hände in meinen Schoß und wartete.

Nach einer kurzen Weile sah ich ihn. Er kam den Gang entlang, wie ich ganz in Weiß gekleidet. Seine langen schwarzen Haare lagen ihm offen auf den Schultern und betonten seine goldenen Augen. Sein Blick wanderte durch die Halle über die vielen Eisdämonen. Als er mich erreichte, lächelte er. Dieses Lächeln erreichte seine Augen und sie strahlten noch heller. Es steckte mich an und ich erwiderte es.

Schnellen Schrittes kam er auf mich zu und gab mir einen kurzen Kuss. Dann lehnte er seinen Kopf an meinen, sah mir in die Augen und sein Lächeln verblasste. »Es tut mir leid. Ich war nicht schnell genug«, flüsterte er.

Ich wusste, was er meinte und eine Träne bahnte sich ihren Weg über meine Wange. Sanft strich Fenrir darüber, um die Tränen zu entfernen. Er nahm meine Hand und setzte sich neben mich auf seinen Stuhl. An seine Seite stellte sich eine Frau, die ich nicht kannte. Sie sah Fenrir ziemlich ähnlich, dieselben schwarzen Haare, das gleiche Kinn, aber ihre Augen waren moosgrün. Sie bemerkte mein Starren und zwinkerte mir zu. Mit roten Wangen wandte ich mich ab. Fen strich zärtlich mit seinem Daumen über meine Hand, doch plötzlich verhärtete sich sein Griff und er starrte stur nach vorne. Ich folgte seinem Blick.

Mein Herz zerbarst in tausende kleine Splitter, die sich allesamt in meinen Körper bohrten und ich wünschte, sie würden mich von innen heraus töten. Doch ich wusste, ich musste für sie stark sein. Ich konnte jetzt nicht zusammenbrechen, ich musste meinen Teil des Deals einhalten, damit eine Chance blieb, sie zu retten.

Finn, Valentin und mein Vater wurden hintereinander in den Raum geschleift. Alle waren in einem schlechten Zustand. Dehydriert, abgemagert und schmutzig. Sie so zu sehen machte mich unendlich traurig. Grob wurden sie zu den Pflöcken gezerrt und festgebunden. Fenrir sah mich mit traurigen Augen an. Ich lächelte ihm zu, aber ich wusste, dass mir dieses Lächeln misslang.

Mein Herz zersplitterte erneut, als Valentin seinen Blick auf mich richtete. Er sah mich neben einem anderen Mann und in dem Moment sah ich in seinem Blick, wie er die Hoffnung aufgab. Sein Blick wurde leer und stumpf. Tränen stiegen in meine Augen. Ich wollte zu ihm gehen, ihn trösten, ihm sagen, dass ich ihn retten musste, dass er seine Gefährtin finden würde, dass ich immer an ihn denken würde. Doch als ich gerade aufstehen wollte, hielt Fenrir mich zurück. Ich war gezwungen meine Rolle zu spielen. Wie jeder in diesem Raum eine Rolle spielte.

Als mein Blick zu Finn wanderte, schaute er sich skeptisch um, sah mich und sein Blick drückte Erstaunen aus. Dann wurde sein Blick eiskalt und er starrte mich wieder mit seiner kühlen Arroganz an. Jetzt merkte ich, dass seine Distanziertheit ein Schutzwall gewesen war. Er hatte mich von Anfang an als die Seine erkannt, dann traf er mich mit seinem Bruder zusammen an – es hatte ihm das Herz gebrochen.

Traurig lächelte ich ihn an. Er würde es schaffen. Er würde weiterkämpfen, das wusste ich. Er war stark und vielleicht konnte er mit seinem Hass seinen Bruder dazu zwingen, mich zu vergessen. Vielleicht bestand nun, da ich fort war, die Hoffnung, dass sie wieder zueinander fänden.

Dann wanderte mein Blick zu meinem Vater, der wusste, dass ich dies nicht gänzlich freiwillig tat. Er lächelte mir zuversichtlich zu, als würde alles gut werden. Dabei wussten wir beide, dass nichts gut werden würde.

Dann knallte die große Tür vor uns zu und Angrboda stolzierte den Gang entlang. Ein Raunen ging durch die Halle, als ich aufsprang. Jetzt konnte ich ihr zeigen, dass ich sie hasste, dass ich es nicht tolerieren würde, dass sie ihr Wort gebrochen hatte. Knurrend sprang ich auf sie zu. Sie hatte meinen Angriff erwartet und bevor ich ihre Brust erreichte, hielt sie mich mit einer Hand an der Kehle fest. Sie drückte nicht zu, dafür war ich zu wertvoll. Sie hielt mich bloß davon ab, ihr wehzutun.

»Du hast dein Wort gebrochen, warum sollte ich meines dann halten?«, fauchte ich sie an und in mir war der Wunsch, sie zu zerfetzen, so stark, dass ich an nichts anderes mehr denken konnte.

Sie grinste mich an. »Du weißt, wieso du dein Versprechen halten solltest. Nun können es noch welche nach draußen schaffen. Aber wenn du dich weigerst, schafft es keiner.« Angrboda verstand es, mich wieder in die Hilflosigkeit zu stoßen. Sie setzte mich wieder ab und ich wandte mich zu den dreien um. Nun rannen die Tränen über meine Wangen. In Valentins Augen blitzte Hoffnung auf, als er sah, wie ich mich gegen Angrboda wehrte. Hinter mir hörte ich Angrbodas laute Stimme: »Nun, da alle Gäste da sind, können wir mit der Zeremonie beginnen!«

Mit gesenktem Haupt ging ich wieder zu meinem Platz neben Fenrir. Er nahm meine Hand in seine und strich besänftigend darüber.

»Wir sind heute zusammengekommen, um die Verlobung meines Sohnes, Fenrir, und seiner Gefährtin, Emilia, zu feiern. Beim nächsten Vollmond wird es so weit sein. Dann hat die Einsamkeit des furchterregenden Asen Fenrir ein Ende, denn eine Gefährtin wird ihm das Licht zeigen. Ihm neue Welpen schenken und bis an ihr Lebensende bei ihm bleiben.« Angrboda schritt auf uns zu. Fenrir stand auf und ich folgte seinem Beispiel. Sie schnitt sich selbst in die Hand und Fenrir hielt seine Hand, die mit meiner verbunden war, hoch. Angrboda ließ ein paar Blutstropfen auf unsere verschlungenen Hände fallen und sprach: »Durch mich, Angrboda, Mutter der drei gefährlichsten Asen, soll euer Leben miteinander verwoben sein.« In diesem Moment traten die drei Dämoninnen, die Finn, Valentin und meinen Vater hierher geführt hatten, wieder auf sie zu und fingen an, ihre Hände über die Herzen der drei zu senken. Jede hielt einen klaren Stein in der Hand.

Plötzlich wurde mir bewusst, was sie vorhatten. Ich wollte auf sie zu rennen, doch Angrboda hielt mich fest.

Verzweiflung hielt mein Herz in einem eiskalten Griff, als ich sah, wie die Essenz ihres Seins in die Hände der Dämoninnen glitt, und die Steine anfingen zu glühen. Ich spürte, wie sich meine Wölfin regte. Mein Körper war erstarrt, ich konnte sie nicht im Stich lassen. Die Wölfin in mir wusste, dass ich ohne sie nichts ausrichten konnte. Sie wurde immer kräftiger, wollte raus und ihre Familie retten. Um mich herum erschien ein Licht. Ohne mein Zutun brach die Wölfin aus mir heraus, zerfetzte Angrbodas Hand, die mich festhielt, und das Kleid, doch so etwas konnte mich nicht davon abhalten, zumindest zu versuchen sie zu retten.

Die Wölfin rannte zu dem Podest. Ich ließ sie walten, ließ sie komplett von der Leine, sie kannte sich besser aus mit der Jagd. Zuerst setzte sie auf Valentins Dämonin zu, riss sie mit einem Sprung von den Füßen und ehe die Dämonin verstehen konnte, was mit ihr geschah, hatte ich ihr die Kehle herausgerissen. Nun wandte ich mich der Dämonin zu, die sich an Finns Seele verging. Er wehrte sich wild, aber angebunden an einen Pflock konnte er zu wenig ausrichten. Wieder nahm ich Anlauf, sprang die Dämonin an, doch sie hatte mit mir gerechnet und verwickelte mich in der Luft in einen Kampf. An ihren Fingerspitzen sprossen Eiszapfen, die wie Klauen gebogen waren und versuchten, meine Seite aufzuschlitzen, doch ich stieß mich mit meinen Hinterpfoten von ihr ab. Während sie auf dem Rücken landete, landete ich sicher auf meinen Pfoten und rannte wieder auf sie zu. Meine Krallen packten ihre Seite und rissen ihr den Bauch auf. Als ich sah, wie ihr blauer Lebenssaft aus ihr herausfloss, wandte ich mich der letzten Dämonin zu, die eine leuchtende blaue Kugel in den Händen hielt. Triumphierend sah sie mich an. Erschrocken sah ich zu meinem Vater auf. Sein Blick war leer.

Meine Wölfin jaulte auf, während ich in ihrem Inneren meinen Schmerz hinausschrie.

Mein Herz zerbrach. Ich hatte ihn nicht retten können. Er war verloren. In meinem Kopf gab es nur noch einen Gedanken: Ich war nicht stark und nicht schnell genug gewesen für alle. Plötzlich merkte ich wieder den kalten Stein unter meinen menschlichen Füßen. Meine Beine waren nicht stark genug für das Gewicht, das sie tragen sollten und ich brach zusammen.

Meine Nacktheit störte mich nicht. Ich hatte meinen eigenen Vater nicht retten können. Ich hatte meinen Vater verloren, wegen meiner eigenen Unfähigkeit. Fenrir trat auf mich zu, legte mir seine weiße Anzugsjacke über die nackten Schultern. Tränen flossen mir unkontrolliert über die Wangen, Schluchzer ließen meinen Körper erbeben. Auch wenn mein Vater und ich uns nicht mehr so nahe gestanden hatten, war er in den letzten Tagen mehr Vater für mich gewesen als zuvor. Er hatte damals alles geopfert, um mich zu schützen. Nun hatte ich ihn im Stich gelassen. War nicht schnell genug gewesen.

Fenrir nahm mich in den Arm, wiegte mich wie ein kleines Kind in seinen Armen. Valentin und Finn wurden losgebunden. Sie wollten beide zu mir rennen, doch die übrigen Eisdämonen hielten sie fest, was sie nur noch verzweifelter kämpfen ließ, aber sie waren zu schwach. Genau wie ich es gewesen war. Alles war meine Schuld. Sie wären nicht hier, wäre ich nicht am Leben.

Ich nahm alles durch einen Dunst war, mein Kopf war in eine Wolke aus Selbstmitleid und Schuld gepackt. Ich bekam kaum noch etwas mit.

Fenrir knurrte jemanden an. »Es reicht jetzt. Du lässt sie in Ruhe. Verstanden? Meine kleine Lia, es wird alles wieder gut«, hörte ich ihn an meinem Ohr flüstern, doch ich glaubte ihm kein Wort. Niemals würde wieder irgendwas gut werden. Dann bemerkte ich, wie ich hochgehoben und fest an Fenrirs Brust gedrückt wurde.

Ich wachte in einem mir fremden Zimmer auf. Ich lag auf einem großen Bett, das schwarz bezogen war. Die Wände bildeten die grauen Steine, an denen ein paar Wandteppiche hingen. Darauf war eine Schlacht abgebildet, in der ein großer Wolf dominierte.

Das restliche Zimmer war nicht anders eingerichtet als mein vorheriges. Ich wollte schon aus dem Bett steigen, als mich die Erinnerungen an den gestrigen Tag wieder umwarfen.

Ich hatte mich verwandelt. Ein trauriges Lächeln umspielte meine Lippen, als ich in mich horchte und spürte, dass die Wölfin endlich ein wirklicher Teil von mir war. Gleichzeitig stieg eine bittere Traurigkeit in mir hoch. Ich hatte Finn und Valentin retten können. Auch wenn sie immer noch Gefangene waren, so hatten sie ihre Seelen noch. Aber meinen Vater hatte ich nicht retten können. Er war jetzt ein seelenloser Sklave. Er würde nie mehr sein Glück finden. Er war nun dazu verdammt, diesen Eisdämonen zu gehorchen.

Jemand kam zur Tür herein, ich drehte mich um und sah Fenrir. Zaghaft lächelte er mich an.

»Wie geht es dir?«, fragte er. Ich zuckte mit den Schultern, wie sollte es mir schon gehen? Ich hatte meinen Vater verloren und was mit Finn und Valentin passierte, wusste ich auch nicht. »Meinst du, du kannst dir etwas anziehen und mit mir kommen?« Erstaunt sah ich ihn an, nickte aber und zog mir die dicken Sachen an, die er herausgeholt hatte. Verwundert sah ich die Sachen an, warum sollte ich mich gerade jetzt so dick anziehen? Als ich fertig war, setzte Fenrir mir noch eine Mütze auf den Kopf und gab mir einen sanften Kuss auf die Nasenspitze.

»Lia, ich mag dich wirklich. Und ich möchte dich glücklich sehen. Ich weiß, dass du mich nicht liebst. Es wahrscheinlich niemals kannst, aber ich möchte noch einmal ein Lächeln auf deinem Gesicht sehen.«

Ich nickte und folgte ihm nach draußen. Doch ich bezweifelte, dass ich nach diesem Verlust jemals wieder glücklich sein konnte.

Wir gingen durch verschiedene Gänge, die allesamt gleich aussahen. Wir endeten im Hauptraum, aber anstatt durch den Gang zu gehen, der in die Kerker führte, führte er mich zu einer anderen Tür, die den Weg nach draußen versperrte. Während hinter dem Schloss die Höhle lag, die ziemlich warm war, war vor dem Schloss eine Eislandschaft. Die komplette Ebene war übersät von Schnee, die Sonne reflektierte auf der Erde und man konnte den Horizont über einer endlosen, flachen Ebene sehen, kein anderes Lebewesen war weit und breit zu erblicken.

»Ich habe es arrangiert, dass du, bevor Finn und Valentin freigelassen werden, sie noch einmal sehen kannst.«

Als ich das hörte, konnte ich es zunächst nicht fassen. Doch als seine Worte zu mir durchgedrungen waren, fiel ich Fenrir um den Hals. »Danke!«

Er drückte mich kurz an sich und ließ mich dann wieder los. Er deutete hinter mich, ich drehte mich um und sah die beiden.

Sie waren genauso dick angezogen wie ich und hatten schwere Rucksäcke dabei. Ich rannte auf sie zu und umarmte beide auf einmal. Tränen der Freude und der Trauer rannen über meine Wangen, ich war so froh, sie noch einmal sehen zu können, bevor sich alles verändern würde. Schluchzer ließen meinen Körper beben. Valentin und Finn hielten mich. Mein Herz zog sich zusammen, als beide meine Umarmung erwiderten.

»Ihr müsst so schnell es geht verschwinden«, sagte ich zwischen einigen Schluchzern.

Valentin nahm meine Hand. »Du musst mit uns kommen!«

Ich schüttelte den Kopf. »Ich kann nicht. Ich bin einen Deal eingegangen. Den halte ich ein.«

Finn zog mich zur Seite. »Bist du verrückt? Wir können dich nicht hierlassen.«

Ich streichelte über seine Wange. »Doch, ihr müsst mich hierlassen. Es geht nicht anders. Bitte versteh das, ich bin einen Handel eingegangen und muss hierbleiben.«

Bitter sah er mich an. »Ich will dich aber nicht hierlassen.«

Ich lächelte ihn an. »Ich weiß. Aber du musst. Bitte. Sei für Valentin da, vertragt euch. Um meinetwillen.«

Sein Blick wurde traurig, sanft gab er mir einen Kuss auf die Stirn. »Du warst nie die Meine. Du warst schon immer die Seine. Ich wusste es von Anfang an. Ich wollte es aber nicht wahrhaben, dass er dieses Glück eher als ich erfahren könnte. Es tut mir leid, dass ich euch im Weg stand.«

Ich schüttelte den Kopf. »Du standest uns nicht im Weg. Die Zeit hat einfach nicht gereicht. Aber bitte kümmere dich um ihn. Bitte.«

Er nickte und stellte sich neben Valentin, der jetzt zu mir kam und mich an sich drückte. »Du musst wirklich hierbleiben?« Ich nickte und vergrub mein Gesicht an seiner Brust. Ich liebte seinen Duft nach Tannennadeln und Wald. »Ich werde dich irgendwie wieder rausholen, verstanden? Ich werde dich nicht hierlassen. Ich werde dich finden, egal wo du bist, und dich mitnehmen.«

Bei seinen Worten zog sich mein Herz noch enger zusammen. Der Schmerz, sie nie mehr wiederzusehen, brachte mich um den Verstand. »Nein, du wirst mich vergessen. Du wirst eine Gefährtin finden, die dir ein Lächeln auf die Lippen zaubert, dir Kinder schenkt und für dich da ist. Bitte. Ich werde klarkommen. Aber, bitte, vergiss mich.« Mein Blick wurde flehend. Er sah mich an, in seinen Augen sah ich die streitenden Gefühle. Er senkte seinen Blick und nickte, dann küsste er mich. Ein Kuss, in den er all seine Gefühle legte, die Liebe, die Trauer, die Verzweiflung, die Wut. Ich erwiderte den Kuss, legte meine Zuversicht, meine Liebe hinein. Als wir uns trennten, wusste ich, es war ein endgültiger Abschied. Schon damals in den Tunneln hatten wir es wohl geahnt. Auch wenn er mich suchen würde, es würde mich nicht mehr wirklich geben. Ich wusste, dass Fenrir sich nicht gegen seine Mutter stellen würde. Ich würde nur noch meine Wölfin sein. Doch das sollten die beiden nicht mehr erfahren. »Was genau beinhaltet dein Handel?«, fragte Valentin.

Ich setzte mein glücklichstes Lächeln auf, auch wenn ich wusste, dass es mir gänzlich misslang, und sah zu Fenrir. »Ich werde Fenrirs Gefährtin werden. Dafür werden die Dämonen und Götter euch für den Rest aller Zeiten in Frieden lassen.«

Skeptisch sahen mich die beiden an. Fenrir nahm meine Hand und drückte sie, stellte sich neben mich. Tränen standen in meinen Augen.

»Ich werde dich niemals vergessen«, hauchte Valentin und gab mir einen Kuss auf den Scheitel. Ich presste die Zähne aufeinander, um nicht loszuweinen. Noch einmal genoss ich seine Wärme und löste mich dann aus seiner Umarmung. Finn nahm seinen Bruder am Arm und zog ihn Richtung Horizont, weg von der Burg.

Fen zog mich in seinen Arm. Während ich immer wieder von Schluchzern geschüttelt wurde, sahen wir gemeinsam Finn und Valentin hinterher, bis ihre zwei Punkte am Himmel verblassten. »Ich weiß, dir geht es jetzt nicht gut. Lass uns noch ein wenig ins Labyrinth gehen, ja?«

Ich nickte, was hatte ich schon zu verlieren?

Im Labyrinth saßen wir wieder auf der Bank und schauten stumm der Sonne zu, wie sie unterging.

»Heute Nacht ist Vollmond«, sagte Fenrir nach einer Weile.

»Also werden wir demnächst Gefährte und Gefährtin sein«, meinte ich, meine Stimme klang emotionslos. Es war, als hätte ich meine Seele schon abgegeben, als ich mit ansehen musste, wie alle, die ich liebte, verschwanden.

Als der Mond aufging, gingen wir hinein. Vor meinem Zimmer wartete Angrboda schon auf uns. Sie hielt ein blutrotes

Kleid hoch. Ich nahm es mit in meinen Raum und zog es an. Seit Finn und Valentin verschwunden waren, war ich innerlich abgestumpft. Mir war irgendwie alles egal. Als ich angezogen war, sah ich in den Spiegel. Meine Augen waren trüb, als wäre ich eine Sklavin. Ich versuchte zu lächeln, es misslang. Dieses Mal schminkte ich mich selbst. Meine Augen wurden nur mit schwarzem Kajal betont, den ich ab der Mitte des Auges durch einen roten ersetzte. Meine Lippen schminkte ich passend zu der Farbe meines Kleides auch blutrot. Dann bürstete ich meine Haare und ließ sie in ihren weichen Wellen über meine Schultern fallen.

Als ich fertig war, betrachtete ich mein menschliches Ich noch ein letztes Mal im Spiegel. Meine großen hellblauen Augen, die nicht mehr strahlten, sondern stumpf waren von der Trauer und dem Leid, das sie hatten mitansehen müssen. Meine Gesichtszüge, die härter geworden waren, sodass ich nicht mehr jugendlich aussah, sondern viel älter. In der kurzen Zeit, die ich diese Welt kannte, hatte ich mich sehr verändert. Ich war nicht mehr das junge, naive Ding. Ich sah die Dinge realistisch.

Das Kleid war wirklich wunderschön. Ich strich über den glänzenden Stoff, der an Seide erinnerte. Der Schnitt passte wie angegossen, es war ein Neckholder, das ein Herzdekolleté hatte, dann verlief es eng über Bauch und Unterleib, bis es sich in einem A-Schnitt weitete. Ich wandte mich der Tür zu und ging zurück in den Hauptraum. Wie am Tag zuvor war er reichlich geschmückt worden. Überall waren Gestecke mit Feuerlilien zu sehen. Sie hatten sich bei der Dekoration wirklich Mühe gegeben. Vor dem Podest, auf dem Angrbroda stand, wartete Fenrir auf mich. Sein Anzug war genauso rot wie mein Kleid, doch kleine Stickereien aus Gold zogen sich über den feinen Stoff. Als Fenrir mich sah, streckte er seine Hand nach mir aus. Mit unsicherem Gang lief ich ihm entgegen, durch die Reihen der raunenden Eisdämonen, und nahm sie. Hand in Hand standen wir nun vor seiner Mutter, die sich laut räusperte und die Dämonen zum Schweigen brachte.

Angrboda hielt ihre Hände über Fenrirs und meinen Kopf, als wollte sie uns segnen. »Ihr habt zueinander gefunden. Habt gemeinsam gelitten und euch gemeinsam des Lebens erfreut. Nun sind wir alle hier versammelt, um euch in euer Gefährtensein zu begleiten.« Angrbroda zückte einen schimmernden goldenen Dolch und reichte ihn Fenrir, der sich damit in die Hand schnitt, dann reichte er ihn mir. Ein scharfer Schmerz durchzuckte meine Handfläche, als ich den Dolch schnell über meine Hand zog. Blut quoll daraus hervor und ich ließ den Dolch einfach fallen.

»Nun werdet ihr durch Blut gebunden. Und nur Blut kann euch wieder lösen. So lange seid ihr vereint, für die Ewigkeit. Ihr werdet spüren, was der andere spürt, fühlen was der andere fühlt.« Fenrir sah mich mit glühendem Blick an und mit einer Ernsthaftigkeit, die ich noch nie zuvor an ihm gesehen hatte, drückte er seine blutende Handfläche gegen meine. Als Fenrir anfing zu schimmern, sah ich fragend zu Angrboda, sie nickte mir zu. Und so begann auch ich, die Wölfin in mir hervorzulocken. Als mich ein sanftes Schimmern umgab, wusste ich, dass nie mehr etwas so sein würde, wie es einmal war. Mein menschliches Sein zog sich immer weiter zurück und meine Wölfin übernahm das Ruder. Das Schimmern um mich herum verglomm und ich konnte zum ersten Mal den Wolf in Fenrir sehen. Er war wunderschön. Während ich Angrbroda gerade mal bis zum Brustkorb ging, überragte er diese noch. Mein Kopf erreichte gerade mal Fenrirs Brust und ich musste zu ihm aufsehen. Doch gerade als ich mich an ihn lehnen wollte, spürte ich einen Schmerz. Es fühlte sich an, als würde etwas aus mir herausgezogen werden. Als würde mir aus meinem Innersten etwas brutal herausgerissen werden. Ich sah hinab auf meine Brust, wo der Schmerz saß, sah eine Dämonin, die mir das Erz auf mein Herz drückte. Fenrirs Kopf lehnte sich an meinen.

»Es tut mir leid. Ich wusste, dass ich dich anders niemals haben könnte. Niemals könntest du mich lieben, in dem Wissen, was ich deinem menschlichen Sein alles angetan habe. Was meine Mutter dir angetan hat. Dieser Schritt ist nötig für unsere Zukunft, damit du mich wahrhaftig lieben kannst. Und zwar nur mich. Niemals könntest du mich so lieben wie den Werwolf. Ich hatte mir wirklich gewünscht, es würde anders kommen.«

Ich sah zu ihm auf und verstand. Niemals hatte ihn jemand seines Charakters wegen geliebt. Seine Mutter liebte ihn wegen der Macht, die er verkörperte, genau wie sein Vater. Für den eisernen Wald war er nur Mittel zum Zweck gewesen. Und nun hatte er wirklich die Chance, seinetwegen geliebt zu werden. »*Ich verstehe dich*«, hauchte ich.

Dann wurde mein menschliches Sein in die Dunkelheit gerissen.

KAPITEL 19

Die Wölfin wachte in einer ihr unbekannten Umgebung auf. Neben ihr ein großer schwarzer Wolf, der sie mit seinem Körper warmhielt. Sie leckte ihm über die Lefzen, froh, ihn zu sehen. Entspannt schloss sie ihre Augen, genoss die Sonne auf ihrem schwarzen Fell.

Als der große Wolf, ihr Gefährte, ihr die Schnauze leckte, erwachte die Wölfin wieder, gähnte und streckte sich. Der andere tat es ihr gleich. Nun erhob sich die Wölfin und schaute sich das erste Mal richtig um. Sie stand inmitten einer Lichtung. Das Gras, das ihre Pfoten kitzelte, war so hoch, dass sie sich darin verstecken könnte, wenn sie sich wieder flach machen würde. Die Bäume, die sie umringten, waren so riesig, dass sie erst wenn sie den Kopf in den Nacken legte ihre Spitzen sehen konnte. Der Himmel, den sie sah, war strahlend blau und zwei Sonnen schwebten über ihr. Kurz legte die Wölfin den Kopf schief, *zwei Sonnen?* Aber schnell war diese Überlegung vergessen, als ihr Gefährte sie anstupste und sie gemeinsam auf die Jagd gingen.

Die Wölfin legte die Nase in den Wind und roch die fremde Natur um sich herum. Die Natur war etwas Lebendes, in jeder Faser ihres Körpers spürte die Wölfin das Leben des Waldes. Sie nahm ein Eichhörnchen in der Nähe wahr, einen Bach rechts von ihr, einen Habicht, der in großer Höhe über sie hinwegflog. Sie spürte, wie das Gras unter ihren Pfoten lebte, wie jeder Stein, auf den sie trat, einen Widerhall gab. Sie genoss es einfach, so durch die Natur zu trotten.

Doch dann bemerkte sie ein Wildschwein. Sie stupste ihren Begleiter an, trottete in die Richtung, in der das Wildschwein noch nichtsahnend nach Wurzeln suchte.

Ihr Gefährte blieb dicht hinter ihr, als sie sich voran pirschten. Als auch er das Wildschwein witterte, fingen sie an es aus entgegengesetzten Richtungen zu umkreisen. Als das Wildschwein sie endlich wahrnahm, war es schon fast zu spät. Die Freude des Jagens pulsierte in den Adern der Wölfin und als das Wildschwein losrannte, rannte sie ihm hinterher. Jagte es mit großen Sprüngen direkt auf die Reißzähne ihres Gefährten zu und ehe sich das Wildschwein in seiner Panik bewusst war, was ihm drohte, hing an ihm schon ihr Begleiter. Er hatte seine Zähne in den Nacken des Keilers gegraben und riss nun an seiner Haut. Seine Krallen hatten sich in die Schultern gebohrt, doch noch rannte der Keiler.

Die Wölfin wurde noch schneller und sprang neben dem Keiler her, sie hetzte ihn durch den Wald, zwickte ihn mal hier, mal dort mit ihren scharfen Zähnen. Sie merkte, wie den Keiler die Kraft verließ und er immer langsamer wurde, sie konnte ihn mittlerweile nicht nur zwicken, sondern richtig zubeißen. Sie kostete von seinem saftigen Fleisch. Ihr Gefährte merkte nun auch, dass die Kraft des Keilers zur Neige ging und sprang von ihm ab. Er ließ ihr den Vortritt und sie rannte an der Beute vorbei, stellte sich ihr in den Weg und wartete darauf, dass das Wildschwein nah genug kam, damit sie ihm die Kehle zerfetzen konnte. Der Keiler bemerkte zu spät, was sie vorhatte, und sie verbiss sich in seiner Kehle, riss an der zarten Haut.

Als sie merkte, wie ihr das Blut in Strömen in den Schlund lief, ließ sie von ihm ab und der Keiler fiel einfach in sich zusammen. Nach ein paar qualvollen Atemzügen regte er sich nicht mehr. Mit wedelnder Rute wandte sich die Wölfin zu ihrem Gefährten um. Obwohl sie sich an nichts erinnern konnte, wusste sie, dass dies ihre erste Tötung war. Tief in ihrem Inneren wusste sie es.

Voller Stolz tänzelte sie um ihren Gefährten herum. Dieser kam auf sie zu, leckte ihr über die Lefzen und gemeinsam machten sie sich über den Keiler her, zerrissen das Fleisch, brachen die Knochen, saugten das Mark.

Satt und erschöpft schlenderten sie zu einer Höhle in der Nähe, die ihr Gefährte ihr zeigte. Dort legten sie sich gemeinsam nieder und schauten hinauf zum Sternenhimmel, den zwei Monde bedeckten. Völlig versunken in das Bild des Mondes bemerkte die Wölfin erst nicht, wie ihr Gefährte nervös herumzappelte. Als sie ihm ihre Aufmerksamkeit schenkte, fing er plötzlich an zu leuchten.

Erschrocken fuhr die Wölfin zurück und klemmte ihre Rute angstvoll zwischen die Beine, als ihr ein Wesen gegenübersaß, das sie nicht kannte. Es hatte keinerlei Behaarung außer auf Brust und Kopf, keine Krallen, um sich wehren zu können, keine Reißzähne. Etwas Hellblaues leuchtete wie der Himmel auf seiner Brust.

Die Wölfin war verwirrt, was passierte hier? Sie jaulte nervös, fragte sich, was mit ihrem Gefährten geschehen war. Plötzlich fing dieses Wesen an zu reden. »Lia, erinnerst du dich nicht mehr an mich?« Als die Wölfin ihn nicht verstand, nur jaulend und ängstlich an die Wand zurückwich, schnaubte er. »Wie habe ich nur denken können, du seist stark genug für diesen Akt? Ich war ein Trottel. Und nun lebe ich mit dir in meiner Nähe, aber dennoch bist du unglaublich weit entfernt. Du bist mir so nah. Und doch kann ich dich nicht fassen. Dein Lachen werde ich niemals mehr hören können. Deine Lippen niemals mehr spüren und dein Lächeln nie mehr sehen. Das alles tut mir leid, meine kleine Lia.«

Plötzlich war er wieder von Licht umhüllt. Dann stand wieder ihr Gefährte vor ihr, wackelte mit seiner Rute und forderte sie zum Spielen auf. Verwirrt schnupperte die Wölfin. Es war tatsächlich ihr Gefährte, aber wie konnte es sein, dass er erst ein anderes Wesen war und nun wieder er selbst? Sie kam vorsichtig näher und beschnupperte ihn nochmals. Als sie endgültig sicher war, dass er es war, fiel sie mit ein in sein Spielen, leckte ihm die Lefzen und ließ sich von ihm jagen.

Als die Wölfin unter den Monden an ihren Gefährten gekuschelt dalag, wusste sie nicht, was es Schöneres geben konnte.

Doch kurz bevor die Wölfin in einen Schlummer glitt, spürte sie eine Präsenz in sich, die versuchte an die Oberfläche zu gelangen. Verwirrt sah die Wölfin zu ihrem Gefährten, doch der schien nichts mitzubekommen. Die Wölfin schloss die Augen und konzentrierte sich auf ihr Inneres. Dort sah sie ein kleines blaues Leuchten wie das leuchtende Ding, das die Kreatur an ihrer Brust gehabt hatte. Plötzlich hörte sie die Stimme des Leuchtens. »*Erinnere dich.*«

ENDE

VON BAND 1

Epilog

Emotionslos saß Valentin am Ufer des Sees, wo er das erste Mal richtig mit Emilia gesprochen hatte. Seit Wochen war die Schule schon wieder in Gang, aber er konnte sich auf nichts konzentrieren. Er sah in nichts mehr einen Sinn.

Was machte das Leben auch für einen Sinn, wenn man die Person, die man liebte, nicht haben konnte? Als er an Emilia dachte, an ihr Lachen, das ihre blauen Augen strahlen ließ, ihr Lächeln, das jeden in ihrer Umgebung ansteckte, traten ihm die Tränen in die Augen. Wieso nur war das Leben so ungerecht zu ihm? Wieso konnte er nicht bei seiner Gefährtin sein?! Er wusste, dass es keine andere mehr für ihn geben würde. Er hatte es von Anfang an gespürt, als seine Lippen die ihren berührten. Er legte sein Kinn auf seine Knie. Wie konnte Odin ihn nur so hassen? Er hatte ihm nie etwas getan, wie konnte er jetzt verlangen, dass er seine Gefährtin sah, schmeckte und roch und sie dann gehen lassen sollte? Seine Wut auf Odin vergrößerte sich immer weiter.

Er hatte schon lange die Sperrstunde des Internates verpasst, aber es interessierte ihn nicht, nichts interessierte ihn. Er wollte Emilia wieder in seinen Armen wissen. Als es zu kalt wurde, verwandelte sich Valentin in einen Wolf. Dass seine Kleidung dabei zerfetzte, kümmerte ihn nicht. Nun lag er am Ufer des Sees, betrachtete die Spiegelung des Mondes, aber sie ging ihm nicht nah. Früher hatte er den Anblick des Mondes geliebt, aber nun war er ihm so gleich wie alles andere.

Leon und Peter, sogar Finn versuchten während der Schulzeit immer wieder, ihn zum Reden zu animieren. Aber es schien, als hätte er seine Stimme bei Emilia gelassen, als er sie verlassen musste. In den Armen eines Gottes, der sie nicht verdient hatte.

Plötzlich sah er eine Gestalt in der Spiegelung des Mondes auf ihn zukommen. Doch als er den Blick hob, war nichts zwischen ihm und dem großen gelben Vollmond. Verwirrt sah er wieder auf die Spiegelung. Die Frau, wie er jetzt erkannte, kam auf ihn zu. Sie hatte weiße Haare, aber sie war nicht alt. Ihre Augen jedoch waren schwarz wie die Nacht. Er hätte Angst haben sollen, doch auch diese Emotion war verschwunden. Nichts konnte schlimmer sein, als Emilia zu verlieren.

»Du bist Valentin, richtig?«

Die Frau hatte zu ihm gesprochen. Verwirrt sah er sie an, nickte jedoch. Und dann offenbarte ihm die Mondfrau, wie er Emilia und all die anderen Sklaven retten konnte. Denn ihre Seelen waren nicht zerstört. Hoffnung machte sich in ihm breit, während er ihr lauschte. Als sie geendet hatte, verschwand die Spiegelung, wie sie gekommen war. Voller Tatendrang sprang Valentin auf und rannte Richtung Internat. Er musste seinen Freunden davon berichten. Und dann würde er sich aufmachen und Emilias Rettung finden. Egal, was es ihn kosten würde. Am Ende würde er Emilia in seinen Armen halten und sie nie mehr loslassen.

Weiter geht es in

WOLFSMAL

DER STEIN IN DEINEM HERZEN

Eine neue Sicht …

Seit Jahrhunderten hatte sie ihn nicht mehr zu sich gerufen. Grummelig folgte er jedoch ihren Anweisungen, er wusste, dass sie bekommen würde, wonach sie verlangte.

Er reiste auf die Erde und landete mitten im Schnee, schnaufend schüttelte er sich, er hasste ihn. Feucht, kalt und nass. Er verstand nicht, wie sich manche nach diesem blendenden Weiß sehnen konnten, empfand er es doch einfach als Plage, diesen auch nur ansehen zu müssen. In seinem Wald war immer Frühling. Er mochte die blühende Landschaft und die Instinkte der Tiere, die sich dann mehr und mehr vermehrten. Seine Lefzen zuckten zufrieden, es war sein Glück, dass sie nie müde wurden einander zu begatten. Er sehnte sich schon jetzt zurück in sein warmes Reich, wo ihn keiner nervte und ihm keiner irgendwelche Befehle aufdrückte. Doch diesem Befehl musste er nachgehen. Wenn seine Mutter wirklich jemanden gefunden hatte … Er verbat sich diesen Gedanken. Sie konnte niemanden finden, der diese Eigenschaften in sich trug. Jeder, aber nicht sie.

Suchend blickte er über die weite weiße Ebene, auf der Suche nach dem Schloss, das seine Mutter ihm beschrieben hatte. Es sollte an dem Fuße eines Berges liegen und so gut getarnt vor den Menschen sein. Auf den ersten Blick konnte er es nicht entdecken. Wut brach in ihm empor. Erst wollte sie, dass er unbedingt kam, aber sandte ihm dann nicht einmal die richtigen Koordinaten, damit er auch wirklich sein Ziel erreichte.

Knurrend lief er nach Norden. Das schien ihm als angemessene Richtung, wo er doch nach der Festung der Eisdämonen Ausschau halten sollte.

Er verachtete die Dämonen, sie waren ein eingebildetes Pack, das nichts alleine zustande brachte. Immer brauchten sie einen starken Führer, der ihnen den Weg wies und die Schuld auf sich lud, damit sie wie die Unschuldigen aussahen. Der Wolf schnaufte und lief weiter.

Schon bald erkannte er, dass er richtig gelegen hatte. Die Festung sah aus, als ob sie aus dem Berg herauswachsen wollte. Sie war durch den Schnee komplett in weiß gehüllt. Es gab keinerlei Balkone, aber wer wollte bei dem Wetter auch draußen sein? Was ihn jedoch überraschte, war der Garten, durch den er lief, als er der Burg näher kam. Die Eisdämonen hatten anscheinend auch eine künstlerische Ader: Wunderschöne Skulpturen der verschiedensten Wesen glitzerten in der trüben Sonne und verliehen der kargen Eiswüste ein fast majestätisches Aussehen. Staunend lief er durch den Garten, immer auf das hohe Tor zu, das für andere vielleicht bedrohlich gewirkt hätte, aber er belächelte es nur. Er legte seine große Pfote auf das Tor und heulte in den Himmel, sofort wurde das Tor von innen aufgerissen und der Wolf fiel fast hinein. Er knurrte den lästigen Eisdämon an, der ihm verschreckt das Tor geöffnet hatte. *»Mickrige Missgeburt«*, knurrte der Wolf und fixierte den Mann mit seinen goldenen Augen. *»Wo ist meine teure Mutter?«*, fragte er, immer noch ein Knurren in der Stimme.

»Aber, aber, Fenrir. Sei nicht so gemein zu unseren Gastgebern.«

Sein Blick richtete sich auf die hochgewachsene Frau mit den goldenen Augen, die wie seine waren. *»Du wolltest mir etwas zeigen«*, erinnerte er sie direkt. Fenrir wollte raus aus dieser kalten Ebene, zurück zu seiner Ruhe und seiner leichten Beute, wollte sein Leben weiter genießen, ohne eine Schachfigur in ihrem Spiel zu werden.

»Dafür solltest du dich erst einmal verwandeln«, meinte seine Mutter und sah ihn bittend an. Er seufzte und fügte sich widerstrebend ihrem Befehl. Er hatte keine Lust, sich mit ihr anzulegen. »Also?«, fragte er in seiner menschlichen Form.

»Hach! Es ist so schön, dich endlich mal wiederzusehen! Wie lang ist es her? Drei Jahrhunderte bestimmt!« Angrbodas Stimme klang erheitert und Fenrir wusste, dass dies ein schlechtes Zeichen war. Wenn sie ihm so Honig ums Maul schmierte, so wusste er, dass sie etwas von ihm verlangen würde, das er nicht gutheißen konnte.

»Komm doch einfach zu dem, was du möchtest«, schlug er ihr vor. Angrboda schürzte kurz, gespielt eingeschnappt, die Lippen, bevor sie ihn anlächelte. »Du warst schon immer so ungeduldig, mein Junge. Aber, na gut. Folge mir.« Sie drehte sich auf ihren Absätzen um und lief den dunkel gemauerten Gang entlang. Fenrir folgte ihr und betrachtete seine Umgebung.

Die grauen, trostlosen Steine verfolgten sie auf ihrem Weg. Dekoration und Wohlgefühl war für die Eisdämonen anscheinend nicht wichtig. Die einzige Dekoration waren die Wandteppiche, die skurrile Szenen zeigten. Wo die meisten Menschen damals ihre Erfolge präsentierten, indem sie auf einem hohen Ross saßen und ihr Schwert triumphierend hochhielten, so zeigten die Dämonen ihre ganz eigenen Erfolge. Bei den Bildern bekam selbst Fenrir eine Gänsehaut. Seiner Meinung nach gehörten die Eisdämonen für ihre Versuche an den Wesen ausgelöscht. Aber das dachte gerade er. Derjenige, dessen Schuld es war, dass fast seine eigenen Nachkommen sich gegenseitig zerfleischt hatten. Er schüttelte sich, um wieder einen klaren Gedanken fassen zu können. Diese Abweichungen seiner Konzentration konnte er in dieser Umgebung nicht zulassen. Auch wenn die Riesin vor ihm seine Mutter war, so konnte er ihr doch nicht vertrauen.

Angrboda führte ihn in einen Raum, in der eine Spiegelwand zu sehen war. »Bist du bereit?«, fragte sie und ein unheimliches Grinsen umspielte ihre Lippen. Fenrir nickte nur kurz. Er war gespannt, was sie ihm zeigen wollte, doch setzte sich in ihm auch die Sorge fest, dass dies nur eine Ablenkung sein sollte, aber von was nur?

Seine Mutter legte ihre Hand auf das Spiegelglas und murmelte einige göttliche Worte und ein neues Bild erschien an der Wand: Ein schwarzhaariges Mädchen schlummerte auf einem Himmelbett in einem frisch verputzten Raum.

»Wo ist sie?«, fragte er atemlos. Er konnte es nicht fassen. Seine Mutter hatte es tatsächlich geschafft, solch ein Mädchen zu finden! Das Mal stach ihm regelrecht ins Auge, so blass war sie. Doch konnte er es nicht fassen, dass sie wirklich real sein sollte. Sieben … Sieben hatte es erst seit Zeitgedenken gegeben und nun lag eine vor ihm.

»Sie ist hier, in diesem Schloss.«

Verwundert sah er seine Mutter an, hier? »Es war nicht einfach, sie zu finden. Aber die Eisdämonen haben wunderbare Mittel zur Verfügung, um selbst Sachen herauszufinden, die die Leute am liebsten totschweigen würden.« In Angrbodas Stimme konnte man die Genugtuung hören, die ihr der Anblick ihres überraschten Sohnes bereitete. Aber wie hatte er es auch ahnen können, dass sie solch ein besonderes Wesen fand?

»Was willst du für sie?«, fragte er vorsichtig. Sie würde niemals nur etwas Gutes für ihn tun wollen. Es musste ein Handel dahinter stecken.

»Nichts.«

Wieder sah er seine Mutter verwirrt an. »Nichts?«, fragte er noch einmal.

»Na ja, gut«, druckste sie herum. »Nicht gar nichts. Aber ich erwarte keine Gegenleistung für mich. Sie ist 18 Jahre alt, musst du wissen, und noch Jungfrau. Sie lebte in einer komplett anderen Zeit, als du es gewohnt bist. Ich will, dass du dir die jetzige Welt ansiehst und lernst, zu sprechen wie sie. Du sollst wissen, was Smartphones, Instagram und Facebook sind. Mehr verlange ich nicht von dir.«

Skeptisch sah er seine Mutter an. Mehr nicht? Er hatte schon öfter die Menschen beobachtet, nachgesehen, was der Wandel der Zeit mit ihnen angerichtet hatte. Aber wieso wollte sie nichts im Gegenzug dafür?

»Natürlich wird die Verbindung hier gefeiert und ihr werdet von mir verbunden werden, aber das hättest du wahrscheinlich auch gewollt, oder nicht?«

Sprachlos nickte er einfach nur. Er blickte von seiner Mutter zu dem Mädchen hinüber und konnte es nicht begreifen. Seine Mutter hatte für ihn eine Gefährtin gefunden. Jemanden, der ihn so lieben konnte, wie er war, wenn er ihr nur etwas Zeit ließe.

»Gut, ich will sie kennenlernen«, meinte er. Seine Stimme klang immer noch etwas außer Atem, aber ihr Anblick machte ihn nervös und gleichzeitig besah er ihr liebliches Gesicht voller Hoffnung.

»Dann geh in die Menschenwelt. Morgen wirst du sie kennenlernen«, verkündete seine Mutter und er tat es. Er befolgte wieder ihren Befehl, aber nur, damit er sie kennenlernen konnte.

Er saß auf einer Parkbank und beobachtete die Menschen, es war um die Mittagszeit und nach seiner Ankunft hatte er sich erst einmal etwas zum Anziehen besorgt. Die neuste Mode war überraschend gemütlich gewesen und so saß er nun in der Sonne, mit einer sogenannten Jeans und einem T-Shirt, das die nette Verkäuferin ihm empfohlen hatte. Sie hatte etwas verwirrt geschaut, als er nackt vor der Tür stand und skeptisch die Welt begutachtet hatte, doch sein Zauber auf die weiblichen Menschen hatte anscheinend nicht nachgelassen und als er ihr eine

Goldmünze auf den Tisch gelegt hatte, brachte sie ihm alles, was er wollte. Er grinste bei der süßen Erinnerung, ja wirklich alles. Obwohl er dabei nur das Gesicht des Mädchens vor sich gehabt hatte, war die weibliche Nähe angenehm gewesen.

Er folgte einem Jogger mit seinem Blick, als er die Aura spürte, die ihm immer näher kam.

»Du bist auf ihr Angebot eingegangen«, bemerkte sie und setzte sich neben ihn.

»Ja, das bin ich wohl.«

»Wieso?«

»Weil sie tatsächlich eine freie Gefährtin gefunden hat. Jemanden, der sogar mich lieben könnte, weil sie an niemand anderen gebunden ist.«

»Und was ist mit demjenigen, der an sie gebunden ist? Ist er dir egal?«, fragte sie vorwurfsvoll.

Er nickte nur. Ja, es war ihm egal. Jahrtausende wartete er nun schon auf jemanden, der seine wölfische Seite verstehen würde und gleichzeitig seine stille, quälende Sehnsucht stillen konnte. Kein Wolf würde so alt werden wie er, kein einziger! Und hatte er es denn dann nicht verdient, dieses Glück zu finden?

»Du bist egoistisch«, warf sie ihm vor. Ihr Ton war voller Bitterkeit.

»Das war ich schon immer, Tochter. Du solltest dies am besten wissen, bist du doch diejenige, die am längsten bei mir verweilte.«

»Ja und dennoch sehnst du dich nach etwas, was du nicht haben kannst!« Hatis Stimme wurde immer lauter und Fenrir sah sich lauernd im Park um.

»Zügle dein Temperament. Ich bin nicht dein dummes Kind, sondern dein Vater. Ich weiß, worauf ich mich einlasse.«

Hati lachte auf. »Das meinst du! Ich weiß viel besser als du, was sie vorhat, und, Vater, ich beschwöre dich, lass es nicht soweit kommen! Bitte.«

Fenrir sah seine einzige Tochter an. Früher hatte er ihr nie eine Bitte ausschlagen können, immer war sie an erster Stelle gewesen. Dies war auch der Grund, warum ihr Bruder, sein einziger Sohn, gegangen war. Weil Fenrir ihm nicht dieselbe Aufmerksamkeit hatte schenken können, die Hati von ihm erhielt. Heute lag es jedoch anders. Auch sie hatte sich irgendwann von ihm abgewandt, nicht im Bösen, aber sie hatte ihn alleine gelassen und Fenrir wollte nicht mehr alleine sein. Er wollte jemanden an seiner Seite haben, der ihn verstand, ihn liebte, so wie er sie lieben würde. »Hati, ich kann dir diesen Gefallen nicht tun. Ich werde das Mädchen nehmen, solange es mich möchte.«

»Sie möchte dich aber nicht!«, fauchte Hati und sprang auf. Wild lief sie im Park auf und ab, während ihr Vater ihr dabei zusah. Während sie wütend, hilflos und fast ein wenig verzweifelt wirkte, saß er ruhig da und beobachtete sie. Als würde es um nichts gehen.

»Sie wird mich wollen«, meinte Fenrir dann nur und beobachtete seine Tochter weiter. Diese atmete tief ein und aus, fünf Mal, ehe sie ihn bitter ansah.

»Du weißt, dass du dich auf einen Handel mit Angrboda einlässt, den du selbst nicht durchschaust.«

»Ja, dies ist mir auch in den Sinn gekommen. Aber manche Dinge sind es wert, bezahlt zu werden.« Fenrir meinte, was er sagte. Er glaubte wirklich daran, dass dieses Mädchen alles wert war, dass sie die Eine sein könnte, die ihn verstand und ihn so akzeptierte, wie er war.

Seine Tochter sah ihn nur kopfschüttelnd an. »Du begehst einen großen Fehler«, meinte sie und verschwand in einer Rauchwolke.

Er sackte auf der Bank zusammen. Dass er einen Fehler beging, wusste er, aber dies von seiner Tochter zu hören, machte es ihm deutlich schwerer. Sollte er wirklich diesem Mädchen die Chance geben, ebenfalls sein Herz zu brechen?

Sein Blick wanderte durch das Geäst des Baumes auf die Sonne. Er ließ sich von ihr blenden und tankte die Energie, die sie ihm gab. Er spürte, tief in seinem Inneren, dass sie anders war. Aber war sie es wirklich wert?

Sein Herz kannte die Entscheidung bereits, auch wenn sein Verstand noch versuchte dieses umzustimmen.

Danksagung

Ich weiß nicht, wie ich das in Worte fassen soll, was ich fühle.

Als Jessica, die Verlegerin des Tagträumer Verlags, mir sagte, dass Wolfsmal zu ihr kommt, ist eine solche Last von meinem Herzen gefallen, dass ich bis heute nicht weiß, wie ich vermitteln soll, wie sehr ich mich darüber freue! Ich danke dir dafür, dass du Wolfsmal aufgenommen hast und mich somit zu einer Vollblut-Tagträumerin machst.

Ricky, dir danke ich für dein offenes Ohr und deinen Zuspruch, der mich immer wieder aufgebaut hat.

Nänse, du bist so eine einzigartige und wundervolle Person, und ich danke dir, dass du jederzeit für mich da bist und jederzeit einen Rat für mich hast. Dass du auf mich achtgibst, falls ich mal in ein tiefes Loch fallen sollte.

Anna, deren Covergestaltungskünste einfach der Hammer sind! Ich liebe es.

Carolin, du bist mir, auch wenn ich es nicht oft zeige, eine sehr enge Freundin geworden, ich lieb dich für deine Art und, weil du so nett bist, dass du meine diabolische Seite perfekt ausgleichst.

Mein Rudel, das für jeden Quatsch zu haben ist und mit ganzem Herzen bei allem mitmacht.

Brian, der mich immer wieder mit meinen Geschichten teilen muss, danke, dass du mich trotzdem aushältst.

Danke.